スティーヴン・キング
映画＆テレビ コンプリートガイド

STEPHEN KING AT THE MOVIES

s Jack a dull boy. All work and no play ma
work and no play makes Jack a dull boy. Al
ck a dull boy. All work and no play makes
d no play makes Jack a dull boy. All work
l boy. All work and no play makes Jack a d
play makes Jack a dull boy. All work and n
All work and no play makes Jack a dull bo
Jack a dull boy. All work and no play ma
k and no play makes Jack a dull boy. All
dull boy. All work and no play makes Ja
lay makes Jack a dull boy. All work and
All work and no play makes Jack a dull b
Jack a dull boy. All work and no play m
k and no play makes Jack a dull boy. All
k a dull boy. All work and no play makes
no play makes Jack a dull boy. All work
boy. All work and no play makes Jack a
makes Jack a dull boy. All work and no p
ork and no play makes Jack a dull boy. A
k a dull boy. All work and no play makes
no play makes Jack a dull boy. All work
boy. All work and no play makes Jack a
lay makes Jack a dull boy. All work and
All work and no play

「語る者ではなく、語られる話こそ」

スティーヴン・キング

SS Georgie

IAN NATHAN

STEPHEN KING AT THE MOVIES

A Complete History of the
Film and Television Adaptations
from the Master of Horror

TAKESHOBO

STEPHEN KING AT THE MOVIES

This edition first published in the
UK in 2019 by
PALAZZO EDITIONS LTD

Designed by Sarah Pyke

Japanese translation rights arranged with
PALAZZO EDITIONS LTD
through English Agency, Inc., Tokyo

スティーヴン・キング
映画 & テレビ コンプリートガイド
STEPHEN KING
AT THE MOVIES

2019 年 11 月 12 日　初版第一刷発行
2019 年 12 月 25 日　初版第二刷発行

著　**イアン・ネイサン**
訳　**入間 眞**
編集協力　**白石 朗**
編集協力　**魚山志暢**
日本版デザイン　**石橋成哲**
組版　**IDR**
発行人　**後藤明信**
発行所
株式会社 竹書房
〒 102-0072
東京都千代田区飯田橋 2-7-3
電話 03-3264-1576（代表）
03-3234-6244（編集）
http://www.takeshobo.co.jp
印刷所
株式会社シナノ

ISBN978-4-8019-2085-9　C0097

Printed in Japan

CONTENTS 目次

INTRODUCTION
イントロダクション

スティーヴン・キングはホラー作家の枠を遥かに超え、今やアメリカを記録する偉大なドキュメント作家のひとりである。

1947年9月21日、メイン州ポートランドで生まれたスティーヴン・エドウィン・キングは、映画で育った作家である。もちろん、文学、パルプ雑誌、コミックスなどもよく読んだが、とにかく映画を観まくった。ドライヴイン・シアター映画から本物のクラシック映画まで、特定のジャンル愛とともに、彼の脳内をあふれんばかりのイメージと妄想で満たしたのは映画だった。

キングはホラー論集『死の舞踏』で思い出を語っているが、彼にとって"現実の恐怖"は、1957年10月4日、コネチカット州ストラトフォードのダウンタウンで始まった。当時、キング少年にとって土曜日にストラトフォード劇場のマチネーを見逃すなど死にも等しい、いやそれ以上の大ごとだった。その日の午後、地元の子どもたちと『世紀の謎 空飛ぶ円盤地球を襲撃す』(1956) というB級映画を夢中になって観ていると、突然フィルムが止まり、感じやすい年ごろの観客たちの前に劇場支配人があらわれるなり、アメリカが宇宙開発競争でロシア人に敗北したというニュースを伝えた。客席に"墓場のような完全な静寂"が垂れこめた、とキングは描写している。この恐ろしい知らせによって、核戦争がにわかに現実味を帯びたのだ。そのあと、映画の異星人が不吉な意味を持ったのは言うまでもない。

キングの小説はきわめて映画的に構成されており、シーンとシーンのあいだが簡潔にカットされ、会話によって物語が前に進んでいく。まさに映画製作者が彼の作品に惹かれる理由のひとつである。キングは彼らの言語を話すのだ。「小説は視覚的なんだ。僕は頭の中でそれをほとんど映画みたいに見ている」と彼は認める。『地下室の悪夢』から『トウモロコシ畑の子供たち』(映画化タイトル『チルドレン・オブ・ザ・コーン』)まで、映画化作品をいくつも生み出した短編集『Night Shift』(日本では『深夜勤務』と『トウモロコシ畑の子供たち』に分冊)の本にサインするとき、彼は以下の文をつけ加える。"この1リールのホラー映画集を楽しまれんことを"。

キングは自分の小説および映像化作品にはアーキタイプ(原型)があることを認めている。「僕が試みようとしているのは――そして、ときにはうまくいくのを望んでいるのは――古い皮袋から新しいワインを注ぐことなんだ」。彼は吸血鬼や人狼、『ダーク・ハー

「アメリカのフォークロアにとって、スティーヴン・キングはマーク・トウェインと同じくらい重要だ」

ウィリアム・ゴールドマン

２本の傑作監禁映画、『ショーシャンクの空に』（左）と『ミザリー』（右）。

フ』ではジキル博士とハイド氏といった古典的なものに、宇宙からの侵略者、超能力を持つ子どもたち、異常な配偶者といった現代的なテーマをからませて新たな命を吹きこんだ。彼にはシェイクスピア並みの柔軟性があるのだ。うまくいけば、読者は傑作が手に入る。あまりうまくいかないときは、凡作か駄作が手に入る。

あるインタビューの中で、キングは自分の選んだジャンルで読者にもたらしたい感情に序列があることを示している。「最上位に来るのはテラー（戦慄）だ。どんな作家も引き起こしうる最良の感情だよ」。何かを予期し、だが何もわからず、ドアにノックが響き、そのドアが開く直前の緊張状態の中に戦慄は存在する。戦慄の瞬間、われわれの想像力は解き放たれてうろつき回る。

「当然ながら、僕はまず読者に戦慄を与えようと努力する。それがうまくいかなければ、今度はホラー（恐怖）を与えようとする」とキングは言う。恐怖とは、ドアを開けてモンスターやアンデッドの子どもを見せること。恐怖とは窓を引っかくヴァンパイアである。

「それにも失敗してしまったら、僕は嫌悪を与えようとするだろう。プライドもへったくれもあったもんじゃない。読者に大量の虫がうごめくサンドイッチを提供するか、死んでからだいぶたったマーモットのウジ虫だらけの内臓の中に読者の手を無理やり突っこませる。どんなことだってするし、なりふりなどかまわない」。オスカー・ワイルドがかつて言ったように、やりすぎるぐらいが成功の秘訣。たいていの映画製作者は、手っ取り早く嫌悪感を与える方法に飛びつく。

キングにはさらに別のレベルがある。戦慄、もしくは恐怖、あるいは嫌悪でさえ、その背後には意味があるのだ。

何年も前に私は、ロサンゼルスのホテルの部屋で、高名な脚本家ウィリアム・ゴールドマンと向かい合ってすわっていた。彼がそこにいた理由は、脚色した映画『ドリームキャッチャー』の公開を前に、少しでも作品をよく思わせようとするためだ。映画は『世紀の謎 空飛ぶ円盤地球を襲撃す』のユニークな変種だったが、映画会社に陳腐なスペクタクルを押しつけられ、残念な仕上がりになっていた。とはいえ、彼はすでに『ミザリー』を脚色している。彼はキング作品に関して最も尊敬されている代弁者のひとりであり、ソフトでハスキーな声とどこかおもしろがる調子で、この明らかな事故物件を精いっぱい売り込もうとした。

そのとき私の心に残ったのは、「アメリカのフォークロアにとって、スティーヴン・キングはマーク・トウェインと同じくらい重要だ」という彼の確固たる信念だった。

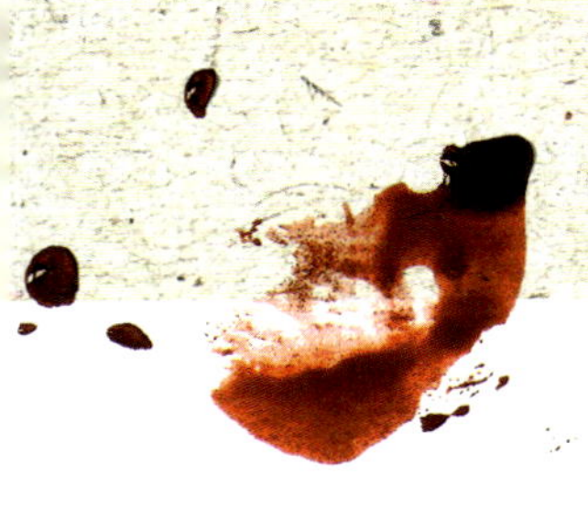

2017年版『IT／イット“それ”が見えたら、終わり。』のペニーワイズ。悪魔のような道化師は何度でも戻ってくることが証明された。

キングほど作品が映像化されている作家は他にいない。現在までに65本の映画と、30本のテレビドラマ、7話のエピソード（『新トワイライト・ゾーン』のようなオムニバス・ドラマ）が、彼の小説を原作としている。理由のひとつとして、彼の膨大な作品数と人気が挙げられるが、本質はもっと深いところにある。彼以上にアメリカという大きな謎を解明しようと努めた作家はほとんどいないからだ。

本書はキングの著作物に関する本ではなく、小説を直接的には扱っていない。これは、キングが映画製作者（およびテレビ製作者）に積極的に（もしくはそうでなく）何を与えたかに関する本である。『ドリームキャッチャー』の例で明らかなように、キングの小説を脚色する行為には危険がつきまとう。相当のスキルがなければ、作品の声をとらえることはできない。

本書はまた逆に、映画製作者がキングに何を与えたかに関する本でもある。たとえば『キャリー』、『死霊伝説』、『シャイニング』などは、彼の作家としての評価を定着させ、彼をベストセラー・リストの上位に押し上げた。さらに本書は、そうとは見えない形の伝記ではないかと思う。スクリーンのイメージに影響され、臆面もなくエンターテイナーに徹しながら、作品内では相反するように人間のありようをこじ開けてみせる、そんなひとりの作家の伝記。

当初、可能なかぎり百科事典的な内容を目指していた。本物のコレクターからは、キングが声の出演をした『ザ・シンプソンズ』“ピエロを訪ねて三千里”の回、『そりゃないぜ!? フレイジャー』の“Mary Christmas”にもスペースを割くべきだと言われるだろう。あるいは、スコット・バクラ演じる時間旅行者が60年代に行ってメイン州在住のホラー作家の身体を乗っ取る『タイムマシーンにお願い』のエピソード（“The Boogieman”）も。その回で、彼は若き“スティーヴィー・キング”にも出会い、『キャリー』や『クージョ』や『ザ・スタンド』のアイディアを提供する。他に『IT』の非常にゆるいボリウッド版テレビ番組『Woh』があるが、これは正式なものではない。枚挙にいとまのないパクリ作品はいちいち分析する必要もないだろう。『シャイニング』を勝手に改変したドイツのハードコア・ポルノ映画『Nasse Schlüpper』などは言うまでもない。

商業的な理由から、“スティーヴン・キング”の名前が正式に冠される映画やミニシリーズ・ドラマは少なくない。たとえば、『スティーヴン・キング／痩せゆく男』、『スティーヴン・キング シャイニング』といった具合に。だが、本書では簡潔さを旨とし、あえて長い命名法を避けた。

すべてが始まった場所で話を締めくくろう。くずかごからスティーヴン・キングの夢を拾い上げたタビサ・キングは、夫を果てしないヒット小説と映像化作品の道へと歩み出させた立役者と言える。

小説家になりたいという彼の大望は今にも崩壊寸前だった。かろうじて十数編の作品が〈キャヴァリエ〉や〈ウブリス〉といった雑誌に売れたものの、彼らの住まいであるトレーラーハウスには1,500枚もの未発表原稿がたまっていた。彼は高校教員の職で得る週給70ドルで生活をやりくりするしかなかった。友人からは初期のスリラー『バトルランナー』（のちにリチャード・バックマン名義で出版）のようなマッチョな作品でないものを書くことを勧められた。キングはなんでもやってみるつもりだった。

そうした状況で生まれたのが、クラスメートにいじめられて自分の中に力が湧き上がるのを感じるナイーヴな少女の物語である。初めは短編小説のつもりだったが、長編へとふくらみ、そこで彼は急に自信を失い――自分に女性の精神構造がわかるのだろうか――文字どおり投げ出してしまった。

“タビー”はくずかごから原稿を救出し、それを読み、書き続けることを夫に強く勧めた。彼女はこの本の言わば霊的な導き手となり、キング自身に「妻は決定的な局面で入口を用意する能力がある」と言わしめた。『キャリー』は2,500ドルの契約金でダブルデイ社に売れた。

キング家に電話がなかったため、出版社は電報を打った。タビーは仕事先の夫に知らせようと隣家に電話を借りに行った。電話を受けた彼は最初、子どもたちの誰かが頭蓋骨骨折でもしたのかと思ったという。

２年後、その小説は映画化された。

イアン・ネイサン

服にもっと金をかけていた70年代のキング。

映画作家とマインドゲーム
AUTEURS AND MIND GAMES

内気でいじめられっ子の女子高校生が破壊的な念動力を発動させる。

キャリー
CARRIE (1976)

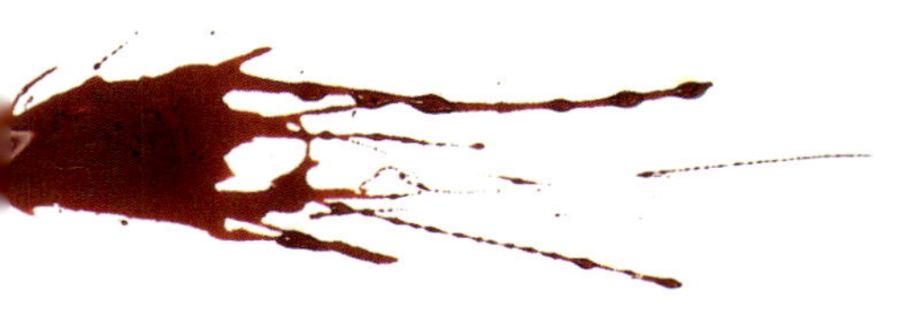

監督：ブライアン・デ・パルマ
脚本：ローレンス・D・コーエン
出演：シシー・スペイセク、パイパー・ローリー、エイミー・アーヴィング、ナンシー・アレン
形式：劇場用映画（98 分）
公開日（米）：1976 年 11 月 3 日（United Artists）
公開日（日）：1977 年 3 月 5 日（ユナイテッド・アーティスツ）
原作：『キャリー』（長編小説／ 1974）

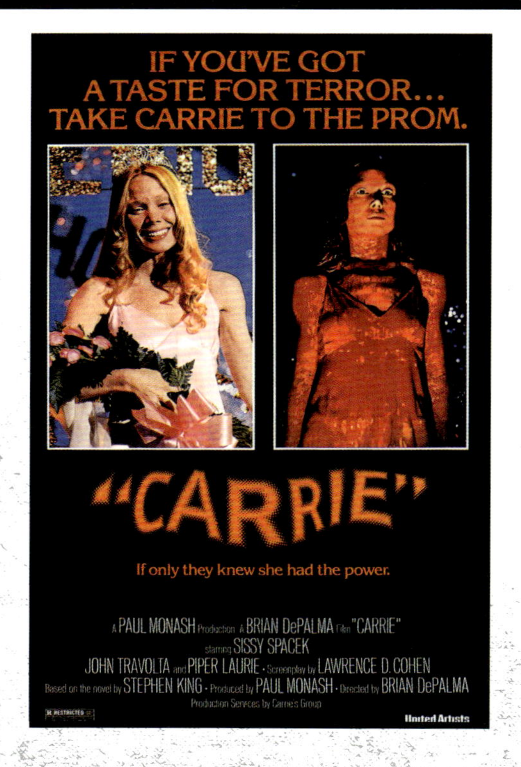

『キャリー』が出版されたとき、有能なパブリシストが批評家たちに献本する際、ためらうことなく大袈裟（おおげさ）な手紙を添えた。「この小説は今年１番の傑作かもしれません。『エクソシスト』の息もつかせぬ展開と『ローズマリーの赤ちゃん』の強烈なショックを合わせ持つ、一気読み必至のストーリーです」

名の挙がった２作の大衆スリラー小説は、どちらも才気あふれる監督によってホラー映画の傑作へと生まれ変わった。『キャリー』も同様に、ブライアン・デ・パルマという超インテリ若手監督によって、パブリシストの宣伝文句が正しかったと証明されることになる。

外科医を父に持ち、大学で物理学を学んだデ・パルマは、ハリウッド映画監督の“ムービー・ブラット”世代（仲間にはスティーヴン・スピルバーグ、マーティン・スコセッシ、フランシス・フォード・コッポラ、ジョージ・ルーカスら）の中でも刺激的な作風で知られるが、何本か難解なインディーズ映画を撮ったあと、観客に受け入れられるものを探し求めていた。つまり、ヒット作を欲していた。友人のライターに勧められて『キャリー』を読んだ彼は、すぐさまそこに商業的な可能性を見て取る。それはティーンの体験を描くホラー映画だった。

いじめられっ子の少女が超能力で高校を破壊しまくるストーリーを、キングは第三者の報告書や新聞の切り抜きなど、疑似ドキュメンタリーの手法を用いて描いており、それは彼の愛してやまない『吸血鬼ドラキュラ』が書簡形式で構成されている点を意識的に模倣している。

脚本家ローレンス・D・コーエンは、この小説を出版前に読んでいた。ニューヨークの某プロデューサーのためにスクリプト・リーダーをしていた彼のもとには、最新のあらゆる原稿が集まってくる。「私はこの本に大興奮だった」とコーエンは回想する。しかし、権利の取得をいくら進言しても、プロデューサーは首を縦に振らない。１年後、彼は別のプロデューサー、ポール・モナシュを紹介された。モナシュは問題を抱えていた。『キャリー』の映画化オプション権を持っていたものの、まだ脚本もできあがらず、契約期限が切れるまであとわずかだった。コーエンは“抑えがたい心の声”に突き動かされるように脚本執筆を志願した。６週間後、第１稿が完成した。

デ・パルマ監督の参加が決まると、それ以降の改稿でキングの物語文体は放棄さ

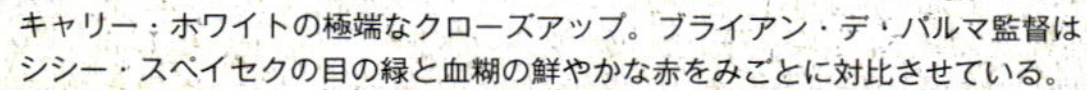
キャリー・ホワイトの極端なクローズアップ。ブライアン・デ・パルマ監督はシシー・スペイセクの目の縁と血糊の鮮やかな赤をみごとに対比させている。

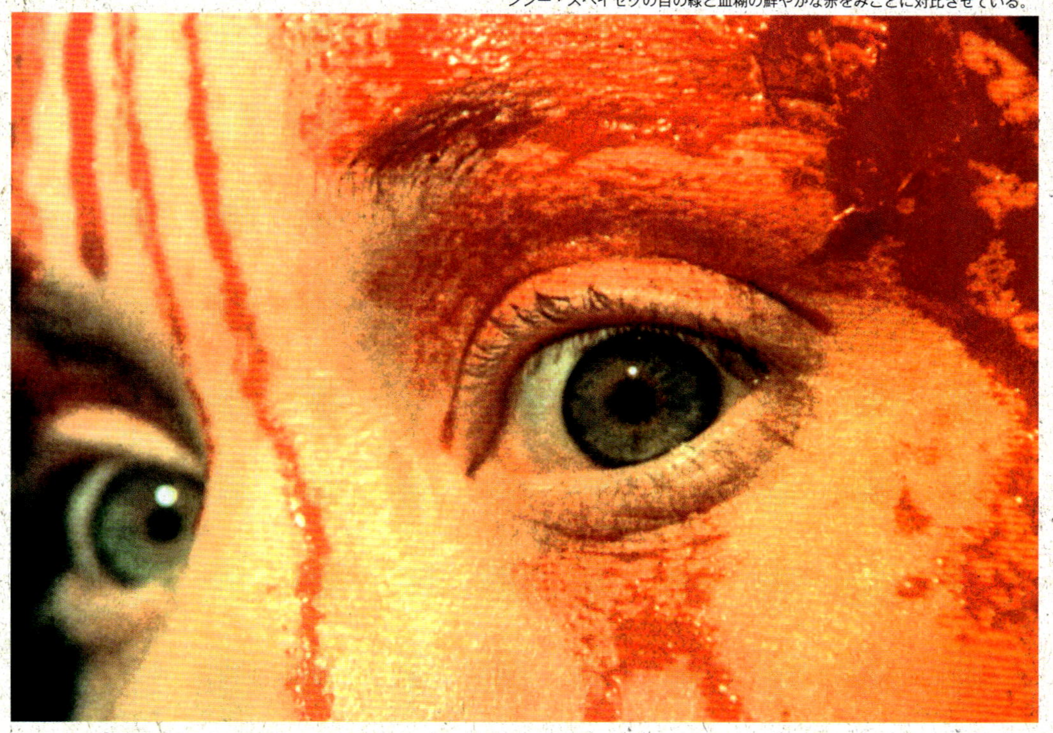

れ、キャリー・ホワイトが苦痛を味わう人生最後の重要な2週間（初潮を迎えたショックから、破滅的なプロム・パーティまで）に焦点を合わせることになる。コーエンは、細部にまでこだわる監督の構想力が気に入った。キングは町全体を吹き飛ばしたが、デ・パルマは世界をハイスクール内だけに限定した。

彼らはキングに1度もアプローチしなかった。まだ新人作家には影響力がなく、映画は彼の手を離れていた。

キングは、この青春物語が自身のハイスクール時代の記憶（生徒時代および教師時代の両方）をもとにしていることを認めている。「みじめで恨みに満ちた時代さ」。彼はそれを、イロコイ・インディアンが若い戦士を部族の一員として認めるために棍棒を振るうイニシエーション儀式にたとえる。棍棒の代わりに侮辱が用いられ、『キャリー』の冒頭では、性に無知な少女がハイスクールの更衣室で女子生徒たちから生理用ナプキンを投げつけられる。女子更衣室内のうっとりするようなスローモーションから、出血をどうしてよいかわからない少女に対する突然の攻撃。それは、エロティックな夢が悪夢に変わるようだ。

デ・パルマのみごとな視覚設計により、この作品は他のキング映画にはめったに見られない芸術性を示した。デ・パルマはアルフレッド・ヒッチコック作品、とりわけ『サイコ』（1960）と回路を結び、鋭く突き刺すヴァイオリンの4音符とともにシャワーブースのあの重要な瞬間を提示する。けばけばしくも緻密な配色、スローモーション、パンフォーカス、異様なゴシック的アングル、特徴的な移動ショット――彼はさまざまな仕掛けを総動員した。バケツを落とすシーンはまさに悪夢そのもの。何もかもが正確にコントロールされ、ヴィジュアルがより強烈かつグロテスクに押し出される。「私は『キャリー』にすべてを投入したと言っていい」とデ・パルマは認める。

物語の舞台をメイン州からカリフォルニア州の郊外に変更したことで、きわめて映画らしい質感が与えられている。

セット美術は、学校のリアリズムからホワイト家のゴシック調へと大きな幅で振れる。異なる場所というより、もはや異なる映画ジャンルのようだ。ダイニングルームの壁にかかる『最後の晩餐』の複製画は、来たるべき破滅を予感させる。そこは祈禱用キャンドルに照らされた

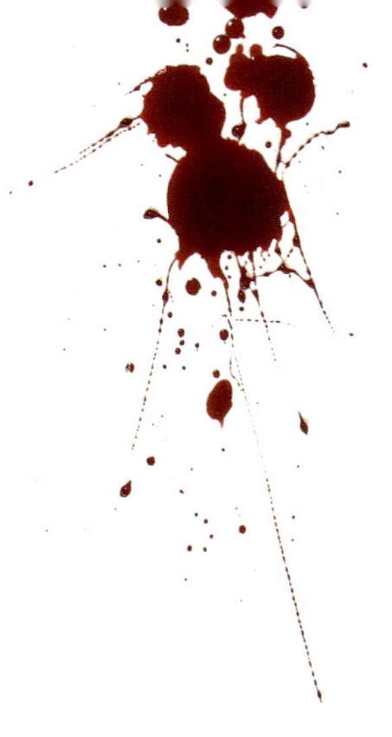

次頁：
ブタの血をしたたらせ、パワーを湧き上がらせるスペイセクのキャリー。このヴィジュアルがその後のキング原作映画のイメージを決定づけた。

「これは1,000万ボルトの感情パワーで増強されたユングのアーキタイプだ」ハーラン・エリスン

半ば風刺的な狂気の館であり、『シャイニング』のオーバールック・ホテルのミニチュア版だ。

映画『キャリー』が原作を超えたという意見があるが、キングは個人的にはそのことに異を唱えていない。小説の第1稿を書き終えたとき、彼は22歳で、今から思えばテーマがあまりに身近すぎ、真正面から扱いすぎていたと語る。「デ・パルマの映画は軽くて口当たりがいいし、観客はもう終わったと思った最後の最後に席から跳び上がらされる」。キャリーの手がスー・スネルをつかむ予想外の結末は、キングの大のお気に入りだ。

キングがこの映画を観たのは、ニューヨークの〈ユナイテッド・アーティスツ〉試写室だったが、奇(く)しくもそこは、何年か前に大勢の学生モニターのひとりとしてバイト代をもらって駄作映画を2本観た場所だった。「僕はブロードウェイ通りの2軒のポルノショップにはさまれたその映画館の座席にすわり、こう考えていた。『歴史は繰り返すだろう。これは3度目の経験になる。きっとひどい代物(しろもの)にちがいない』とね」

だが、予想は完全にはずれた。映画のできばえもさることながら、主役のシシー・スペイセクが驚くべき演技を見せていた。彼女は役柄よりだいぶ年上の25歳ということで、キャリー役の第1候補ではなかった。この映画のプロダクション・デザイナーである夫ジャック・フィスクを通じて脚本を手に入れた彼女は、一読するやキャリー・ホワイトに親近感を覚えた。すぐにデ・パルマに電話したが、彼の態度はつれなかった。

その対応に愕然(がくぜん)とし、実のところ怒りを覚え、スペイセクはデ・パルマに直接見てもらおうと決める。あくる日、彼女は髪にワセリンを塗りこみ、誰が見てもぞっとするような汚い格好でオーディションに姿を見せた。すでにキャリーが誕生していた。

彼女は小説で描写されているずんぐりした少女とは似ても似つかないが、それは問題ではなかった。無邪気で妖精のようなスペイセクは主人公の深い葛藤を完璧につかみ、ダイナマイトのように不安定なキャラクターを永遠に確立した。

女優業から引退状態にあったパイパー・ローリーは、マーガレット・ホワイト役で映画界に呼び戻されたとき、演技がコミカルに見えないかと不安だった。マーガレットは感情むき出しのキリスト教原理主義者で、娘に出現しつつある性的なものを押しつぶすことに狂信的なほど激しい情熱を注ぐ。「あんたの汚らわしい枕(胸)がはみ出てる！　みんながじろじろ見るのよ！」……彼女はあらゆる点でヒステリックだ。スペイセクは撮影の待ち時間に他のキャストと交わらず、ひとりでギュスターヴ・ドレの聖書にまつわる木版画や石打ちの絵をじっと眺めていた。ふたりの女優は当然のことながら（そして、ホラー映画では考えられないことに）オスカー候補（編注：スペイセクが主演女優、ローリーが助演女優賞にノミネート）になる。

キングの妻タビサはカトリックの信仰を捨て、

キング自身はメソジストの教えを捨てている(デ・パルマはクエーカー教徒の学校に通っていた)。キングは、自分の子どもたちはマタイやマルコやルカやヨハネよりもロナルド・マクドナルドのほうに慣れ親しんでいる、というジョークを好んで口にするが、彼に大きな影響を与えた寛大な母親はメソジスト教徒としての厳格な信念を揺るがせたことは1度もなく、その痕跡はマーガレットの中に確かに見て取れる。マーガレット・ホワイトのわめき立てるような宗教熱は、『ショーシャンクの空に』でボブ・ガントンが演じた聖書を振りかざす刑務所長や、『ミスト』でマーシャ・ゲイ・ハーデンが演じたミセス・カーモディにも見いだすことができる。

血は重要なモチーフである。生理しかり、聖餐式しかり、ブタしかり。全キング作品の中で最も忘れがたいイメージはおそらく、全身ブタの血にまみれながら凶暴な念動力を発揮するキャリーだろう。

批評家たちは当然ながら『キャリー』を『エクソシスト』(1973) にたとえた。両者には、少女の肉体が未知の力に取り憑かれるスマッシュヒット作、という共通点がある。キングは本を書いているとき、ウィリアム・フリードキン監督のホラー映画が大勢の観客を獲得するのを目の当たりにした。キングは笑う。「髪を伸ばす息子やブラを脱ぎ捨てる娘に悩んでいる親たちは、突然理解したんだ。これは悪魔の仕業なんだ、と！」

フェミニストたちはさっそくキャリーを女性の地位向上のシンボルとした。キングはこの物語を女性の意識の比喩と見なしている。映画の中で、少なくとも男性たちは残酷なゲームの中で手先として使われる単なるマヌケにすぎない。キングにしてみれば、キャリーはけっして邪悪な存在ではない。彼は、キャリーがリアルであることを望んだ。当時、アメリカのフィクションに出てくる女性は、性悪か無かのどちらかだったのだ。

キャリーが珍しくほほ笑んでいる、プロム・シーンの撮影風景。
左端がウィリアム・カット演じる不運なトミー・ロス。

「髪を伸ばす息子やブラを脱ぎ捨てる娘に悩んでいる親たちは、突然理解したんだ。これは悪魔の仕業なんだ、と！」

スティーヴン・キング

キングはハイスクールの教師を経験することで、子どもたちには不快で野蛮な側面があることを学んだ。かの『蠅の王』の内容はまったく正しい。郊外のハイスクールは社会の縮図だ。キャリーの非宗教的なクラスメートたちは社会進化論者であり、弱い者に牙を剝く。彼女たちの甲高く笑うような集団思考には、どこかセイラムの娘たちに通じるところがある。「読者には、この少女が本当に不当に扱われているのをわかってほしかった」とキングは語る。「彼女のしたことはけっして邪悪でなく、復讐ですらなく、自分がひどく傷つけられたときに相手に打ちかかる方法にすぎないんだ、と」

デ・パルマはキャリーのパワーを純粋に“感情的なもの”に限定した。幼いキャリーが魔法のごとく自分の家に石の雨を降らせるシーンはカットされた。デ・パルマは、成熟によってキャリーの能力が呼び覚まされるという考えを取った。血によってパワーが出現するのだ。キング作品には能力者である子どもが何人も登場するが、キャリーはその中でも異色である。彼女は被害者でありながら同時にモンスターであり、スプリットスクリーンによって文字どおり分割されて描かれる。

『キャリー』が後続の残虐なだけの大量のスラッシャー映画と一線を画すのは、このためである。キングはハイスクールに『ジキル博士とハイド氏』を召喚し、観客たちは復讐のスリルによって自分たちが興奮していることに気づくだろう。われわれは共感する。自分の社会集団を皆殺しにしたいと望んだことのない者がいるだろうか。しかし、キャリーは最後まで激しい無差別攻撃を続け、いじめっ子と友だちを区別できないままサイキックな怒りをほとばしらせる。

今では伝説になっているが、デ・パルマとルーカスは『キャリー』と『スター・ウォーズ』(1977) の配役オーディションを共同でおこない、ハイスクールと遠い銀河にそれぞれふさわしい無名の俳優を探した。別の宇宙では、好青年のトミー・ロスを演じたウィリアム・カットがルーク・スカイウォーカー役だった可能性もあるし、同情的なスー・スネル役のエイミー・アーヴィングがまったくタイプのちがうレイア姫だったかもしれない。

ベイツ・ハイスクール（『サイコ』の狂気の主人公から命名されている。小説ではトーマス・ユーイン・ハイスクール）は、ティーンの象徴的なイメージにあふれており、それはやがて『グリース』(『キャリー』の悪ガキ、ジョン・トラボルタが出演）や『バック・トゥ・ザ・フューチャー』を初めとするさまざまな映画の中で定番となっていく。

デ・パルマ監督はドラマティックな緊張を入念に構築しつつ、ティーン向けコメディと独創性に富んだ心理ホラーのあいだを行き来する。『キャリー』は、『ハロウィン』(1978) から『スクリーム』(1996) にいたる青春ホラーの口火を切っただけでなく、『アニマル・ハウス』(1978) や『ポーキーズ』(1981) といったうんざりするようなハイスクール・コメディの火つけ役でもあるといえる。

『キャリー』はターゲット層である10代の観客の心を強くとらえ、アメリカ国内だけでも3,380万ドルの興行収入を上げた。批評家にも大好評だった。作家のハーラン・エリスンは〈ファンタジイ・アンド・サイエンス・フィクション〉誌の映画欄で、「これは1,000万ボルトの感情パワーで増強されたユングのアーキタイプだ」と賞賛し、〈エンターテインメント・ウィークリー〉誌のオーウェン・グレイバーマンは「ポップ・マスターピース」と評した。

ブタの血のバケツはカルチャー・シーンで永遠のアイコンとなり、キングの名声を確実なものにした。彼は好んでこう言う。「僕は『キャリー』を世に送り出し、『キャリー』は僕を世に送り出した」

パイパー・ローリー演じる信心深いマーガレット・ホワイトが傾いてはりつけになっている。映画のために考案されたどぎつい死にざま。

ヴァンパイアがメイン州の小さな町に居を定める。

死霊伝説
SALEM'S LOT (1979)

監督：トビー・フーパー
脚本：ポール・モナシュ
出演：デイヴィッド・ソウル、ジェームズ・メイスン、ボニー・ベデリア、ランス・カーウィン
形式：TVミニシリーズ［全2話］（187分）／日本では劇場公開（110分）
放映日（米）：1979年11月17、24日（CBS）
公開日（日）：1982年1月23日（日本ヘラルド映画）
原作：『呪われた町』（長編小説／1975）

ジョージ・A・ロメロ監督は『呪われた町』を大胆に脚色して映画化しようと計画していた。彼が1968年に作ったゾンビ映画の傑作『ナイト・オブ・ザ・リビングデッド』の熱狂的なファンであるキングは、そこにこめられたアメリカ人の強欲に対する痛烈な批判が大好きで、田舎町の貪欲なヴァンパイアたちを描くのにロメロほど適した人物はいないと考えた。しかし、ワーナー・ブラザースが予算の決定をずるずると引き延ばすうちに、ロメロは待ちくたびれてしまった。そこで映像化はテレビ部門のプロデューサー、リチャード・コブリッツの手に委ねられることになり、新進ホラー監督トビー・フーパーが雇われた。フーパーもまたキングにとって、若者の大虐殺を描いた『悪魔のいけにえ』（1974）でいたく感銘を受けた監督だった。

だが、脚本がどんどん改悪されていき、キングはほとんど絶望しかけた。そこへ『キャリー』のプロデューサーであり、小さな田舎町を舞台にしたソープオペラ『ペイトンプレイス物語』（『呪われた町』のヒントのひとつ）の主軸ライターでもあったポール・モナシュが参加し、キングのミニシリーズ・ドラマにようやく道筋をつけた。

故郷の町で吸血鬼現象が発生していることに気づく作家の物語は、『キャリー』の出版前にほぼ完成していた。キングは高校でブラム・ストーカーの『吸血鬼ドラキュラ』について教えており、それがどれほど力強い作品であるかを発見していた。彼はディナーの席で友人とこんな話をした。「もしもドラキュラ伯爵が現代によみがえったら、何が起きるだろう？」。すぐに捕まってしまうような大都市でなく、メイン州の内陸部にある小さな田舎町だったら。「そんな小さな町を通りすぎるとき、住人全員が死んでいたとしても、誰も気づきはしないだろう」とキングは考えた。

それが『吸血鬼ドラキュラ』の盗用に当たらないか考えるうちに、彼は笑みがこみ上げてきた。「それはまちがいなく『吸血鬼ドラキュラ』にバウンドして跳ね返った新たな作品になる」

彼の手法――キングのフィクション世界全体の設計書――は、ヴァンパイアの“コミックブック化した脅威”を打ち消すために“退屈なリアリティ”を十分に持った町を創造するというものだった。つまり恐怖に信憑性（しんぴょうせい）を与えるのだ。これ以降、顔なじみばかりの田舎の共同体が、デーモン、異星人、悪意のある道化師、異種のヴァンパイア、サタンの使者などに侵入されたり、突き破れないドームに閉じこめられたりする。どの場合においても、住人たちのつまらない言い争いが蒔いた種であることが言外に示され、災厄が招き入れられる。「その多くは、小さな町で育つことへのラブソングさ」と彼は笑う。

『キャリー』に続いてヴァンパイアものを書くことで、自分がホラー小説家に“分類”されるのでないかとキングは危惧した。それでも、成功への誘惑にはあらがえなかった。それは満たさねばならない渇望だった。運命のサイコロは投げられた。何度進路をはずれる危険を冒そうとも、彼は未来永劫（えいごう）ホラー小説家となった。

「スティーヴンは明らかにニューイングランドの文学的伝統の中で執筆している。それを認識することが重要だ」と評論家バートン・ハトレンは言う。「われわれの暗い森と文学のゴシック様式のあいだには、強い親和性がある」。ブラム・ストーカー

宣伝用写真できっちり役になりきるデイヴィッド・ソウルとジェームズ・メイスン。

トビー・フーパー監督が吸血鬼バーローにF・W・ムルナウ監督の古典映画『吸血鬼ノスフェラトゥ』の外見を与えたことは物議を醸した。

同様、ナサニエル・ホーソーン、エドガー・アラン・ポー、H・P・ラヴクラフトといった地元の作家たちもキング作品に大きな影響を与えている。小説の題名は『セカンド・カミング』（再臨の意）からゴシック的な響きの『セイラムズ・ロット（原題）』（“ジェルーサレムズ・ロット”の短縮形）に変更され、メイン州からさほど遠くないセイラムの魔女裁判との関連を意識させることになった。

キング自身はフーパー監督のミニシリーズ・ドラマに条件つきで賛辞を送っている。「テレビの制約を考えると、『死霊伝説』はもっとひどいものになってもおかしくなかった」。結局のところテレビ自体が、キングの言葉を借りれば“本物のホラーを扱うには倫理規制が厳しすぎて想像力に欠ける”時代だったのだ。

彼が気に入らなかったのは、吸血鬼バーローが“異様に青白い人外のナイト・ストーカー”に変更され、セリフをひと言もしゃべらない（追いつめられた猫のようにシャーッとうなる）点だ。小説で描かれたような旧世界の饒舌な夜の紳士像から離れて（その役割は名優ジェームズ・メイスンが演じる清廉なストレイカーがになうことになる）、フーパーがモデルにしたのは、『吸血鬼ドラキュラ』のドイツ表現主義的解釈としてF・W・ムルナウ監督が作った『吸血鬼ノスフェラトゥ』（1922）のおぞましい怪物だった。

フーパーは自分が伝統的な作品も作れるところをスタジオにアピールしたいがために、強引に推し進めた。たとえ時代遅れだとしても、今でも忘れがたい恐怖シーンが作品を輝かせている。たとえば、トラックの荷台でもの憂げに動く冷たい箱、弟の部屋の窓を引っかくラルフィー・グリック（『キャリー』のラストシーンと同じく逆転撮影）、飛び出しナイフのように急にフレーム内に入ってくるバーローのかぎ爪。

「カメラはほとんど動きっぱなしさ」と、37日間にわたって毎日35〜40セットアップという殺人的な撮影をこなしたフーパーは言う。「つまり、マーステン館の壮大さを見せるために、信じがたいクレーン・ショットやドリー・ショットやアポロ月面ショットを使った」

撮影セットは『サイコ』（1960）の屋敷の5倍の大きさがあった。ヴァンパイアが借りるマーステン館は、邪悪な建物が邪悪な者を引きつける点で、オーバールック・ホテルの前身である。メイスンはすべてを気に入った。脚本に惹かれた名優は、ゴシックの雰囲気を出すのに大いに貢献した。デイヴィッド・ソウルは放浪の作家（別の意味でヴァンパイアだ）ベン・ミアーズをやや無表情で演じている。これはメイスンを恐ろしく見せるための対比だとフーパーは言う。メイスンの上品な紳士は“カナリアを食べた猫の表情”を見せながら、ダイニングテーブルの上で子どもの死体が入った包みを開ける。フーパーはこの映画を自身の『風と共に去りぬ』（1939）と見なしている。「そのジャンルにおける壮大な金字塔だ」と。

ミアーズとマーク・ペトリー少年がアメリカ各地でヴァンパイアを狩るシリーズの案は始動する気配がまったくない。

「そんな小さな町を通りすぎるとき、
住人全員が死んでいたとしても、
誰も気づきはしないだろう」
スティーヴン・キング

人里離れたオーバールック・ホテルで冬を越す売れない作家が正気を失う。

シャイニング
THE SHINING (1980)

「明らかに世間の人たちはこの映画が大好きで、みんな僕が気に入っていない理由を理解していない。小説は熱く、映画は冷たい。小説は火災で終わり、映画は氷の中で終わるんだ。小説には確かな物語が存在し、そこで主人公ジャック・トランスが善き人間であろうと努めながらも、悪しき場所にじわじわと飲みこまれて狂っていく。一方、僕が観たかぎり、映画のジャックは最初のシーンから狂っている」

キングはスタンリー・キューブリック監督の映画化作品への反感を公言してきたが、それは長い年月が経過しても和らぐ気配を見せない。生命を持った装飾庭園や、最後に爆発してホテルを象徴的な火災で破壊するボイラーをキューブリックが削除したことを、キングは今も容認できないでいる。映画が名作として神聖化されるにつれ、そうした思いが歯痛のようにつのり、彼はリメイク版として原作に忠実なミニシリーズ・ドラマの製作に取りかかった（その作品の心もとないクオリティに関する議論は別の機会に譲ろう）。

原作に忠実かどうかという点では、『シャイニング』はキングの映画化作品の最高傑作とは言えないかもしれない。原作者の思い入れを最大限に具現化したとも言えないだろう。しかし、彼の小説の骨子を最もみごとに芸術へと変容させた映画である。

キングはとても頭がよく、現代において、まぎれもなく誰よりもホラー・ジャンルに適応している人物だ。そんな彼でさえ、キューブリック的手法の後遺症をまぬがれることはできないのか？　確かにこれは逃れることが不可能な映画である。

彼は脚本の第１稿を書いた。小説に強く寄り添い、ホテルの過去も盛りこんだが、監督に却下された。それは幸運だったかもしれないと、キング自身が認めている。この偉大な映画監督には、著者をぼろぼろに消耗させるという評判があった。企画開始当初、キングは夜中によくキューブリックに電話でたたき起こされたという。「きみは神を信じるか？」ときかれ、キングが寝ぼけ声で「たぶん信じている」と答えると、キューブリックはため息をついて言った。「私は神などいないと思う」

このエピソードは、キングが熱くてキューブリックが冷たいというストーリーテリングの大きな隔たりを意味するのだろうか？　それは映画と文学のちがいを端的に示す教訓である。映画というのは集団的なものだ。『キャリー』のラストで地面から手が飛び出してきたとき、観客はいっせいに座席から跳び上がった。あのシーンを小説で成立させるのはほぼ不可能だろう。キングは「小説とは、集団からひとりを引き離すものだからね」と笑う。

小説から離れたにもかかわらず（あるいは小説から離れたからこそ）、キューブリックはとてつもない狂気そのものを引き出してみせた。彼は『シャイニング』をホラー映画とは見なしていない。「ある男の家族が静かに正気を失っていく物語にすぎない」

監督：スタンリー・キューブリック
脚本：ダイアン・ジョンソン、スタンリー・キューブリック
出演：ジャック・ニコルソン、シェリー・デュヴァル、ダニー・ロイド
形式：劇場用映画（北米公開版：144分／インターコンチネンタル［国際公開］版：119分）
公開日（米）：1980年5月23日（Warner Bros.）
公開日（日）：1980年12月13日（ワーナー・ブラザース）
原作：『シャイニング』（長編小説／1977）

『２００１年宇宙の旅』(1968) と同様、このニューヨーク生まれの偉大な映像作家は、現実の移り変わりを説明するためにジャンルのドレッシングをうまく利用している。『シャイニング』は、精神病的な妄想（奇妙なできごとはすべてジャックのねじれた精神の中にある）と明白な空想物語（息子の超能力による警告にもかかわらずジャックがホテルに取り憑かれる）のあいだに厳然と存在する均衡に一撃を加えている。

３作目の長編小説を執筆するとき、キングは気分転換を必要としていた。『キャリー』と『呪われた町』のメイン州から逃れたかった。それは文字どおりメイン州から出ることを意味した。彼がコロラド州ボールダーを選んだのはまったくの偶然だった（あるいは見えざる力に導かれたのかもしれない）。山荘が冬期閉鎖になる前日、彼は妻とともにスタンリー・ホテルを予約した。巨大なホテルに宿泊客は彼らだけだった。気味悪いコウモリの翼のようなドアを開けて食堂に入ると、ひとつのテーブルだけにディナーの支度がしてあり、暗がりに並ぶテーブルの上には椅子がのっていた。「それでも、バンドがいて演奏していたよ」とキングは回想する。「誰もがタキシードでめかしこんでいるのに、そこに客は僕たちふたりしかいないんだ」

妻がベッドに入ったあと、キングは無人の廊下（キューブリックのなめらかな移動ショットにつながる贈りもの）をうろつき、ついにバーを見つける。当時の彼はまだ飲酒者であり、バーテンダーの名前はグレイディだった。ベッドに戻るころには、「頭の中で小説がすっかりできあがっていた」という。

ダニーの力は、行きづまっていた小説『Darkshine』から流用された。サイキック能力を持つ少年が、サイキック遊園地を訪れる物語だ。題名はジョン・レノンの『インスタント・カーマ』の歌詞 “We all shine on” から取られている。キングはこの小説を『ザ・シャイン』と呼んでいたが、それが黒人に対する差別語だと教えられる。そこで編集者が『シャイニング』を提案した。キングはあまりよい響きとは思えず、ピンと来なかったが、とにかくそれで行くことにした。

キューブリックもまた気分転換を求めていた。彼の映画は氷のように冷ややかな落ち着きがトレードマークとなっており、気分というよりジャ

ウェンディ・トランス（シェリー・デュヴァル）が息子ダニー（ダニー・ロイド）を“かがやき”の発現から覚まさせようとする。映画が超自然的である証拠？

スティーヴン・キングは当初、ジャック・トランスを演じるにはジャック・ニコルソンが年を取りすぎていると考えたが、キューブリックはこの俳優の中に畏怖を覚えさせる何かがあるとわかっていた。

ンルを変えたかった。最新作の（苦痛なほどのろい）時代もの『バリー・リンドン』（1975）が興行的にまったく振るわなかったことで、彼はひどく気落ちしていた。キングによると、キューブリックはスタッフに命じて商業映画にできそうな小説を大量に集めさせたという。

キューブリックのオフィスの外にデスクがあった秘書は、彼が冒頭の数ページを読んで却下したペーパーバックを壁に投げつける大きな音に、定期的に驚かされていた。いらだちのバックビートに秘書が慣れ始めたとき、突如として静寂が訪れた。心配してボスの部屋を覗(のぞ)いてみると、キューブリックが『シャイニング』に（キングの言葉を借りれば）“夢中になって”いた。

このほほ笑ましい話はわずかに誇張されており、実際にはワーナー・ブラザースＣＥＯのジョン・キャリーがキングの第３作を出版前のゲラ刷りの状態で送り届けた。

さかのぼる1966年、キューブリックは友人たちに「観客の悪夢的な不安をかき立てるエピソードを連ねた世界一恐ろしい映画を作りたい」と公言していた。『２００１年宇宙の旅』でＳＦジャンルを扱ったときのように、彼はホラー・ジャンルを徹底的に分析することに心を引かれていた。プロット案やありがちなヴィジュアルが大量に蓄積されているからだ。同じことがキングにも言える。

キューブリックはすでにワーナーから『エクソシスト』（1973）とその続編の監督をオファーされた経緯があったが、まったく興味を引かれなかった。彼が知的好奇心をかき立てられたのは『シャイニング』だった。ロッキー山脈の人里離れたホテルと迷路のような廊下という舞台設定。世界から隔絶された家族が静かに狂っていくというアイディアの強烈さ。

キューブリックはホラーの古典的な視点を追求し、神経衰弱と邪悪なささやきがみごとに融合した偉大なる文学『嵐が丘』、『ジェーン・エア』、エドガー・アラン・ポー作品を利用した。彼は映画を抽象のレベルまで引き上げ、それがまるで音楽（この場合はフーガ）のようになることを望んだ。辺鄙(へんぴ)な屋敷の中で孤立している悩める芸術家とその家族の物語に、自伝の要素をあえて読み取った者もいる。また、それを本作の執筆中にアルコール依存まっただ中にあったキングに突きつけることもできよう。

本作が今までで最も自伝的な小説であったことが、キングにとって所有権を放棄しがたいも

迷路の中。残る疑問：ジャックは狂っていたのか、それともホテルに狂わされたのか？

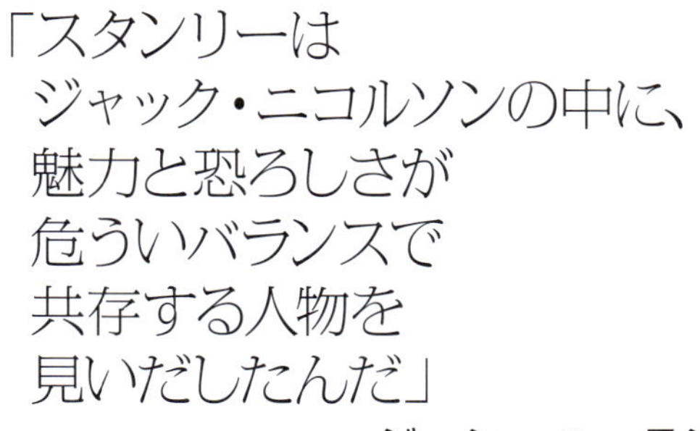

カメラの前でポーズを取るジャック・ニコルソン。モニターの前にすわっているのは写真嫌いのスタンリー・キューブリック。

うひとつの理由を示唆するかもしれない。彼は自分自身の何かを暴露した。ジャック・トランスはキング自身の罪悪感のアバターなのだ。

批評家が小説を読み解く手がかりを著者の精神面に求める傾向をキングは嫌っているが、しくじった父親というテーマは他人事ではなかった。キングは妻と子どもたちを愛していたが、作家として壁を突破しようと必死にもがく中で精神的プレッシャーが増していき、自分が家族に対して“相反する感情”を持っていることに気づく。恨みや怒りや憎しみに転化しえる感情だ。「精神的な暴力衝動さえあった」と彼は告白する。「幸いにも僕は抑圧できたけれど」。彼はトレーラーハウスの中から一面の雪景色を見つめては、自分は愚かな夢を追いかけているのだろうかと自問した。彼の正気は崖っぷちだった。

２歳のときに父親が失踪した体験がもとで、彼の作品には悪い父親と孤独な息子というモチーフが繰り返し登場することになる。酒飲みで女好きのドン・キングはある日、煙草を買いに出たきり２度と家に帰ってこなかった。「あれは1949年のことだった」とキングは説明する。「以来、僕たちはあの人でなしの消息を何ひとつ知らない」。かくてドンはキング作品において、徘徊する影となった。何年もたってから、ドンがＳＦやホラー小説を書いていた形跡が見つかった。もっとも、１作も売れなかったのだが。

オーバールック・ホテルはこの世のものとは思えぬ、バランスを失った精神をたぶらかす邪悪な場所だ。「あなたはいつだって管理人だった」と、手斧の殺人鬼デルバート・グレイディの幽霊が告げる。シェリー・デュヴァル演じるウェンディは廊下をよろめきながら歩き、神経をすり減らし、幻覚（あざ笑う客たち、エレベーターからほとばしる血）を体験する。ダニー・ロイド演じるダニーは、初めから“かがやき（シャイニング）”を持っており、その目は内面を見通す能力で明るく輝いている。

映画のところどころに、あらゆる意味でぞっとする何かが存在する。キューブリックの抑制された表現は、おのおのの恐怖をこの不気味な場所に投影することを観客に強いる。それがひどく不安な体験となるのは、邪悪なものが幻覚や幽霊としてあらわれ続けるからだ。双子の少女しかり、237号室で腐敗する醜い女しかり、薄気味悪いバーテンダーのグレイディしかり（全米公開の長尺版では、ロビーの蜘蛛の巣だらけの骸骨という月並みなシーンもある）。

『シャイニング』の恐怖の多くは主演男優と結びついている。「スタンリーはジャック・ニコルソンの中に、魅力と恐ろしさが危ういバランスで共存する人物を見いだしたんだ」と製作総指揮のジャン・ハーランは言う。「ニコルソンという役者には、何か畏怖を覚えさせるような特質がある」。それに加え、ニコルソンの膨大なテイクの中からいかにキューブリックが最も突出した演技を選択しているか、編集者のレイ・ラヴジョイは驚きを禁じえなかった。

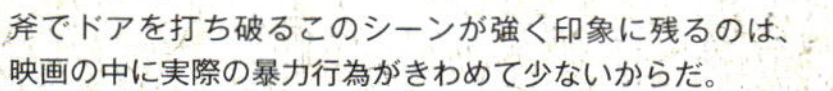
斧でドアを打ち破るこのシーンが強く印象に残るのは、
映画の中に実際の暴力行為がきわめて少ないからだ。

小説の映画化権を売ったとき、キングはニューヨークの高級ホテル〈ウォルドルフ〉でプロデューサーたちとランチをともにした。革張りの椅子にすわり、フランス人ウェイターに給仕されながら、彼らは主人公のキャスティングについて話し始めた。誰かがロバート・デ・ニーロを提案し、別の誰かがニコルソンを強く推した。「ニコルソンはあの役には年を取りすぎていると思わないか？」とキングは言った。彼としては、マーティン・シーンか、のちに『新・死霊伝説』で主演を務めることになるマイケル・モリアーティがいいと思っていた。

主人公の名前は“トランス”であり、ニコルソンの演技はほとんどそのダジャレになっていた。言葉と肉体の効果を存分にほとばしらせ、半ば狂犬病の動物、半ばサーカスの道化師のようで（彼は実際に取り憑かれたのか？）、ニヤニヤと笑い、ガミガミと怒鳴り、不快な話し方をするたびに場面をさらっていく。ニコルソンは役作りをするに当たり、ハリウッドではまだ記憶が生々しいシャロン・テート殺人事件の犯人であるサイコパス、チャールズ・マンソンを参考にした。ニコルソンは自分の母親が実は祖母だったという家族の秘密を知って衝撃を受けたばかりで、すでに異様な精神状態にあり、現場入りの際には自分のことを役になりきるアーティストだと自画自賛した。

「ニコルソンはキューブリックが想像していた以上にクレイジーだったわ」と脚本家のダイアン・ジョンソンは語る。ニコルソンが映画に与えたのは、ブラック・コメディの要素だった。『シャイニング』は不道徳におかしくて恐ろしい。キューブリックは役者たちを狂気に駆り立てたが、この映画（およびキングの小説）は正気を失った芸術家に関するジョークのようなところがある。オーバールック・ホテルの凍てついた迷路はトランスの狂気のメタファーだが、現場でキューブリックはラウドスピーカーを通じて演出した。先を見通せない霧と高さ3メートルの生け垣に囲まれると、実体のない大声がどこから来るのかわからなくなる。ひょっとすると頭の中で聞こえているだけかもしれない。

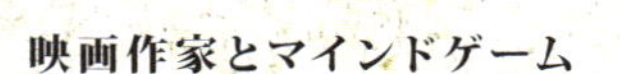

懐かしいECホラー・コミックスのノリで語られる５編のおぞましい話。

クリープショー
CREEPSHOW (1982)

〈プロローグ〉／第1話『父の日』／第2話『草まみれの男』／第3話『みち潮』／第4話『開封厳禁』／第5話『クリープショー』／〈エピローグ〉
Prologue／"Father's Day"／"The Lonesome Death of Jordy Verrill"／"Something To Tide You Over"／"The Crate"／"They're Creeping Up On You"／Eplogue

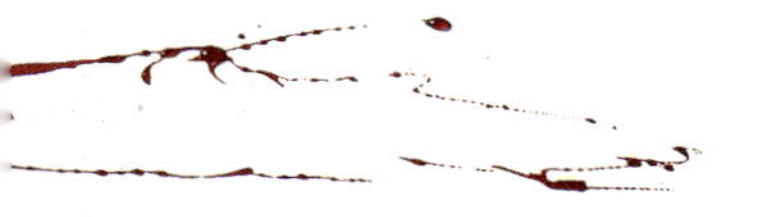

監督：ジョージ・A・ロメロ
脚本：スティーヴン・キング
出演：テッド・ダンソン、E・G・マーシャル、ハル・ホルブルック、レスリー・ニールセン
形式：劇場用映画（120分）
公開日（米）：1982年12月12日（Warner Bros.）
公開日（日）：1986年2月15日（日本ヘラルド映画）
原作：オリジナル案、『Weeds』（未収録短編小説／1976）、『箱』（未収録短編小説／1979）

ジョージ・A・ロメロ監督は『呪われた町』を自分の手で映画化できなかったことにもくじけず、ホラー・オムニバス映画を企画した。５つの短編を、白黒、3Dなどそれぞれ異なったスタイルで撮影するという内容だった。それに対し、キングはより明確なコンセプトで応じた。５編の陽気なホラー寓話を集め、キングとロメロの創作のDNAにしっかりと刻みこまれているECコミックスにオマージュを捧げるというものだ。

EC（Entertaining Comics）コミックスは、1940年代・50年代の子どもたち（キングは少し乗り遅れている）を身の毛もよだつ超自然の物語で夢中にさせ、アイゼンハワー時代の親たちを愕然とさせた。物語には独自のモラルがあった。犠牲になるのは当然の報いを受けた者であり、象徴的で恐ろしい死を遂げる。映画『シャイニング』との対比を強調するため、キングとロメロは“ぞっとするもの”に照準を合わせることにした。

そのスタイルは、特に演技面において、身も凍るというより気味悪さとばかばかしさの境界ぎりぎりを狙っている。１ヵ月もかからずに書き上げたキング初の映画シナリオは、５編の気味悪い寓話と、構成の枠組み（頭の固い父親がホラー好きの息子から雑誌〈クリープショー〉の最新号を取り上げてゴミ箱に捨てる話）からなる。父親の問題はいくつか盛りこまれている。キングの実の息子ジョーが、雑誌を捨てられる少年を演じた。

第１話“父の日”は、ECコミックスへの最も率直な讃歌であり、強欲な一家（若くて髪のあるエド・ハリスも一員）が題名にもなっている祝日に腐敗した家長と対面することになる。ここではロメロが色彩や見た目に凝り、画面を傾けたり、大仰なアングルにしたり、雑誌のけばけばしい色ページに合わせてぎらついたフィルターを使用している。

第２話“草まみれの男”は、キングの演技経験の中で唯一の主演作である。物語はもともとある小説の冒頭として考えられていたもので、隕石が運びこんだ異星の植物（「このくそ隕石！」）が、キング演じるおつむの鈍い農夫を含めて地上に急速にはびこっていく。彼はそうひどくない。まあ、アレな演技なのだが、そこがポイントなのだ。「ロメロからは“とことん間の抜けた”演技をしろと言われたんだ」。農夫ジョーディの孤独な死には、まさに哀愁が感じられる。キングはラテックス製

第2話"草まみれの男"のセットでポーズを取る映画スター、スティーヴン・キング（中央）。左端はジョージ・A・ロメロ監督。

の緑色の舌を装着させられたが、ある日、その格好のままピッツバーグの撮影現場の隣にあるショッピングモールにこっそり出かけ、ある店の女性店員にそれを見せた。彼女がモールの警備員を呼んだかもしれない、とキングは笑う。「でも、その価値はあったよ」

キングが子ども時代に砂浜に首まで埋められた恐ろしい思い出をもとにした第3話"みち潮"では、妻を寝取ったテッド・ダンソンが夫レスリー・ニールセンの復讐にあって砂浜に首まで埋められ、満ちた潮にのまれるが、アンデッドとなって海草にまみれながら同じ方法で夫に復讐し返す。第4話"開封厳禁"は、モンスター映画（木箱に入っている牙だらけの怪物）と、口やかましい妻（エイドリアン・バーボー）を亡き者にしようと機会をうかがう気弱な大学教授（ハル・ホルブルック）をミックスする。

有名な映画評論家ロジャー・イーバートは、この確信犯的な楽しい映画を、"人間の恐怖症"のアンソロジーと見なした。植物、動物、昆虫、埋葬などなど。最もぞわぞわさせる最終話"クリープショー"では、潔癖症の大富豪（E・G・マーシャル）が自分の住む無菌状態のペントハウスに大量のゴキブリが入りこんでいるのを発見する。キングは『インディ・ジョーンズ』風にあらゆる種類の昆虫（彼が考案したものを含む）を登場させたがったが、予算の都合で南米産のゴキブリだけとなった。

「やつらはアメリカ産ゴキブリよりずっと安いんだ」とキングは明かす。プロダクションは捕獲隊を南米の洞窟に派遣した。「あのでかいゴキブリはコウモリの糞（ふん）だらけの洞窟に何億匹と暮らしている」。撮影セットでは彼らはゴミ箱で飼われ、穀物粉とバナナを与えられた。「においがひどいのなんの」とキング。「それでも、やつらは専用のトレーラーを持っていた」。マーシャルは勇敢にも小さな共演者たちとのクローズアップ撮影に同意し、その効果は観客全員をいたたまれないほどむず痒（がゆ）くさせた。キングはプロモーション活動中、大量のゴキブリにたかられてテレビのインタヴューを受けるというしっぺ返しを受けた。彼は「いくつかの回答をしくじったかもしれない」と認めている。

母親が狂犬病のセントバーナードから幼い息子を守る。

クジョー
CUJO (1983)

監督：ルイス・ティーグ
脚本：ドン・カーロス・ダナウェイ、ローレン・キュリア
出演：ディー・ウォレス、ダニエル・ヒュー・ケリー、ダニー・ピンタウロ
形式：劇場用映画（93分）
公開日（米）：1983年8月12日（Warner Bros.）
公開日（日）：1984年4月7日（松竹富士）
原作：『クージョ』（長編小説／1981）

キングの作品で『クージョ』以上に内臓に響く強打はあるだろうか？　ルイス・ティーグ監督が画面に横溢(おういつ)させた熱くて不快な息づかいは恐ろしく原初的で、暗い皮肉がきいている。ドナ・トレントン（ディー・ウォレス）が自然の凶暴な衝動から生き延びようと必死になるとき、それはほとんどミニチュア版災害映画になる。映画『クジョー』を非常に詳細に分析したメイキング本『Nope, Nothing Wrong Here』の中で、著者ルイス・ギャンビンは「クジョーは映画の犬の歴史における最重要キャラクター」と述べている。

キングは小説のヒントをふたつの要素から得た。ひとつはポートランドの地方紙に載った、飼い犬のセントバーナード――『ピーターパン』のナナや『ベートーベン』のような――が幼い子どもを襲ったという記事。その記事はキングの目に"テクニカラーで"飛びこんできた。この人懐こいセントバーナードはコウモリに嚙(か)まれて狂犬病に感染し、キャッスル・ロック在住の善良な作家（さほど善良ではないかもしれないが）の注意を引いた。まさに人狼の物語であり、吸血鬼の物語であり、『ジキル博士とハイド氏』である。だが、悲惨な現実であり、われわれがいとおしむありとあらゆるものに反していた。

またある日、愛車のハーレーの機嫌が悪くなり、キングは辺鄙な場所で修理店を見つけた。彼がおんぼろのヤードに足を踏み入れたとたん、大型犬が歯をむき出して飛びかかってきた。獣をおとなしくさせるには、修理工のスパナの一撃を必要とした。背筋を氷のように貫いた恐怖を、キングはけっして忘れられなかった。彼は、怒り狂った犬が故障した車の中に母子をくぎづけにする光景を頭に描いた。

キングはなぜ人間とその最良の友のあいだにくさびを打ちこまずにいられないのか？　彼が動物に対して繰り返す仕打ちには、ほとんど病的ともいえるような何かがある。たとえば『呪われた町』で吊(つる)される犬、『ペット・セマタリー』でアンデッドになる猫、『１９２２』で井戸に突き落とされる牛。にもかかわらず、キング家には最愛のペットがいる。そこがポイントなのだ。ペットの死（もしくはもっと悪い事態）というのは、人間の心を最大限に揺さぶる。彼がほしいのはそのショック。『クージョ』はショックそのものと言ってよい。

撮影では４頭の訓練されたセントバーナード（場面によってメカニカル・パペットや人間の入った着ぐるみと交替した）が、口から垂らす泡を表現す

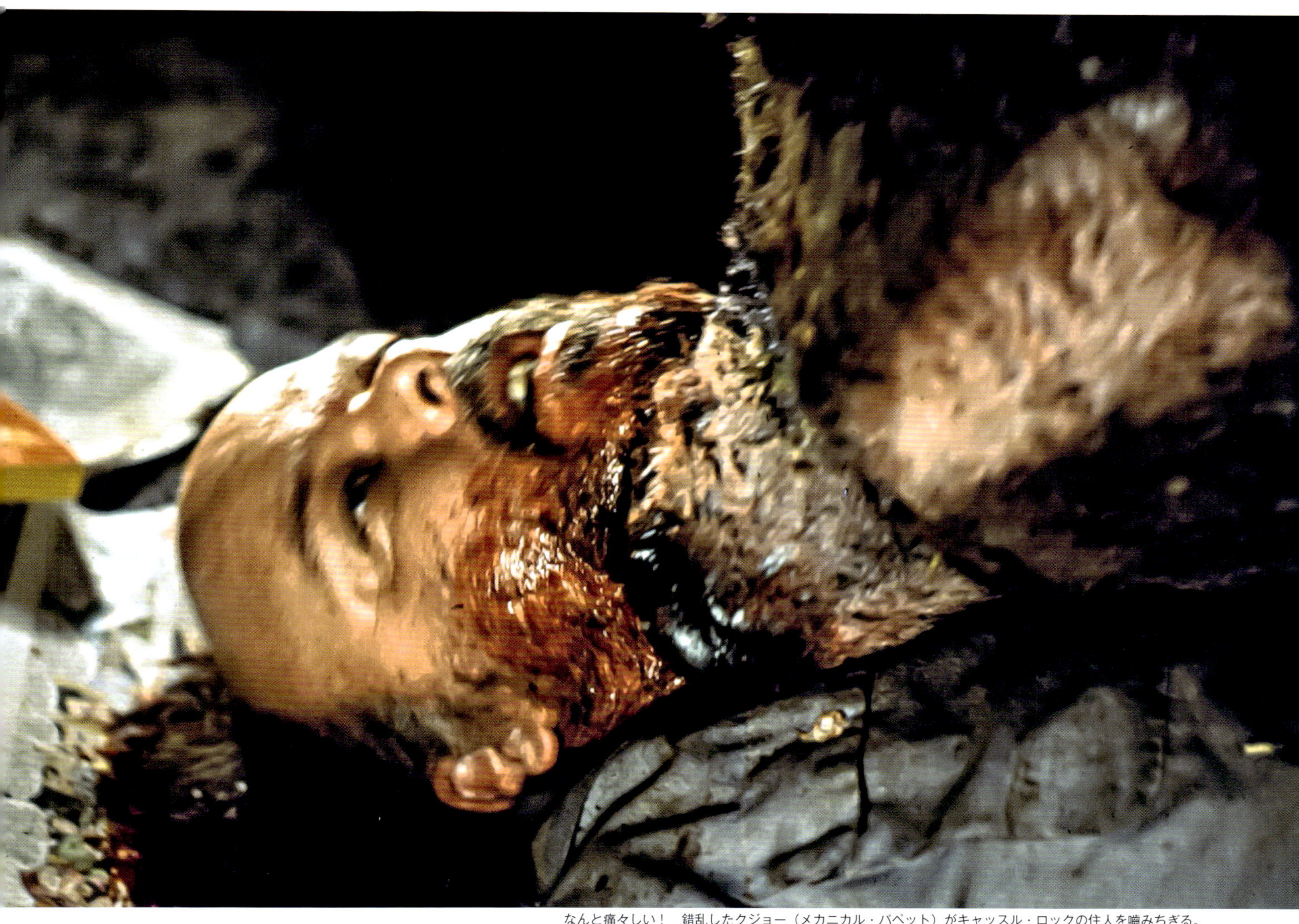

なんと痛々しい！　錯乱したクジョー（メカニカル・パペット）がキャッスル・ロックの住人を噛みちぎる。

るために鼻面に卵白と砂糖を塗られた。撮影は彼らがそれを舐め取る前にすばやく終えねばならない。犬たちから感情を引き出すのは大変な苦労だった。いくつかのショットでは、代役として偽装したロットワイラー犬も投入された。カメラが回っていないとき、どの俳優もこの大物たちと交わることは許されなかったという。

映画は、ひたすら前兆、続いてひたすら噛みつき、とすっきりした構造にされている。後半は舞台が故障したフォード・ピントにほぼ固定され、ドナと悲鳴を上げる息子が敵意に満ちたクジョーから攻撃（驚くほどの調教と編集のたまもの）を受け続ける。

『クージョ』はキングの監禁ものの第1作である。彼は物語が故障したピントの車内に完全に限定されるのを望んだが、思うようにいかなかった。物語を発展させる必要に迫られ、冷めた夫婦関係やドナと家具修理職人スティーヴ（演じたクリストファー・ストーンはウォレスの実の夫）の空虚な浮気を描いた。

カリフォルニア州メンドシーノでおこなわれた8週間の撮影は、けっしてスムーズに開始できたわけではない。キングの脚本第1稿は小説に忠実でないという理由で却下された。最初にメガホンを取ったハンガリー出身のピーター・メダックは、たった3日で現場を離れた。彼は飲酒が発覚した撮影監督を擁護し、プロデューサーからふたりそろって解雇されたのだ。あとを引き継いだルイス・ティーグは『アリゲーター』（1980）の監督で、キングは彼のスタイルを気に入っていた。「彼には恥ずかしさも道徳心もない」。急遽呼ばれた彼が息をつく暇もなかったのは、かえってよかったかもしれない。

ティーグは淡々とした描写を心がけた。冷ややかに観察するような冒頭の空気はやがて、激しいヴァイオレンスによって一掃される。たと

母の愛——息子タッド（ダニー・ピンタウロ）を守ろうとするドナ（ディー・ウォレス）の本能が映画の核として描かれる。

キングはなぜ人間とその最良の友のあいだにくさびを打ちこまずにいられないのか？

え小説であっても、キングはドナの過敏症の息子を純粋な恐怖による熱で死なせることにした。

ウォレスは『E.T.』(1982）でも母親を演じているが（キング原作の映画はスティーヴン・スピルバーグ監督のＳＦおとぎ話が残したレガシーを汚しまくっている。ドリュー・バリモアは『炎の少女チャーリー』で政府機関の工作員をこんがりと調理し、ヘンリー・トーマスは『ジェラルドのゲーム』で性的虐待をする父親になった)、彼女は脚本を読んで圧倒された。「女性のための力作だったわ！」。神経を張りつめるメソッド女優であるウォレスは、ほとんど感情のない状態から野生の本能までシフトチェンジしてみせた。「くたばれ、このクソ犬！」

殺しの血にまみれたこの狂犬病の犬は、ドナの軽率なふるまいによって放たれた罰なのだろうか？　うだるような３日間、犬は攻撃の手をけっしてゆるめない。正気を失った犬は、息子に対する母親の愛を試す寓意としてやってきたのだ。

小説には、『デッド・ゾーン』の連続殺人犯フランク・トッドの怨念がキャッスル・ロックに漂っているという超自然要素がある。彼は、ウサギの穴を掘り進んでコウモリの分泌液を浴びたクージョに取り憑いたのか？　監督のティーグは、超自然的なサブプロットを扱うと映画のリアリティをそこなうと気づいていた。ここで描かれるべきは、動物の激情であり、親の不安であり、結婚の破綻であり、フェミニストの審判なのだ。ドナは血に飢えた戦士となり、男性はまったく役に立たない。だが基本的に描かれるのは、この世界の駆動力たる恐怖である。

動物をこよなく愛するウォレスに後遺症は残らなかった。むしろ、物言わぬ共演者の献身ぶりを見て、なおさら犬が好きになった。ただし、フォード・ピントだけは死ぬまでもう２度と見たくなくなった。

昏睡から覚めたジョニー・スミスは、手を触れた相手の過去や未来が見えることに気づく。

デッドゾーン
THE DEAD ZONE (1983)

監督：デイヴィッド・クローネンバーグ
脚本：ジェフリー・ボーム
出演：クリストファー・ウォーケン、ブルック・アダムス、マーティン・シーン
形式：劇場用映画（103分）
公開日（米）：1983年10月21日（Paramount Pictures）
公開日（日）：1987年6月20日（ユーロスペース）
原作：『デッド・ゾーン』（長編小説／1979）

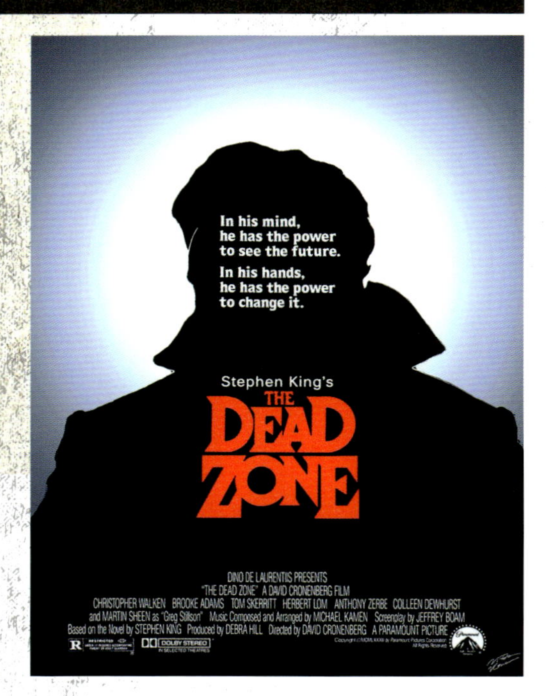

キングが初めてホラーから離れた小説――透視予知能力をともなう政治スリラー――を脚色したデイヴィッド・クローネンバーグ監督の映画には、もともと冒頭に子ども時代の主人公がホッケーの試合中に氷の中に落ちる回想シーンがあった。このエピソードは、ホッケーのパックが命中して昏倒し、５分後に意識が戻ったというキングの幼いころの記憶をもとにしている。彼は氷の中に落ちなかったものの、失われた５分間は小説家に大きな影響を与えた。それは眠りというより欠落だった。クローネンバーグはジョニー・スミスの超能力の起源をあまりに強く示唆するという理由で当該シーンをカットしたが、その一時的な空白は『デッドゾーン』の不穏さの中心に横たわっている。

題名はジョニー・スミスが活性化させる脳の超能力領域を意味するだけでなく、交通事故（キングの未来を予知している）後の昏睡によって失われた５年間をも指し示すと同時に、われわれの人生はどこか不完全なものなのではないかという普遍的な疑念にも言及する。

社交的なプロデューサー、ジョン・ピーターズが原作を買いたがったが、キングはこれを拒否した。ピーターズのいかにもハリウッド的な口先だけの話しぶりにいらいらし、また彼の製作した『アイズ』（もたついたおとな版『キャリー』）が気に入らなかったのだ。今やキングは自分の眼鏡にかなう映画人に自作を売り渡せる立場にあった。だからといって、複数の脚本や首をひねるような監督候補という洗礼から逃れられたわけではない。作風に共通点のないスタンリー・ドーネン（『雨に唄えば』）、ジョン・バダム（『サタデー・ナイト・フィーバー』）、マイケル・チミノ（『ディア・ハンター』）といった名が浮かんでは消えた。

キングはクローネンバーグ監督がホラー映画に持ちこんだストイックな精密さが好きだった。クローネンバーグは医学の学位を持つ変わり種で、初期の映画ではバイオの恐怖と冷ややかな知性主義を融合させて観客を驚嘆させた。キングは連続殺人犯のサブプロットに焦点を合わせた脚本を書いたが、イタリアから移住したプロデューサーのディノ・デ・ラウレンティス（フェリーニから『キングコング』まで守備範囲は広い）は内容があまりに複雑だと感じ、クローネンバーグはキングが自

「『デッドゾーン』は
初期のキング映画の傑作群と肩を並べうる」
スラント誌

作の要点を見失ったかといぶかしんだ。「要するにひどく醜悪で不快で残虐なシナリオだった」と彼は語る。

ジェフリー・ボーム（のちにキングの影響下にあるポップなホラー『ロストボーイ』の脚本を書く）は、原作の複雑に並列する物語を“タイムトラベラーのジレンマ”のバリエーションへと単純化させた。あなたは時代をさかのぼってヒトラーを射殺できるか？　同じ構造はJFKスリラー『11/22/63』でも採用される。マーティン・シーンが演じる汚職政治家が破滅的な大統領になることを予知したスミスは、彼を暗殺する道を選ぶ。キングは当時の大勢の人びとと同様、レーガン政権が冷戦を激化させるのではないかと恐れて暮らしていた。

キングにとって『デッド・ゾーン』は、超自然の力で際立たされた同時代のサスペンス物語だった。『ファイアスターター』も、ウォーターゲート事件やいつもの町議会レベルより格段に高い権力の腐敗に対するキングの反応という意味で、同じ括弧でくくられるだろう。

映画の舞台はキャッスル・ロックの町かもしれないが、撮影は氷点下のオンタリオにて700万ドルの製作費で敢行された。クローネンバーグの陰鬱な嗜好もあってか画面は重苦しい雰囲気になったが、夜間シーンにはまるで世界が蜘蛛の巣でおおわれているような銀色のハイライトが与えられた。Webマガジン〈スラント〉のエリック・ヘンダーソンは、『デッドゾーン』が「初期のキング映画の傑作群と肩を並べうる」と書いている。先輩格のブライアン・デ・パルマやスタンリー・キューブリックと同様、クローネンバーグはキングの初期作品に存在する冷ややかさを実証してみせた。

キングは悲劇のヒーロー役として興味深いことにビル・マーレイを推したが、製作側に拒絶され、クリストファー・ウォーケンに落ち着いた。つっかえ気味の話し方、遠いまなざし、ぎくしゃくしたボディランゲージを持つこのニューヨーク生まれの俳優は、世界と同調できない主人公を生来的にとらえていた。スミスはキング特有の“超能力を授かった孤独な子ども”が単におとなの形を取っただけで（キャリーのように狂信的な母親を持つ）、その“かがやき”の変種によって恩恵と呪いを等しく受けている。「クリス・ウォーケンの顔だよ」とクローネンバーグは言う。「それが映画のテーマなんだ。映画はそれに尽きる。すべてが彼の顔にあらわれているんだ」

左下：
第六感。ジョニー・スミス（クリストファー・ウォーケン）は政治家グレッグ・スティルソン（マーティン・シーン）に嫌な予感を覚える。

右下：
デイヴィッド・クローネンバーグ（中央）は、キングが初挑戦した政治スリラーに冷ややかな知性主義を持ちこんだ。

内気な男子高校生が殺人車プリマス・フューリーと不健全な関係を築く。

クリスティーン
CHRISTINE (1983)

監督：ジョン・カーペンター
脚本：ビル・フィリップス
出演：キース・ゴードン、ジョン・ストックウェル、アレクサンドラ・ポール
形式：劇場用映画（110分）
公開日（米）：1983年12月9日（Columbia Pictures）
公開日（日）：1984年5月5日（コロムビア映画）
原作：『クリスティーン』（長編小説／1983）

年季の入った高級車を所有したことがある者なら誰でも、どんな恐怖が待ちかまえているか知っている。故障、維持費、必要となるあらゆる注意とケア。それはほぼ恋愛に等しい。すてきな少女とハブキャップを持つ真紅の女性のあいだで板ばさみになる男の古典的物語の執筆に没頭しながら、キングはそう考えた。

時代設定が1978年にもかかわらず、小説には50年代のロックンロールと自動車文化に対するノスタルジアが注入されており、まるで現代から過去にスリップしてしまったかのようだ。それはキング自身が育った時代であり、ロックンロールも車もティーンの古典的な反逆の象徴である。映画では、主人公アーニーの真っ赤なジャケットが、車に熱中する『理由なき反抗』（1955）のジェームズ・ディーンへの直接的な言及になっている。若者が車に乗りまくるジョージ・ルーカス監督の『アメリカン・グラフィティ』（1973）の影響も大きいが、何かに取り憑かれた車といえば70年代のB級ホラー『ザ・カー』（1977）がすでに扱っている。

キングが1958年型プリマス・フューリーを主役に選んだのは、それが名車ではないからだった。「あれはとてもありふれていて印象に残らない車だった」と彼は言う。「人はすぐ57年型サンダーバードやガルウィングのシヴォレーやフォード・ギャラクシーのことを思い浮かべるが、この車はそういった"神話"とはまったく無縁なんだ」。実はキング自身の最初の車も兄から譲り受けた黒い1956年型プリマスで、未来の妻となるタビサと出会う大学時代もその車に乗っていた。

テレビシリーズ『死霊伝説』でキングの信頼を勝ち得たプロデューサーのリチャード・コブリッツは、『クリスティーン』をゲラ刷りで読んだ直後に映画化オプションを取得し、ジョン・カーペンター監督の獲得にも成功した。製作が開始されたのは小説が出版される数日前で、これは最もスピーディな映画化のケースかもしれない。

クローネンバーグ、ロメロ、フーパーのあとを受け、やはり80年代を代表するホラーの巨匠のひとりである（ウェス・クレイヴンだけ名前がないが）カーペンターは、いかにも彼らしい雰囲気で映画を染め上げ、キングという枠組みの中に刻印をくっきりと残した。

キース・ゴードンが演じた変人アーニーは10代のジャック・トランスであり、周囲から浮いたところはキャリー・ホワイトとよく似ている。撮影地もカリフォルニアで、映画はハリウッド的ティーンの輝きを『キャリー』と共有している。実際、『クリスティーン』も成熟というウサギの穴に飛びこむ映画であり、アーニーもまた

車のトラブル。大量のプリマス・フューリーが映画のために探し出され、撮影のために徹底破壊された。

撮影現場で冷静さを貫くジョン・カーペンター監督。

超常的な力によってパワーを与えられるとともにゆがめられた、はみ出し者の高校生である。彼はきつい口調で言う。「おれの車について何か言うときは気をつけたほうがいい。彼女は傷つきやすいんだ」。カーペンターが夜間撮影したプリマス・フューリーは、まばゆいヘッドライトがあたかも連続殺人犯の催眠的な凝視のように霧を切り裂く。

1983年にキングは、自作の中で『クリスティーン』と『呪われた町』と『シャイニング』だけが“混じりけのないホラー”だ、と述べている。3作のどれもが現象の“合理的な説明”をしていない。『クリスティーン』の発想は、逆回転する速度計と給油のあとに若返る車のイメージだったという。カーペンターはシャーシの下に空気圧ポンプを仕込み、そのトリックを実現させた。コレクターたちから稀少(きしょう)なフューリーを買い集めるのに費やした経費は総額50万ドル。何台かは磨き抜かれたボディでただポーズを取り、他の大部分はスタントに供されたが、撮影後まで生き延びたのはたった2台だけだった。

ここでひとつ問題がある。これは吸血自動車なのだ。そして、カーペンターの感情を出さないスタイル、インクのごとく漆黒の夜景、グリルを舐める炎、陰鬱なシンセ音楽と50年代のシングル曲とエンジンの咆哮(ほうこう)のあいだにある微妙な相互作用などを考えると、そこにユーモアが乗りこむ余地はない。この作品はドライヴイン・シアター映画のように上映されるべきではなかったか？ 「全体のコンセプトはおもしろくて、同時に恐ろしいはずなんだ」とキングは言う。

車の恐怖とアメリカの消費主義に対する軽い批判をもってしても、前提の不条理さを振り払うことはできない。「日常のありふれたものを恐ろしい脅威に変えるキング氏の手法——凶暴な車、凶暴な犬（クージョ）——は、映画よりも本の中だけでうまく機能するのかもしれない」と〈ニューヨーク・タイムズ〉紙のジャネット・マスリンはうんざりしたように書いている。

カーペンターは、重要な物語の背景をカットしたのは誤りだったかもしれないと認めている。小説の設定どおりであれば、モノも場所も暴力の残滓(ざんさ)を吸収する能力がある。言い換えると、車は悪にとってスポンジだったのだ。映画では、悪意の源に関する議論に決着がついていない。『クリスティーン』はややもすると、ディズニー映画『ラブ・バッグ』(1968) のおどけたビートル“ハービー”の悪意に満ちた焼き直しに見える。

カップルが足止めされた町はトウモロコシを崇拝する子どもたちに支配されていた。

チルドレン・オブ・ザ・コーン

CHILDREN OF THE CORN (1984)

監督：フリッツ・カーシュ
脚本：ジョージ・ゴールドスミス
出演：リンダ・ハミルトン、ピーター・ホートン、コートニー・ゲインズ、ジョン・フランクリン
形式：劇場用映画（92分）
公開日（米）：1984年3月9日（New World Pictures）
公開日（日）：劇場未公開・ビデオ発売
原作：『トウモロコシ畑の子供たち』（『トウモロコシ畑の子供たち』収録の短編小説／1978）

この滑稽なコーンベルト版『蝿の王』は、キング作品の最も成功した映画化である。ただし興行収入面ではなく（80万ドルという少ない製作費で興収1,400万ドルを上げたのは大した収穫だが）、彼の最も長い映画シリーズに成長する種子として、だ。"彼の"と言うには語弊があるかもしれない。８本の続編と１本のリメイクが彼の名を冠しつつも彼に発言力のない中で製作されるのを、キングはただ顔をしかめて傍観するしかなかったのだから。

原作の物語はカンザスのトウモロコシ畑の中を車で横断しながら思いついたもので、やがて『IT』へつながっていく。どちらも、おとなの目が行き届かない町で形を持たない悪が表面下にひそんでいる。

ハリー・ウィランドというインディーズ監督がランス・カーウィン（『死霊伝説』）を主役にカンザス州で撮影しようとしたが、製作側はキング作品の乱立を危惧して手を引いた。企画は低予算映画専門のニュー・ワールド・ピクチャーズとCF監督の フリッツ・カーシュに転がりこみ、干ばつでトウモロコシが枯れたカンザスを避けてアイオワ州スーランドで撮影されることになった。それでも美術部門はトウモロコシを緑色にスプレー塗装しなければならなかった。

「あの映画はクズだ」とキングは不平をもらしている。だが、ばかげてはいるものの完全な失敗作ではない。そこには教義（特にモルモン教）に対するキングの攻撃がしっかり残っている。子どもたちの信念と集団ヒステリーはセイラムの魔女裁判を想起させ、洗脳された彼らが語る旧約聖書の言葉はセイラムを題材にしたアーサー・ミラーの古典『るつぼ』のパロディと言ってよい。

気味の悪いカリスマ教祖アイザック（演じるジョン・フランクリンは23歳。成長ホルモン欠損症がある）とソシオパスの用心棒マラカイ（コートニー・ゲインズ）に導かれ、スー・シティ近辺から集められたキャストたちが儀式をおこなう。彼らはカルト映画のカルト集団なのだ。あるとき、フランクリンはレストランで女性ファンに見つかり、感激ですと遠くから叫び声で告げられたそうだ。「彼女は私に近寄れなかったんだ」

子どもたちをゆがめてしまう霊的存在"畝の後ろを歩くもの"は、最初は土の下を動く逆さまの手押し車で表現され、最終的に目玉のある赤い霧としてひどいロトスコープで描かれた。「あのエンディングの視覚効果は最低だ」とカーシュ監督も悔やんでいる。

『チルドレン・オブ・ザ・コーン』のあと、リンダ・ハミルトンはいろいろな意味ではりつけにされることになる。

「あれは基本的に、
僕のものでない映画に
僕の名前を入れさせるために
僕を騙そうという
試みだったと思う」
スティーヴン・キング

明らかに取ってつけたようなハッピーエンドもいただけない。もともとはリンダ・ハミルトン（これが映画デビュー作）は両目をくり抜かれてトウモロコシ畑ではりつけにされ、死んでしまうはずだった。商業的な影響を心配したプロデューサーの介入により、カップルは逃げのびることになる。さらに製作陣は脚本のクレジットにキングの名をちゃっかり残そうとした。彼は初期稿を書いたものの、スクリーンにあらわれたのは似ても似つかぬものだった。「あれは基本的に、僕のものでない映画に僕の名前を入れさせるために僕を騙そうという試みだったと思う」。以来、彼はトウモロコシとずっと手を切っている。

『チルドレン・オブ・ザ・コーン』サーガ
枯れることのない悪の系譜

誰かに「あなたの映画を全部観ました」と言われると、キングは、この人は『チルドレン・オブ・ザ・コーン』の続編もすべてラストまで席を立たずに観たのだろうかといぶかしむ。「あれはこの世で一番恥ずかしい。『チルドレン・オブ・ザ・コーン』ものは7本ぐらいあるんだ（実際は10本）」。いつか『チルドレン・オブ・ザ・コーン』がやはり長寿シリーズの『レプリコーン』とコラボして『コーンvsレプリコーン』や『チルドレン・オブ・ザ・レプリコーン』が製作されるだろうと、彼はこきおろす。まったく不可解なことに、ネブラスカ州の田舎町を舞台に狂った子どもたちのカルトを描いた短編小説は、それ自体の神話を寄せ集めながらキング史上で最長の映画シリーズとなった。

『スティーブン・キング／死の収穫』（1992）*Children of the Corn II: The Final Sacrifice* は『レプリコーン』のプロデューサーが製作し、“トウモロコシを冒瀆する者を土地から駆逐する”のを目的とした不快な子ども集団が新たに登場する。名作映画『オズの魔法使』（1939）に敬意を表した、気むずかしい老婦人が家の下敷きになるというすてきなジョークあり。トウモロコシ畑の惨劇の原因は空気中に漂う毒カビによる幻覚だ、という説明が試みられている。そんなものを誰が信じるのだろう？

『スティーブン・キング／アーバン・ハーベスト』（1995）*Children of the Corn III: Urban Harvest* の舞台はシカゴ。ふたりのトウモロコシ・キッズが進歩的なカップルに引き取られ、廃工場で新しいカルトの種を蒔く。都会の文化衝突、虫、かかし、そして集団に関する曖昧な点がある。初めて正式に登場する“畝の後ろを歩くもの”は、ストップモーション・アニメにした野菜のカブ？

多少はましな**『スティーブン・キング／アーバン・ハーベスト２』**（1996）*Children of the Corn IV: The Gathering* は、舞台がネブラスカに戻り、発病した子どもたちが親を殺す。彼らを止めようとする主役の医学生役に、なんとナオミ・ワッツ。**『チルドレン・オブ・ザ・コーン５：恐怖の畑』**（1998）*Children of the Corn V: Fields of Terror* では、ファッショナブルな大学生（そう、エヴァ・メンデスだ）たちがトウモロコシ畑に近づく道で迷子になる。本気のスラッシャー映画があとに続く。**『ザ・チャイルド』**（1999）*Children of the Corn 666: Isaac's Return* は他の続編をすべて無視し、第１作のアイザック（ジョン・フランクリン）が19年間の昏睡から目覚めて復讐を果たす。フランクリンが『スクリーム』型の不遜さがちらつく脚本を共同で執筆し、『キャリー』のナンシー・アレンが顔を見せてファンを喜ばせる。痛々しい**『Children of the Corn: Revelation』**（2001・日本未公開）はトウモロコシ畑の上に建てられたアパートをめぐって展開し、そこがアンデッドの子どもたちに蹂躙される。ＣＧのトウモロコシ畑第１号。

2009年、原作の短編小説がテレビ映画として再検討され、キングの初期シナリオが共同脚本の名のもとに発掘された。舞台を1975年に設定した**『スティーヴン・キング トウモロコシ畑の子供たち』***Children of the Corn* は、ヴェトナム戦争後の空気感に挑んでいる（トウモロコシ畑の中のフラッシュバック）が、カップル（キャンディス・マクルーア、デイヴィッド・アンダース）が絶え間ない言い争いを性格描写だと勘違いしている。バルサ材の子どもたちがあらゆる点で許しがたい。

それから２本の続編が（キングへの権利の返還を妨げつつ）続く。**『ザ・チャイルド：悪魔の起源』**（2011）*Children of the Corn: Genesis* は、異様に早熟な子どもを崇拝するおとなたちが暮らす田舎町というコンセプトの反転あり。**『Children of the Corn: Runaway』**（2018・日本未公開）は、７年間の休眠のあと、改善ぶりを見せる。まだ安っぽくはあるが、母親と息子がカルトから逃れることに現代的な思考が反映されている。だが、彼らはトウモロコシを持ち出したか？

幼い少女が心で念じただけで火をつける能力を持つ。

炎の少女チャーリー
FIRESTARTER (1984)

監督：マーク・L・レスター
脚本：スタンリー・マン
出演：ドリュー・バリモア、デイヴィッド・キース、ジョージ・C・スコット、マーティン・シーン
形式：劇場用映画（114分）
公開日（米）：1984年5月11日（Universal Pictures）
公開日（日）：1984年8月18日（CIC映画［ユニヴァーサル］）
原作：『ファイアスターター』（長編小説／1980）

６作目の長編に取りかかった時点で、キングはそれまで、彼の風変わりな伯父がダウジングで水脈を探し当てるのを目撃した以外（『死霊の牙』参照）、本物の超能力に遭遇したことがなかった。透視能力者にも、読心術者にも、キャリー・ホワイトにも。彼はその思いに熱病のようにとらわれ、テレキネシスやテレパシー、精神エネルギーを火炎放射器のように使うパイロキネシスについて、過去の実例を丹念に調べてみた。結局のところ、作家は想像力から炎を生み出す以外にどんなパワーを持っているのか？　おそらく彼が心を乱す物語にたびたび戻るのはそれが理由であり、『キャリー』から『ドクター・スリープ』まで、超能力の発現はすべて彼自身の創作プロセス、すなわち精神生活をあらわしているのだ。

冷戦まっただ中の時代、キングは“未開の能力”を求めて精神に作用する薬物実験をおこなう邪悪な政府機関の内情を知る。そこから発想した秘密機関〈ザ・ショップ〉の実験によって生み出されるのが、テレパシー能力のある１組のカップルと彼らのパイロキネシス能力を持つ娘である。キングは“自己模倣”におちいっているのではないかと不安になった。遺伝形質というコンセプトでさえ、すでに『キャリー』で仮定されている（映画ではブライアン・デ・パルマ監督が回避した）。だが、これこそ作家にとって賞賛されるべきことではないのか？　すなわち彼自身の本質的テーマの“発展”である。

執筆を始めたときから、キングにはこの作品が映画向きだとわかっていた。彼が言うところの“ムーヴィーアブル”な小説である。映画版『ファイアスターター』は厳密にはホラーにならないが、より現代的な何か——追跡映画であり、スリラーであり、現実的な意味で燃える映画——になるだろう。キングはそう考えたが、ひとつだけ不安があった。どうすれば負傷者を出さずに撮影できるのか？

映画化権は100万ドルという大金で英国のプロデューサー、ドディ・アルファイド（のちにパリの自動車事故でダイアナ妃とともに死亡）が取得し、やがてユニヴァーサルを引きこんだディノ・デ・ラウレンティスの手に移った。

ジョン・カーペンター監督が予算2,000万ドルで作ることが決定したが、『遊星からの物体X』（1982）の成績不振を受け、ユニヴァーサルが彼をプロジェクトからはずしてしまう。そこで、『処刑教室』（1982）でヒットを放ったばかりのマーク・L・レスター監督が、彼にとって最大の難物となる作品を手がけることとなる。クレイジーで力強い物語とほとばしる激情により、映画はマイナーヒットを記録した。

豪華なキャストもひと役買った。ストレスに満ちた父親（珍しく善良な父親）役

新しく開発された耐火ボディスーツのおかげでスタントマンは“火だるま”を90秒間も続けられるようになった。

シャーリーン・“チャーリー”・マッギー役のドリュー・バリモア。『キャリー』で始まったテーマの発展。

のデイヴィッド・キース、体調のすぐれないバート・ランカスターに代わって〈ザ・ショップ〉の尊大な中間管理職を演じた『デッドゾーン』のマーティン・シーン、口のうまい先住民の殺し屋ジョン・レインバードを巧みに演じたジョージ・C・スコット。デ・ラウレンティスは『E.T.』(1982)のドリュー・バリモアの演技に惚れこみ、小説のチャーリー・マッギーの設定年齢よりもかなり幼いにもかかわらず、彼女を主役に強く推した。そのせいか、感情によって呼び覚まされる彼女の破壊的なパワーが、思春期の寓意というより子どもの癇癪(かんしゃく)に見えてしまった。

ガス管が張りめぐらされたセットで、レスター監督は怒ったチャーリーが地獄絵図を作り出すオペラ的フィナーレを演出した。〈ザ・ショップ〉の田舎の屋敷は火の玉で焼きつくされ、燃える死体が流れ星のように樹上まで打ち上がる。『タワーリング・インフェルノ』(1974)で活躍したスタントマンたちが耐火ボディスーツに身を包み、セットの中を“火だるま”でよろめいた。そのスーツのおかげで、彼らはアスベストマスクの下で窒息することなく90秒間も演技でき、あちこちに焼けこげができたものの、誰ひとり火傷を負わなかった。『炎の少女チャーリー』は30数年たった今でも、“ファイアスターター”という語への期待感に応えてくれる。

１匹の賢い猫がつなぐ３つの荒唐無稽な話。

キャッツ・アイ
CAT'S EYE (1985)

第1話『禁煙協会』／第2話『超高層ビルの恐怖』／第3話『ジェネラル』
"Quitters, Inc."／"The Ledge"／"General"

監督：ルイス・ティーグ
脚本：スティーヴン・キング
出演：ドリュー・バリモア、ジェームズ・ウッズ、ロバート・ヘイズ、ケネス・マクミラン
形式：劇場用映画（94分）
公開日（米）：1985年4月12日（MGM/UA）
公開日（日）：劇場未公開・ビデオ発売
原作：『禁煙挫折者救済有限会社』、『超高層ビルの恐怖』（『トウモロコシ畑の子供たち』収録の短編小説／1978）、オリジナル・ストーリー

キングの第１短編集から数編の映画化権を取得したディノ・デ・ラウレンティスは、オムニバス映画を企画した。短編集『Night Shift』（日本では『深夜勤務』と『トウモロコシ畑の子供たち』に分冊）は年月を経るごと、傑作ぞろいであることが証明され、全20編のうち19編に映画化オプション権がつき、そのうち10編が（公式に）スクリーンにお目見えした。

３話からなるこのオムニバス映画には、徹底的なコミック・ホラー『クリープショー』よりも『トワイライト・ゾーン』のような道徳的教訓がある。特に最初の２話は、人間の危うい悪習に根ざしている。第１話『禁煙協会』では、珍しくニューヨークの混沌を舞台に、ジェームズ・ウッズ演じる喫煙者が禁煙のために自分の家族を賭けに使う。第２話『超高層ビルの恐怖』では、ロバート・ヘイズ扮するプロテニスプレーヤーが浮気相手の夫であるアトランティック・シティのギャング、ケネス・マクミランからめまいのするような賭けに追いこまれる。

当初、『やつらはときどき帰ってくる』が第３話として予定されていたが、気まぐれなプロデューサーがそれで独立した１本の映画を作りたがった。そこでキングは、迷い猫が壁の中に棲む怪物から小さな男の子を守る、というストーリーのアイディアをふくらませることにした。キングはありがちな無垢な犬ではなく英雄的な猫という点が自分でも気に入っており、ディノ・デ・ラウレンティスが愛しのドリュー・バリモアを再び起用できるように少年の設定を少女に変更した。バリモアの猫嫌いの母親は、よく見ると映画の中で『ペット・セマタリー』を読んでいる。

キングはすでにセルフパロディができるほどの大物だった。猫は『クジョー』のようなセントバーナードを出し抜いたり、『クリスティーン』のようなプリマス・フューリーに危うく轢かれそうになったりし、ジェームズ・ウッズはテレビで『デッドゾーン』を観ながら「誰がこんなくだらないものを書いた？」と文句をつける。

デ・ラウレンティスは３つの話を猫（16匹が使われた）が結びつけるという大胆な試みに挑戦し、キングは好意を示した。「コンセプトは僕が自分で書きたくなるほど異色で魅力的だと思った」とキングは言う。彼は最初の２話の中で猫を前触れとして駆け抜けさせ、第３話『ジェネラル』に向かわせた。ルイス・ティーグ監督は『クジョー』をうまく手なずけたのに続き、子どもと動物と特殊効果のゴブリンの組み合わせを効率的にさばいてみせ、すぐれた撮影監督ジャック・カーディフがそれをソープオペラのようにきらりと光らせた。キングはこう結論を下す。「『キャッツ・アイ』のときは、ばかげたことにも目を向けようという意識的な努力があったよ」

キングはこう結論を下す。
「『キャッツ・アイ』のときは、ばかげたことにも
目を向けようという意識的な努力があったよ」

映画で英雄的な猫を演じた勇ましい16匹のうちの1匹とドリュー・バリモア。

車椅子の少年が町をうろつく人狼を捜索する。

死霊の牙
SILVER BULLET (1985)

監督：ダニエル・アティアス
脚本：スティーヴン・キング
出演：ゲイリー・ビジー、コリー・ハイム、エヴェレット・マッギル
形式：劇場用映画（95分）
公開日（米）：1985年10月11日（Paramount Pictures）
公開日（日）：劇場未公開・ビデオ発売
原作：『人狼の四季』（イラスト入り中編小説／1983）

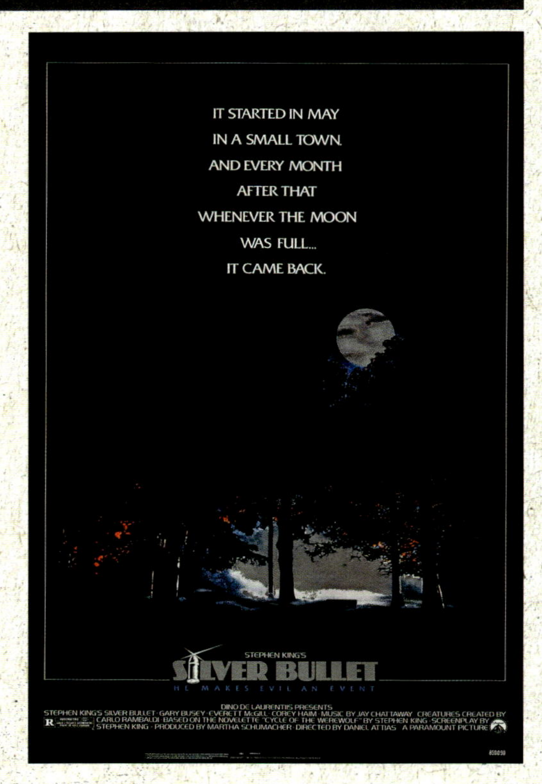

この型どおりの人狼映画は、まずカレンダーとしてスタートした。1979年、イラストレーターのバーニー・ライトソン――のちに『クリープショー』でコミックブックのページを担当する――がカレンダーのアイディアをキングに持ちこんだ。キングが各月にふさわしい物語を12本書き、ライトソンが次月に続くイラストを描くというものだった。

キングは人狼しかないと直感した。「人狼は満月の生きもので、どの月にも満月の日があるからね」。当然ながら、すぐに物語はカレンダーに収まりきらないほど長くなり、『人狼の四季』は12章からなるイラスト入りの中編小説となった。キングはアメリカ製の狼男映画がこれ以上必要なのかと懸念を持っていたが、ディノ・デ・ラウレンティスが彼を説得して共同作業を再び実現させ、ノースカロライナ州ウィルミントンにある自身のスタジオで撮影することになった。

『死の舞踏』の中でキングは、人狼神話の核心に横たわる、人間が“進化の過程を逆戻りする”可能性について言及している。だが、ここでは昔ながらの物語が語られる。これは単に別の原料で作り直された『死霊伝説』にすぎない。

『死霊の牙』は、くせ者ぞろいの町の住人たちが、血に飢えたハンターと犠牲者に二分されていく前半が最もうまくできている。

問題は人狼だった。『E.T.』（1982）で卓越した腕を見せた彫刻家で造形作家でもある特殊効果アーティストのカルロ・ランバルディが変身用装具と、その９ヵ月後には人狼の完全スーツを製作することになった。完成した獣を見たデ・ラウレンティスは、まるで黒いクマのようだと失望した。デザインのやり直しが決まってプロダクションは大混乱し、監督のドン・コスカレリは人狼の出てこないシーンの大半を撮り終えていたにもかかわらず降板した。

ダニエル・アティアス（『炎の少女チャーリー』の助監督）が急遽監督として加わったとき、皮肉にもデ・ラウレンティスは要求を撤回し、現在の基準からするとカビが生えたようなランバルディのスーツで推し進めることになった。たいていの場合、人狼というのは完全に姿をあらわすよりも、ちらっと見えるだけのほうがいっそう恐ろしい。

馬力をアップした車椅子“シルヴァー・ブレット号”に乗ったマーティ・コスロー（コリー・ハイム）。

毛深くて怪しいレスター・ロウ神父を演じるエヴェレット・マッギル。

人狼の正体をめぐる謎はあっという間に解け、その瞬間から映画のトーンは思いもかけずコミックブック的な大騒ぎへと変わる。主役に躍り出るのは、ゲイリー・ビジーがほぼアドリブで演じたレッド叔父さんと、車椅子に乗った甥のマーティ（コリー・ハイム）だ。題名の『シルヴァー・ブレット（原題）』は、彼らがケダモノを殺害する手段である“銀の弾丸”を意味するだけでなく、レッドが勇敢な甥のために作ったモーターつき高速車椅子の名称でもある。レッドはキングの風変わりな伯父、クレイトンをモデルにしている。彼はいつもビューグラー煙草の煙をまとい、幽霊話や地元の伝説のみならずスキャンダルや一族の事件までなんでも知っていたという。「夏の夜はポーチで、伯父さんが東部訛りでのんびりと語る話にうっとり聞き入ったものさ」とキングは懐かしむ。

これはキングの“子どもvs悪”物語の初期型であるが、『スタンド・バイ・ミー』や『IT』の繊細さはない。プロダクションの混乱に加え、プロデューサー主導による再検討の結果、むらのある『グーニーズ』（1985）と血糊のシチューを残しつつホラー成分を増量するために、複数のシーンが撮り直された。

『死霊の牙』の大失敗（興行の毛皮の表面をかろうじて波立たせたぐらい）のあと、キングはどんな契約であろうと“離婚条項”と呼ぶ条件を盛りこむようになった。もしもプロデューサーが原作を台なしにしたり、『キャリー』の舞台を宇宙に設定したり、人狼役にメリル・ストリープを望んだりしたら、彼がそれを拒否できる条項だ。とはいえ、人狼役のメリル・ストリープは「悪いアイディアじゃない」とキングは考えている。

モンスターと子供たち
MONSTERS AND CHILDREN

生き残った寄せ集め集団が怒りの暴走トラック軍団と戦う。

地獄のデビル・トラック
MAXIMUM OVERDRIVE (1986)

監督：スティーヴン・キング
脚本：スティーヴン・キング
出演：エミリオ・エステベス、パット・ヒングル、ローラ・ハリントン、イヤードリー・スミス
形式：劇場用映画（98分）
公開日（米）：1986年7月25日
（De Laurentiis Entertainment Group）
公開日（日）：1987年7月11日（松竹富士）
原作：『トラック』（『深夜勤務』収録の短編小説／1978）

キングは長いリハビリの末に獲得したような素直さで、自分が映画製作のあいだずっと「酔っぱらっておかしくなっていた」と認めている。自分が何をしているかまるでわかっていなかった、と。仕事を通じて学ぶのが関の山……というより、やっていくうちにどうにか形にしようと努めていた。唯一の監督作である『地獄のデビル・トラック』――まったく魅力がないわけではないが、限りなく少ない映画――は、小説家には教訓として役立った。内側に入ってみると、映画遊びは恐ろしく複雑なものである、と。

彗星の接近で異星の塵を浴び、地球の機械という機械が殺人衝動を持つ――という物語に基づく『地獄のデビル・トラック』は、キングが熱に浮かされたように没頭する中で製作された。別の異星の塵によって彼自身のバルブがいかれたのか、映画も同じく狂乱状態となってトーンがゆがみまくり、そこには内面の論理やドラマティックな繊細さなどかけらもない。言い換えると、これは大量のエンジン音と少量の脳みそを持ち合わせた大バカ映画であり、冷ややかな悪意を見せた『クリスティーン』のダサい姉妹品のようなものだ。

「機械が怖いんだ」とキングは高速道路で進路をふさぐ巨大な10輪トレーラーを例に挙げながら白状した。「中の人が見えないからね」。彼の想像の網はどんどん広がり、芝刈り機や乗用車や荷台のシートの下に異星人の意思伝達装置を隠しているかもしれない平台トラックまでもおおっていく。

無生物に悪意が宿るという想像は、のちに家庭用品（『トミーノッカーズ』参照）や人間を奴隷化する電波（『セル』）にまで拡大する。一方、『ブレードランナー』（1982）や『ターミネーター』（1984）などの登場で、80年代半ばのハリウッドは、機械たちの興隆に恐怖を感じつつも、そうした強迫観念のおかげで大儲けしていた。「僕はテクノロジーが人間の制御能力を完全に超えたという、とても明確なイメージを持っていた」とキングは言う。それこそ彼が『地獄のデビル・トラック』で主張したかった警告である。

狂気の始まりは70年代後半、ニューヨーク生まれで長らく英国でホラー映画を作っていたミルトン・サボツキーというプロデューサーが短編集『Night Shift』から６編の映画化権を買ったときだった。サボツキーはもともとアミカス・プロダクションのパートナーで、その会社は闇の芸術を代表するクリストファー・

スティーヴン・キングは常に思っていた。自分は映画的視点から小説を書くから、監督になれるに決まっている！

リー、ピーター・カッシング、ヴィンセント・プライスたちが出演した『怪奇！血のしたたる家』（1971・日本劇場未公開）や『墓場にて／魔界への招待・そこは地獄の始発駅』（1973・日本劇場未公開）など、ハマー・プロもどきのやっつけ仕事（その多くがオムニバス映画）で有名だった。そうした製作会社とかかわれることに、キングはわくわくした。

サボツキーはオムニバス映画を念頭に置いていた。そのひとつが、短編集に収録されている『トラック』と『芝刈り機の男』と『人間圧搾機』を合わせて機械による悪夢を描く作品。題名は『ザ・マシンズ』にする予定だった。ところが資金集めに失敗し、映画化は実現しなかった。

企画から離脱する少し前、サボツキーはキングに、『ザ・マシンズ』の監督をしてみてはどうかと提案していた。そのときキングは執筆という個人競技から映画製作という団体競技に移行することに思い悩んだ。彼はまた、サボツキーが低予算で映画を作って儲けることに慣れているとわかっていた。より深い部分で、キングは自分が失敗するかもしれないと恐れていた。「失敗するなんて考えただけでぞっとする」と彼は自覚していた。

彼はデスクという静かな王国でおこなう本業に戻り、監督業のことはもう頭から消えた。だが、それから1年ほどして『デッドゾーン』、『炎の少女チャーリー』、『キャッツ・アイ』とデ・ラウレンティスとの協力が始まると、状況は変わった。

デ・ラウレンティスはサボツキーの6編の権利を買い取ることに決めた。理由はただひとつ、キングが世界で最も成功した作家だから。当然、キングには何か価値があるに決まっているではないか。

酒を飲みながら、彼はキングに『トラック』を単独作として脚本化するよう迫った。キングはそれを拒んだ。せめて考えてみるだけでも、とプロデューサーは懇願した。キングは言われたとおりにした。それは宿命だった。物語を一種のディザスター映画にふくらませられるかどうか、ただちに検討に着手した。そして、脚本を書き始めた。

NO RIDERS

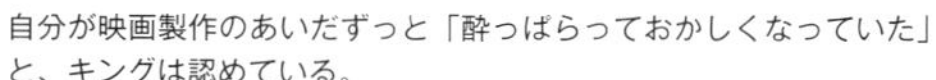
自分が映画製作のあいだずっと「酔っぱらっておかしくなっていた」と、キングは認めている。

そこでデ・ラウレンティスはキングに、監督をする気はないかと尋ねた。「ディノというのは、いい映画が手に入りそうだと思ったら切り裂きジャックにだって賭けてみる、そういう男なんだ」と彼は指摘する。キングは正直なところ、これまで我慢してきた多くの不発映画化よりも自分のほうがうまくやってのけられると感じていたので、提案に同意した。かつて「彼の頭の中には映写機がある」と評されたことがあり、キングは自分でもそれは正しいかもしれないと思っていた。「場面を書くときはいつも、僕は左右の幅や奥行きがわかっているんだ」。彼は登場人物の目を通してものを見る。彼の書く物語は先天的に映画的である。その上、彼はこの最も新しい創作の奇妙な自己再帰的な様相が気に入っていた。すなわち、スティーヴン・キングによるスティーヴン・キングだ。

「彼の頭には明らかに天才の因子があるにちがいないわ」と、共同プロデューサーでディノの妻であるマーサ・デ・ラウレンティスは驚きを隠さない。「生活の中に何かを見いだす能力があって、次にそれを物語の素材に変換するの」。彼女はロサンゼルスでひとりの女優を交えてミーティングをした朝のことを覚えている。キングが途中でトイレに立った。数分後、戻ってきて席に着き、「今、ストーリーについて考えていたんだ」と言った。翌日、彼はトイレにまつわる18ページの話を持参してきた。意図的にそうしているのか、内なるエンジンが止まらないのか、とにかく彼は絶え間なく創作を続ける。映画の製作期間中も毎朝、撮影の前に次の長編か短編を執筆していた。

撮影現場にあっては、彼は迷信のかたまりで、お守りとしてベルトに妻の下着の布切れをくくりつけていた。家族はいつも彼とともにあり、毎日撮影前に円陣を組んでは彼の心のバッテリーを再チャージした。

頭の中で再生する映像を見るのと、それをカメラに収めるのは、まったく別の話である。彼は事前に、自身の脚本を1,147枚のファイルカードに細かく分けていた。それぞれ1枚が1ショットに相当する。撮影が始まって3週間、彼はカードを投げ捨てた。

物語は、はみ出し者の集団——キングが好んで描く田舎町の共同体のミニチュア版——が寂れた長距離トラック向けドライヴイン〈ディキシー・ボーイ〉に逃げこむが、その周囲を大型トラックたちがホーンを鳴らし、煙を吐き出しながらぐるぐる回って彼らを閉じこめる。リーダーのトラックは、グリルにグロテスクな緑色のゴブリンの大きな顔を有し、テールゲートにはペニーワイズ風の道化師の顔が描かれている。

「機械が怖いんだ」
とキングは高速道路で進路をふさぐ
巨大な10輪トレーラーを例に挙げながら白状した。
「中の人が見えないからね」

主役である〈ディキシー・ボーイ〉の料理人に、キングは若手ミュージシャン、ブルース・スプリングスティーンを起用したかった。しかし、デ・ラウレンティスは「ブルース誰だって？　ブルース誰？」と繰り返すだけで受け入れない。彼はエミリオ・エステベスが望みで、それ以外は気にもかけなかった。配役バトルに敗れたとたん、キングの熱はみるみる冷めていった。

いかにも好青年のエステベスはキャリアが上り調子で、80年代の若者映画で人気のあった俳優グループ“ブラットパック”の代表的なひとりだったが、独自の道を行きたいと強く望んでいた。彼は別の超自然的な自動車スリラー『レポマン』(1984) に主演したばかりで、獲得はむずかしかった。しかし、エステベスの父親マーティン・シーンと『デッドゾーン』を作ったデ・ラウレンティスがことを円滑に進めた。エステベスがいることで、現場には当時の恋人デミ・ムーアやトム・クルーズなど、友人のスターがこぞって訪れた。

撮影はノースカロライナ州でおこなわれた。金のかかる組合労働者の雇用を州法で強制しておらず、しかもビジネスに対するその地域の大らかな考え方をデ・ラウレンティスが好んだからだ。まるでイタリアのように握手が大きくものを言う。さらに重要なことに、彼らの求めていたどこまでも平坦なハイウェイがそこにはあった。

夏はピザが焼けるほど暑いのに、キングは南部の気候を気に入った。家族をよく食事に連れ出し、店ではサイン攻めにもあわなかった。だが、食事を終えて外に出てみると、ファンが整然と並んで待っていた。クルーたちの士気を高めるため、キングは地元の映画館を貸し切り、『ゴジラ』(1954) と『ナイト・オブ・ザ・リビングデッド』(1968) の2本立てをポップコーンと彼のコメンタリー解説つきで彼らに見せた。

デ・ラウレンティスは経費に目を配り、同時製作の『ブルーベルベット』(1986) を近隣のスタジオで撮影させる予定を組んだ。2本の映画は芸術的志向が水と油だが、キャストとスタッフはよく混じり合った。キングは、デイヴィッド・リンチとイザベラ・ロッセリーニが食堂でランチをとっているところをよく見かけた。たがいにアメリカの田舎町の悪臭漂う下生えをほじくり返していることを知りつつ (リンチとキングは同好の士だ)、キングは暴走する芝刈り機を撮っていた。

キングはリスクをともなう現場が好きだった。それはたいてい、クルーたちが爆発やスタントの準備をしたり、停まっているトラックが人も乗っていないのにエンジンがかかる方法を考えるときだ。撮影監督のアルマンド・ナンヌッツィ (『死霊の牙』) は“イエス”以外の英語を話さなかった。彼はただそこにすわり、アイディアをまくしたてるキングの言葉をぼんやりした表情で聞き、オウムのように「イエス、イエス、イエス」と言いながらうなずくだけだ。

撮影ではいくつものトラブルがあった。無線操縦の芝刈り機スタントで飛び散った木くずが、5メートル離れていたナンヌッツィの目に命中した。2度手術したにもかかわらず彼は片目の視力を失い、キングはショックを受けた。先行きが不透明なまま、撮影は2週間にわたって中断。ところが、ナンヌッツィは片目にジョン・フォード監督ばりのアイパッチを着けて現場に復帰し、上々の雰囲気で撮影を終えた。

終盤に差しかかったころ、まるでキングのプロットが現実になったかのようにハリケーン“グロリア”が東海岸をじわじわと北上し、撮影隊はどうにか逃れようとした。クルーたちはヒルトン・ホテルで足止めを食い、たがいに無謀にも外に出ては道路を渡ったところでまた戻った。

デ・ラウレンティスと交渉し、積極的に映画を宣伝することを条件に夏の公開を取りつけたキングは、これは「モロン (バカ) 映画だ」と記者たちに訴えた。以来、彼は『地獄のデビル・トラック』が自作の最もひどい映画化だと断言している。それは少々不公正である。

映画のばかばかしいトーンは、裕福なマヌケ男が意思を持ったATMから金を引き出そうとする冒頭の原作者カメオ出演シーンにおいて確定される。ギャグのいくつかはうまく機能した。野球少年がロードローラーに押しつぶされるとき、特殊効果の誤動作で頭が爆発してしま

映画で何が待ちかまえているかを隠さず見せる初期のポスター。

キングは縁起を担ぎ、撮影中ずっと妻の下着の布切れを携帯していた。

い、キングを喜ばせた。飛び散る血は観客をほほ笑ませ、顔をしかめさせる。恐怖はおろか、差し迫った危機感もないが、そこそこの興奮はある。とはいえ、激しいへヴィメタルと結びついたキングのエネルギーが生来の活気を与えている。

ロックの神、AC/DCにサウンドトラックを担当してもらえるかどうかは、キング次第だった。彼はただ友人たちに電話して——彼らは同じ趣味を共有する仲間だった——歌の使用許諾をもらった。彼らは映画にインスパイアされた新曲“フー・メイド・フー”も書いた。カメオ出演も予定されていたが、残念ながらツアーのスケジュールによって消えた。

だが、映画はスリラーとして大失敗する。ばからしさは本のページよりもスクリーン上のほうがいっそう直接的だ。運転者不在のトラックは、とりわけミディアムショットやロングショットでは、ただのトラックにしか見えない。スピルバーグ監督の『激突！』(1971) と比較しても、似ているのは構造面だけだ。スピルバーグの名作には、野獣めいた脅威としてとらえ直された1台のタンクローリーによる原初的な切迫感がある。

『地獄のデビル・トラック』は1986年7月に公開され、かつてキングの手がけたどんな作品も受けたことがないほどの痛烈な批判を浴び、興行成績も散々だった。ひどい映画を表彰するゴールデンラズベリー賞にも最低監督賞と最低主演男優賞の2部門でノミネートされた。作家キングの評判に大きなダメージは残らなかったが、監督としては評判にすらならなかった。やがて彼はデ・ラウレンティスと袂を分かつことになる。相次ぐ失敗作の末、プロデューサーは資金難におちいり、しばらく続いたキング作品の映画化は不名誉な終わりを迎えた。キング自身は本業に戻った。

子ども時代の友人４人組が少年の死体を探しに出かける。

スタンド・バイ・ミー
STAND BY ME (1986)

監督：ロブ・ライナー
脚本：レイノルド・ギデオン、ブルース・A・エヴァンス
出演：ウィル・ウィートン、リヴァー・フェニックス、コリー・フェルドマン、ジェリー・オコネル
形式：劇場用映画（89分）
公開日（米）：1986年8月22日（Columbia Pictures）
公開日（日）：1987年4月18日（コロンビア映画）
原作：『スタンド・バイ・ミー』（『スタンド・バイ・ミー：恐怖の四季・秋冬編』収録の中編小説／1982）

キング作品のどれでもいいからナイフを入れてみよ、すると著者の血があふれ出る。程度の差こそあれ、どの物語もフィクションのトゲをまといつつ花開いた自叙伝である。しかし、キングの映画化作品として現在でも最も評価されている『スタンド・バイ・ミー』ほど、個人的要素が強く響くものはない。小説も映画も、少年たちの儀式やメイン州の雑木林を駆け回ってすごした子ども時代の透明な感情を鮮やかにとらえている。

だが、その元ネタは別人のものである。キングには大学時代、マサチューセッツの上流階級出身のルームメイトがいた。そのルームメイトは子ども時代、列車に轢かれた犬の噂を耳にした。犬は線路沿いのどこかで身体を膨張させて内臓をぶちまけており、噂をしていた連中は「本当に死んでた」と言う。ルームメイトは線路づたいに歩いていきさえすればよかった。キングの直感は、その劇的な事件をもう１段引き上げろ、と告げていた。死体を少年のものにし、はみ出し者の４人がそれを探しに出かける。友情がそれで終わるかもしれないと知りながら。

キングには線路にまつわる自分自身の記憶がある。もしくはあるべき記憶が欠落している。それは『死の舞踏』の中に書かれている、４歳のときに線路沿いにある近所の子の家に遊びに行ったときの話である。出かけて１時間ほどしてから、幼いスティーヴンは“血の気の失せた顔”で帰宅した。そして、その日はひと言も口をきかなかった。なぜそんなに早く帰ってきたのか、ひとりでどうやって歩いてきたのか、友だちの母親がなぜ彼にひとりで帰るのを許したのか、いっさい話そうとしなかった。しばらくして、いっしょに遊んでいた子が通過する貨物列車にぶつかっていたことがわかった。何年かのちに彼は母親から、遺体の断片が“籐編みのバスケットに拾い集められた”のだと聞かされた。事故の現場を見たのかどうか、彼にはわからない。その日に何が起きたのか、まったく記憶がないのだ。

キングはその経験をパネル・ディスカッションで話した。聴衆から恐ろしい幼児体験があるかと質問され、答えられたのがそれだけだった。もうひとりのパネラーだった作家で精神分析医のジャネット・ジェプスンがすぐに言った。「でも、あなたは以来ずっとそのことを小説に書いているわ」

フロイト流の分析は脇へ置くとして、キングは小説『スタンド・バイ・ミー』が自身の子ども時代の体験や知り合いを輪でくくるための“ひも”であることを認め

ている。実際にはどこにも向かっていなかった者たち。ある至福の夏の２日間において、キングは彼らに目的を与える。「少年たちのよい物語はたいてい旅の話だ」と彼は語る。

太り気味で気が短くていじめられっ子のバーンのように、キングは髪型だけを気にするような肥満少年だった。衣料品店で“ビッグサイズ”と呼ばれるタイプだ。チームに選抜されることなどなく、いつも空想ばかりしていた。子ども時代の彼の特性は、作中の４人にそれぞれ反映されている。周囲から過小評価されていたクリスのように、キングはメイン州立大学へと脱出した。近視のテディがいつかそうするように、キングは町工場で働き、小さな町のドームの中にとらわれている感じを身をもって体験した。だが、彼に最も近いのは心優しく、内面に葛藤を抱え、目がくりくりしたゴーディ――焚き火を囲みながら友だちを作り話で魅了し、やがて小説家となる少年だ。

たとえば、町のパイ食い競争で、自分をばかにした連中にブルーベリーの“ゲロ祭り”で復讐を果たす“でぶっ尻ホーガン”の作り話。その劇中劇的なマンガじみた寓話は、『クリープショー』のオムニバスに入ってもおかしくなかった。少年たちは嘔吐に正義を見いだしてゲラゲラ笑う。そこには完璧な短編小説のクオリティがあった。続きをせがまれたとき、ゴーディは答えを持ち合わせていない。物語は完結しているのだ。

ジャンル分けから逃れた傑作『スタンド・バイ・ミー』は、キングにとって最良の例証のひとつである。この映画化はホラー作家という殻を打ち破り、彼が偉大な作家であることを知らしめた。まさにウィリアム・ゴールドマンが明確に示した属性。戦後のマーク・トウェイン、アメリカの共通体験に根ざしたフォークロア研究家である。「彼をこれほど有名にした材料をすべてはぎ取ってみたら、そこにはただ、史上最高の作家のひとりが見つかるだろう」とロブ・ライナー監督は言う。それはキャラクターのディテールであり、欠点のない会話であり、地の塩たるアメリカ文化である。

ホラーの専門家でなく、ブライアン・デ・パルマやスタンリー・キューブリックのようなス

下：
４人の若いスターたち（左よりコリー・フェルドマン、ジェリー・オコネル、ウィル・ウィートン、リヴァー・フェニックス）にとって、『スタンド・バイ・ミー』の撮影はサマーキャンプのようであり、すぐに親友どうしになった。

ロブ・ライナー監督にとって、この物語はきわめて個人的であり、子ども時代について抱いている思いの延長上にあった。

タイリッシュな映像作家でもないロブ・ライナーは、キング作品の映画化で真っ先に候補に挙がる監督ではない。コメディアンのカール・ライナーの息子としてハリウッドに生まれた彼は、テレビの人気コメディドラマ『オール・イン・ザ・ファミリー』（1971〜1978・日本未放映）の出演者として家業を継いだ。その後、多彩なジャンルの作品を撮る職人監督となり、とりわけコメディやロマンス、風刺、スター映画で才能を発揮した。

「私は超自然的な映画の大ファンというわけではない」と彼は認める。それでも世間の例にもれず、『キャリー』や『シャイニング』など、キングをベストセラー・リストの上位に押し上げた初期のホラー映画は観ていた。キングに対する認識が変わったのは、ホラーでない中編小説が４編収められた『恐怖の四季』を読んでからだった。著者の言う「金でなく愛のため」に書かれたこの本を読んだとき、ライナーはキングがホラーを超越したと悟った。

キングの本領は、他のアーティストたちが彼ら自身を投影できるテンプレートを提供するところにある。彼の小説は、強烈な個性（デ・パルマ、デイヴィッド・クローネンバーグ、キューブリック、ライナー、フランク・ダラボン）の手の中で大きく成長する。それこそがキングの物語が持つ原型（アーキタイプ）的なエッセンスに他ならない。

1986年、ライナーは新しい何かに挑戦したいと切望していた。自分が有名な父親の息子というだけでないことを証明したいと思いつつ、その結末の意外さゆえに小説『スタンド・バイ・ミー』に惹（ひ）かれ続けていた。たとえ30代前半になっていても、彼にはそれが通過儀礼だったのだ。彼はすでに２本の映画を監督していた。１本はロマンティック・コメディ『シュア・シング』（1985／ジョン・キューザック主演）、もう１本はヘヴィメタル界を皮肉ったカルト映画『スパイナル・タップ』（1984）。「私の父も似たようなことをすでにやっていた」とライナーは語る。「これは私自身の感性を反映させて映画を作

「この映画をゴーディの心の旅にしたとき、
つまり死体を探す旅じゃなく、
兄の葬儀で泣かないことや
父親に愛されていないと思うことについての旅にしたとき、
これは私にとってきわめて個人的なものになったんだ」

ロブ・ライナー

る初めての機会だったんだ。『スタンド・バイ・ミー』はある種、私自身が子ども時代について抱いている思いの延長上にあった」

キングの書いたセリフを多用しつつも、ライナーは自分自身のニュアンスとして、共有体験の感覚をつけ加えた。彼に脚本を持ってきたのはプロデューサーで親友でもあるアンドリュー・シャインマンだが、それは予定していた英国人監督エイドリアン・ラインが『ナインハーフ』(1986) のあとで休養が必要だと降板したからだった。

1959年、ライナーは12歳で、ゴーディのように内気で感じやすい少年だった。本能的にゴーディに焦点を合わせたとき、ライナーは彼の物語を見つけた。「スティーヴンの書き方はどちらかというと観察者の立場からだった。しかし、この映画をゴーディの心の旅にしたとき、つまり死体を探す旅じゃなく、兄の葬儀で泣かないことや父親に愛されていないと思うことについての旅にしたとき、これは私にとってきわめて個人的なものになったんだ」

キング作品の映画化として、お決まりの課題は生じなかった。超常現象が出てこないため、特殊効果が不要だった。少年たちが機関車に追いかけられる有名な鉄橋のシーンでは特定のアングルのために模型が作製されたが、それは特殊効果とは言えないだろう。

メイン州に模したオレゴン州での撮影は60日間ずっと晴天に恵まれた。それはとてつもない幸運だった。オレゴンは1日おきに雨が降ると言われる州なのだから。4人が哀れなレイ・ブラワーの死体（彼は永遠に少年時代に閉じこめられた）を発見する場面で、ライナーは曇天を望んだ。「シルクでオレゴン州の半分くらいをおおって太陽を遮断しなければならなかったよ」とライナーは明かす。だが、すべては4人の少年たちにかかっていた。

ライナーはキャスティングに天性のひらめきを持っており——のちに『ミザリー』で完璧なアニー・ウィルクスを見つけ出す——今では映画版の俳優たちを思い浮かべずに小説『スタンド・バイ・ミー』を読むことはできない。それほど4人はゴーディ（ウィル・ウィートン）、クリス（リヴァー・フェニックス）、バーン（ジェリー・オコネル）、テディ（コリー・フェルドマン）にぴったりはまっていた。オーディションで数百人に会ったライナー監督は、4人がそれぞれ部屋に入ってきたとき、この子だと即座にわかったという。最もむずかしかったのはテディ役だった。彼があらわすような怒りを持つ12歳などめったにいない。フェルドマンはホームランを放った。「この子に何が起きたのか知らなかったけれど、彼の心は激しい怒りでいっぱいなんだ」。テディの"イカれた"父親はどことなくジャック・トランスを連想させるが、少年たちは4人とも父親からなんらかの苦痛を与えられており、そこにはキングの失踪した父親のこだまが聞こえる。

『死の舞踏』で回想されているが、キングの父親が家に残していった品の中に古い映画フィルムがあったという。キングと兄がどうにか映写機を借りてきて、失踪した男の姿を探すと、船の手すりにもたれた父親が映っていた。「彼は片手を挙げてほほ笑んでいた」とキングは語っている。「まだ生まれてなかった息子たちに知らずに手を振っていたよ」

父親は見知らぬ男の顔をしていた。

若いキャストたちの経験が比較的浅いことを、ライナーは好意的にとらえていた。オコネルはせいぜいCMに出た程度だった。演技力を磨くため、ライナーは撮影前の2週間を彼らとともにすごした。その年ごろだと、2週間もあれば十分に友情が芽生える。そのとき分かち合った体験はスクリーン上に自然とあらわれた。

4人の少年にはそんな夏だった。ライナーはサマーキャンプと呼んだ。撮影を離れても4人はいっしょにラフティングをし、ハイキングをし、ぶらぶらと時間をつぶしていた。ライナーは、フェニックスが撮影期間中に童貞を捨てたとにらんでいる。

左：
キーファー・サザーランドが演じたいじめっ子のエース・メリルは、ほとんどサイコパスに近い。

下：
ライナー監督はキャスティングに天性のひらめきがあり、探している少年がドアから入ってきたときにはいつも必ずわかった。

リヴァー・フェニックスが若くして亡くなったことで、『スタンド・バイ・ミー』は悲しみの薄膜を永遠にまとうことになる。

死の影が日光をさえぎる。キーファー・サザーランド（成功した父親から逃れようとする者がまたひとり）が吸血鬼のような魅力で演じるのが地元の不良エース・メリル役で、エースは死の願望を持っている。ジョン・キューザックは短いが印象的な回想シーンでゴーディの死んだ兄デニーを演じており、その記憶の中の記憶では、意図的にソフト・フォーカスが使われ、天使のようなタッチが加えられている。

ライナーが理想的な監督となったのは、キングの魔法のような魅力を追ったからだ。『スタンド・バイ・ミー』は『シャイニング』と同じくらい取り憑かれている。ただし、恐怖ではなく思慕に。子ども時代の冒険は、夢のようなノスタルジアの紗を通して思い出される。それは、いくつもの危険――犬、いじめっ子、汽車、ヒル、心の重荷――が織りこまれた牧歌である。通過儀礼はメランコリア――薄れゆく天国の本質、失われたアトランティス、子ども時代とはけっして戻れないわが家であるという永遠の悲劇――をまとう。

そんな中、ナレーターとしてゴーディの信頼性について興味深い問題が生じる。彼の声は鍵だった。クリスの早すぎる死の知らせを受けて過去に思いをはせる成人後の小説家役に、ライナーはデイヴィッド・デュークをキャスティングしたが、彼の声には深みが不足していた。それは旧友に向けての言葉なのだ。『ショーシャンクの空に』のモーガン・フリーマンのごとく、新たに起用されたリチャード・ドレイファスは作家の誇張と切望に満ちたおとぎ話の雰囲気を映画に添えてみせた。そこには物語る行為そのものに対する鋭い洞察――記憶とはそれ自体がいかに虚偽的であるか――を含んでいる。

同様に、映画は音楽のうずきによっても特徴づけられる。キングはしばしば物語を楽曲で染め上げる（『クリスティーン』が好例）が、この映画はすべてライナーの趣味である。「すべて自分で選曲した。どの歌も私にとって大きな意味を持つからね」とライナーは語る。ベン・E・キングの“スタンド・バイ・ミー”は当時の彼のお気に入りだった。哀愁を帯びた旋律を心に思い描いたとたん、映画の題名も決まった。小説の原題『ザ・ボディ（死体）』ではロマンに欠けるのではないかと不安だったのだ。

映画はライナーに高い評価をもたらし、比較的少ない製作費だったにもかかわらず5,000万ドル以上の興行収入をたたき出し、批評家もこぞって賞賛した。その影響は『ロストボーイ』（1987）、『SUPER8／スーパーエイト』（2011）、『IT／イット“それ”が見えたら、終わり。』（2017）、『ドリームキャッチャー』（2003）にまでおよぶ。そこには、キングに関してめったに語られることのない要素、すなわち友情や思い出、おとなであることの悲嘆などについての普遍的心理がある。エースたち不良や、愛のない父親たちの影、死んだ兄弟以上に、この作品のモンスターは時間そのものである。人生は少年たちの友情を捕食し、彼らが家に帰るときに流れるゴーディのナレーションによって、３人の友人たちがやがて運命の風に負けてしまうことがわかる。「よくあることだが」と彼は言う。「友人というのは、人の人生に入りこんできたり出ていったりする。レストランのテーブル片づけ係といっしょだ」

ライナーにとって悲しみが加わった。「映画を観ると、超現実的な悲劇を感じてしまう。クリスを演じたリヴァー・フェニックスが若くして亡くなり、映画のラストでも彼が記憶の中へと姿を消すからだ。やれやれ、私は毎回それを目の当たりにするんだ……」

キングに映画を観てもらう日、ライナーは怖じ気づいていた。「彼がどう思うか、わからなかった」と監督は言う。「明らかに彼にとってきわめて個人的な映画だからね。まさにタマをヒルに吸われるようなものさ」。上映後、キングは映画について少し考えさせてほしいと席をはずした。ライナーがやきもきしていると、彼は15分後に戻ってきた。その目は真っ赤だった。「これまで僕が書いたものを映画化した中で、最高のできばえだ」と彼は監督に言った。

「声をフィルムに写すことはできない。だが、同時に写すことができる」と、のちにキングが説明している。「ロブ・ライナーはそれを２度証明してみせた。特に『スタンド・バイ・ミー』でね。そこには声があるんだ」

『クリープショー』最新号が新たに３編のコミックブック・ホラーを届ける。

クリープショー２／怨霊
CREEPSHOW 2 (1987)

第1話『木彫りのインディアン人形』／第2話『殺人いかだ』／第3話『ヒッチハイカー』
"Old Chief Wood'nhead" / "The Raft" / "The Hitchhiker"

監督：マイケル・ゴーニック
脚本：ジョージ・A・ロメロ
出演：ジョージ・ケネディ、ドロシー・ラムーア、ロイス・チャイルズ、トム・ライト
形式：劇場用映画（92分）
公開日（米）：1987年5月1日（New World Pictures）
公開日（日）：1988年3月5日（東映クラシック）
原作：オリジナル・ストーリー２編、『浮き台』（『ミルクマン』収録の短編小説／1985）

キングはジョージ・A・ロメロ監督に、また集まって新しい『クリープショー』を作ろうと、しょっちゅう話していた。もちろんだ、とロメロは笑う。前作は彼にとって唯一のナンバー１ヒット映画なのだ。だが現実は、たがいのスケジュールが過密で、どちらも関与を減らして第２作に戻ることになる。キングが新しい物語のアイディアを５つ提示し、それをロメロが脚本化した。監督を委ねられたマイケル・ゴーニックはロメロと長年組んでいるカメラマンで、前作『クリープショー』でも撮影を担当しており、ステップアップを望んでいた。彼はそれを後悔することになったかもしれない。

やがて予算が締めつけられ、物語は全３話に削減される。殺し屋が黒猫を狙う『地獄から来た猫』は『フロム・ザ・ダークサイド／３つの闇の物語』へと移行し、アンデッドのボウリング・チームを描いた『ピンフォール』は立ち消えとなった。

シリアスとは言えないまでも、前作にあっだにやりとできる要素をゴーニックは逃してしまった。ロメロは"喜び"が失われたと考えた。各話は白人の罪という曖昧な概念に沿って展開する。第１話は最もこみ入った物語で、文化的盗用である木彫りのインディアン人形が、寂れた店に強盗に入った"西洋化した"先住民の若者に復讐するために命を吹きこまれる。

最も騒々しい第３話は、『虚栄の篝火』（トム・ウルフ）的な定型ドラマで、嫌な金持ち女ロイス・チャイルズがトム・ライト演じる黒人ヒッチハイカーを車で何度も轢く。彼は基本的にゾンビなので死に鈍感であり、轢かれるたびに損壊度が増した肉体で舞い戻り、彼女はますますヒステリックに轢き殺す。

第２話は最もウィットに富んでおり、文字どおり噛みつき返す（歯で咀嚼するというより溶かすのだが）。『スクリーム』（1996）のように性欲の暴走に警告を発する物語において、奔放な４人の若い男女がひと気のない美しい湖上に向かうが、そこで人食い粘液生物（具体的にはモーターつきの黒い袋）に楽しみを台なしにされる。

2006年、ＨＢＯはキングとロメロがまったく関与していない『クリープショー３』を製作した。５編のずさんな寓話では、取り憑かれたホットドッグ売り、呪われたテレビリモコン、吸血コールガール、死からよみがえったホームレスなどが描かれた。もはや『クリープショー』の形式はテレビ局にとって、不道徳行為がグロい報いを受ける物語を毎週１話ずつ放映するのに最適である。

ジョージ・A・ロメロが指揮を執らない『クリープショー』第２弾にはオリジナルの味わいがない。

『スクリーム』のように
性欲の暴走に警告を発する物語において、
奔放な4人の若い男女が
ひと気のない美しい湖上に向かうが、
そこで人食い粘液生物に楽しみを台なしにされる。

不運なセイラムズ・ロットの町は今もヴァンパイアたちであふれている。

新・死霊伝説
A RETURN TO SALEM'S LOT (1987)

監督：ラリー・コーエン
脚本：ラリー・コーエン、ジェームズ・ディクソン
出演：マイケル・モリアーティ、リッキー・アディソン・リード、サミュエル・フラー
形式：劇場用映画（96分）
公開日（米）：1987年9月11日（Warner Bros. ）
公開日（日）：劇場未公開・ビデオ発売
原作：『呪われた町』（長編小説／1975）

若いヴァンパイアのタラ・リード。

町に戻ってきた放浪者の主人公（マイケル・モリアーティが演じる怒鳴り散らす人類学者）とヴァンパイアだらけになったコミュニティという設定以外、この安っぽいスプラッター映画は単に『死霊伝説』の続編のふりをしているにすぎない。

テレビシリーズの企画が頓挫し、権利がワーナー・ブラザースの２本の映画契約の一部としてラリー・コーエン監督のものになった。ヴァンパイアが隠れ棲む町を舞台にする以外になんの条件もなく（キングは発言権ゼロだが、それでも10万ドル受け取った）、コーエンは自由にやり放題だった。彼の映画を楽しめるかどうかは、チープな代表作（『悪魔の赤ちゃん』と『ディーモン／悪魔の受精卵』）を社会風刺としてどれだけ受け入れられるかにかかっている。ブラックスプロイテーションのジャンルでは才能のひらめきがあったかもしれないが、物語で彩られたキングに向いているとは言えない。オリジナルのミニシリーズの脚本に関するコーエンの試みが"まったくひどい"とボツにされたことは注目に値する。彼が『死霊伝説』との連続性を完全に無視したのは、その仕返しかもしれない。あるいは、この奇妙な混合物は初めから彼の念頭にあったものか。

キング原作ものとしては、かなり不快感を前面に押し出している。しかし、特殊メイクの効果は、特にブルーベリー色のヴァンパイアなど、まるで説得力がない。コーエンの信奉者たちは、ヴァンパイア一族が牛の血で生き延びているというトンデモ描写を旧来のアメリカ富裕層に対する風刺だと言い張るが、キングの描くアメリカ階級社会の断面図のほうがよほどおもしろい。信奉者たちは、カルト監督サミュエル・フラーが演じる頭のおかしなヴァン・ヘルシングの存在にも着目する。フラーは『ホワイト・ドッグ』(1982) や『ショック集団』(1963) のようなショッキングな風刺映画を監督している。キャリアに翳りの見えてきたフラーは短いカメオ出演をするつもりだったが、コーエンは彼を45分間も出ずっぱりにさせた。フラーは、ヴァンパイアと戦うために引っぱりこまれた元ナチ・ハンターとしてみごとな存在感を示し、血を吸う厄介者がヨーロッパの悪の残党であるという、原作にもあった考えをうかがわせながら、スクリーンをかけずり回る。

左：
新たに造形されたヴァン・ヘルシングを演じたサミュエル・フラー監督と、ヴァンパイアに悩まされるジェレミー・ウェーバー少年（リッキー・アディソン・リード）。

下：
続編は旧来のアメリカの富裕層に対する風刺であると一部では見なされてきた。

2017年、凶悪なハンターたちがテレビ番組で囚人を狩る。

バトルランナー
THE RUNNING MAN (1987)

監督：ポール・マイケル・グレイザー
脚本：スティーヴン・E・デ・スーザ
出演：アーノルド・シュワルツェネッガー、マリア・コンチータ・アロンゾ、リチャード・ドーソン
形式：劇場用映画（101分）
公開日（米）：1987年11月13日（TriStar Pictures）
公開日（日）：1987年12月12日（日本ヘラルド映画）
原作：『バトルランナー』（リチャード・バックマン名義の長編小説／1982）

たとえ狼（おおかみ）になった神父や霊に取り憑かれたプリマスが登場しても、キングの小説は、異常な力に襲われたふつうの人びとを描いている、という事実で特徴づけられる。その人びとは、しばしば子どもであり、たいていはみ出し者であり、ときに作家であり、いつも小さな町の住人であるが、何よりも、欠点があって絶望しながらもさまざまな形態の悪と戦ってよりよい自己を見いだす平凡な人物である。

そんなごくふつうの人びととの世界に、ステロイドによる肉体美を誇示するアーノルド・シュワルツェネッガーがどうやって適合できるというのか？

1987年、キングとシュワルツェネッガーというふたつの有名ブランドを合体させる試みが実際におこなわれた。二重の意味で皮肉なことに、それは超自然の要素のない粗製作品で、チープなロサンゼルスの未来世界を舞台にふつうの男が……訂正、汚名を着せられた巨体の警官が必死に逃亡する。過剰な演出がなされたその生き残りの闘いは、スクリーンを通じて大衆を熱狂させる。

プロデューサーのジョージ・リンダーは映画化権を取得したとき、著者のリチャード・バックマンがキングのペンネームであることを知らなかった。1985年に突然その秘密が世間に公表されたとき、彼は「まるでKマートでレンブラントの絵を見つけた気分だ」と得意げに語った。それによって小説に大きな敬意が払われたわけではない。商売目的でキングの名前が重んじられ、映画はまちがいなくそのネームバリュー頼みだった。「あれは完全に僕の手を離れていた」とキングは語り、しっかりと構想されたノワール風スリラーがどうなるのかと困惑していた。

完成までの歩みはのろかった。最初はクリストファー・リーヴ主演、ジョージ・P・コスマトス監督（『ランボー／怒りの脱出』）でスタートした。すでに70万ドルを費やした時点で、アクション場面をショッピングモールに変更するというコスマトスのアイディアが通らず、一からやり直しという判断が下された。撮影監督出身のアンドリュー・デイヴィスが次の責任者となるとともに、脚本家スティーヴン・E・デ・スーザ（『コマンドー』）が呼ばれ、キングの陰鬱な物語をシュワルツェネッガーの筋肉美に見合うように改修した。

小説において主人公ベン・リチャーズは“今にも結核になりそう”と描写されている。彼は唯一の選択肢である殺人ゲーム番組に捨て身で出場する。「彼は仕事に就くことができず、妻は仕事口がないため売春をし、幼い娘は治療薬を必要としている」とスーザは説明する。それをどのようにターミネーターに合致させるのか。しかも小説ではリチャーズがどこにでも行けるため、ゲームはボストンからニューヨークまで移動しつつ何ヵ月も続く。キングにとって最大の恐怖は貧しさだった。『キャリー』を書くずっと前、収支の帳尻を合わせるのが大変でこのまま破滅するのでは

ベン・リチャーズ（アーノルド・シュワルツェネッガー）が題名に恥じない活躍をする。

物語は主演スターに見合う80年代アクション映画のスタイルに全面的に改変され、小説とはあまり似ていない。

ないかと不安にさいなまれていたころ、彼はこの小説を１週間で書き上げた。

カリフォルニア州フォンタナにあるカイザー製鋼所で撮影が始まってから２週間もたたないうちに、デイヴィスはスケジュールから１週間遅れ、予算を数百万ドル超過させた。彼は解雇された。たった２日間の準備でポール・マイケル・グレイザー（『マイアミ・バイス』のエピソードを監督）が起用されたが、状況を最大限に改善するどころか、製作費を1,000万ドルから2,700万ドルにふくれ上がらせることになった。

人気沸騰のシュワルツェネッガーの基準からすれば、この映画はマイナー作品である。だが、明らかにグレイザーの手には余った。それぞれの得意技から“ファイアーボール”、“バズソー”、“サブゼロ”といった名前を持つ宿敵たちは、いかにも鈍重そうで陳腐なたたずまいだ。

しかも、世界はそれほどのディストピアではない。小説のように雨にまみれた都市の風景ではなく、シュワルツェネッガーのリチャーズは全身をスパンデックスの衣装で包み、ボブスレーに乗せられて複雑なトンネルの中を工場内まで運ばれる。金網と錆びた機械の真下で闘いが待っている。

キングの予見は今も生き残っている。リアリティ・テレビが浸透した未来像は、さほど的はずれではない。フェイクニュースに支えられているジョージ・オーウェル的な政治情勢が、現実の2017年にけっして突飛なものに感じられないことに、彼は少し震えを覚えるかもしれない。

扇情的な番組ホスト、デーモン・キリアン（人気番組『ファミリー・フュード（クイズ100人に聞きました）』の司会を務めていたリチャード・ドーソン）は、映画のほうが小説を超えた要素のひとつである。脚本のスーザが不満に思ったのは、小説内の番組がまるで50年代のように古いことだった。しかし、ドーソンの司会ぶりで80年代らしさがもたらされた。

寛容な見方をすれば、シュワルツェネッガーのキャリアは点検のため現在休止中である。1987年の彼はクールな大スターであり、膨大なファン層を満足させるためにスクリーン上で縦横無尽に人を殺しまくっていた。製作側がターゲット層と考えた観客たちは劇中のならず者たちと同様にヴァイオレンスに酔っていた――そうした自己認識が興行成績がふるわなかった原因になったのかもしれない。だからといって、シュワルツェネッガーが選挙のキャンペーンバスの側面にこの映画の題名『ランニング・マン（原題。“立候補中の男”の意）』を貼りつけるのを思いとどまることはなかった。

古いインディアンの埋葬地がペットの命をよみがえらせる。

ペット・セマタリー
PET SEMATARY (1989)

監督：メアリー・ランバート
脚本：スティーヴン・キング
出演：デイル・ミッドキフ、デニース・クロスビー、フレッド・グウィン
形式：劇場用映画（103分）
公開日（米）：1989年4月21日（Paramount Pictures）
公開日（日）：1989年8月19日（UIP映画［パラマウント］）
原作：『ペット・セマタリー』（長編小説／1983）

ビング・クロスビー家のペットのカメが死んだとき、彼の子どもたちは当然ながら気が動転した。「よし、葬式をしよう」と彼は提案した。「父さんがカメのために歌うよ」。棺代わりの箱を黒く塗り、それをホイルでおおい、サテンでくるんだ。ビングは持ち歌を歌い、埋葬する前に最後にひと目カメを見たいか、と子どもたちにきいた。驚くなかれ、カメは動きだした。子どものひとりが父を振り返り、興奮に目を輝かせて言った。「これ、殺しちゃおうよ」

キングがその話を思い出したのは、娘の飼い猫が車に轢かれ、庭に埋めたときのことだ。彼は思った。スマッキーが復活したらどうなるだろう？　そうなったら、スマッキーはもとのスマッキーなのだろうか？

最大の恐怖は何かときかれ、キングは「わが子の誰かが死ぬこと」と断言した。『ペット・セマタリー』は、W・W・ジェイコブズの『猿の手』で閉じられたままだったドアを開けてしまう。キングが以前に暮らしていたメイン州オリントンの家をモデルにしており、家の裏手には本当にペットの墓地があった。埋められているのは前の通りをひっきりなしに走るトラックによる犠牲者であり、１度など彼は通りに飛び出した息子を間一髪で引き戻したこともあった。

小説の主人公ルイス・クリードは、幼い息子を引き戻せず、ひどく取り乱した末にインディアンの埋葬地に息子を埋める選択をする。その土には蘇生能力があり、交通事故で死んだ猫を実際によみがえらせたのだ。だが、死んだ者は死んだままにしておくべきだった。

キングは『ペット・セマタリー』を出版するかどうか、悩みに悩んだ。彼を最も躊躇させたのは、父親が腐敗したわが子の遺体を両手で抱き上げる場面だ。「僕には墓場がありありと見えたし、遺体からガスが噴き出すおぞましい音が聞こえたし、胸がむかつく腐臭も嗅げた……」。タビサ・キングはお蔵入りを望んだ。あまりに暗く、あまりに悲観的な作品だからだ。結局、出版社との契約トラブルのせいで出版を強要され、批評家たちは“常識を越え”て“人間味のある”死別の描き方に興奮した。

映画化は“初めて”づくしだった。初めて女性が監督し、初めて題名にキングの名が冠され、初めて全編がメイン州で撮影された。ロケ地のエルズワースはバンゴ

映画化は“初めて”づくしだった。初めて女性が監督し、初めて題名にキングの名が冠され、初めて全編がメイン州で撮影された。

アにあるキングの自宅から1時間しか離れておらず、彼は撮影現場にひょっこり立ち寄って地元の牧師役を演じている。それは彼が1,000ドルで権利を売ったときの条件だった。同様に脚本は彼がみずから書き、それをひと言も変えないという条件も付与されていた。

ゾンビの発展形に感情的なひねりがあることから、ジョージ・A・ロメロがずっと監督したがっていたが、独特の雰囲気がありながら荒削りの映画でメガホンを取ることになったのは、アルフレッド・ヒッチコックに心酔し、マドンナのMVを2本手がけたメアリー・ランバートだった。彼女とキングは相性がよかった。彼女は、ホラーがいかにポップカルチャーの数少ない精神性に続く道であるかという明確な考えを持っていた。「これは死を受け入れることについての映画よ」と彼女は言う。多くの子どもにとって、ペットの死は自分たちが永遠でないと思い知らされる最初の機会である。

ソープオペラのスター俳優、デイル・ミッドキフとデニース・クロスビーは悲劇に見舞われるクリード夫妻としてぎこちない演技を見せるので、観客はどうしても最年長と最年少の役者に目を向けてしまう。60年代の怪物一家コメディ『マンスターズ』のスターで60代を迎えたフレッド・グウィンは、クラムチャウダー並みに濃厚なメイン州訛りとともに、向かいに住む親切な老人として田舎町の神秘主義をかき立てる。ランバートは彼の“超自然的な雰囲気”を買ってキャスティングした。彼は親切な外見でありつつ、映画の闇の天使である。

ミコ・ヒューズはわずか2歳半にして外科用メスを振りかざす。「あの子は私を喜ばせようとして、自分の位置を覚え、『アクション!』の声を待つことを覚えた」とランバートは述懐する。「私はあの子を赤ちゃんや犬のようには扱わなかったわ」。ひどく残虐なショットでは、ミコの身代わりパペットが使用された。そして、現世と来世の境界に関する神秘の探求がアンデッドとの対立に取って代わられるとき、ランバートはグロさ全開で突っ走り、信じやすい観客でもついていけなくなる。

とはいえ、それでスマッシュヒットが妨げられたわけではない。当時、この作品は女性監督が手がけた最も成功した映画となった。

『マンスターズ』で知られるフレッド・グウィンが地元の老人役で雰囲気ある演技を見せる。

チャイルド・プレイ:ミコ・ヒューズはきわめて説得力のある殺人幼児を生み出した。

27年ごとにデリーの町は邪悪な存在の魔力に取り憑かれる。

IT ／イット
IT (1990)

監督：トミー・リー・ウォーレス
脚本：ローレンス・D・コーエン、トミー・リー・ウォーレス
出演：ティム・カリー、リチャード・トーマス、アネット・オトゥール、ジョン・リッター
形式：TVミニシリーズ［全2話］（192分）／日本ではビデオ発売
放映日（米）：1990年11月18、20日（ABC）
原作：『IT』（長編小説／1986）

1,000ページを超えるそれ――まさに『IT』――は、キングが一瞬で思いついた傑作小説の１冊である。「まるでホッピングみたいに頭の中に飛びこんできたんだ」と彼は言う。コロラド州に住んで『ザ・スタンド』の執筆に没頭していたとき、彼は愛車AMCマタドールを受け取るために歩いてディーラーショップに向かっていた。呪われた愛車はトランスミッションを通りの上に産み落としたのだ。小さな野原が見渡せる木造の橋を渡っているとき、新品のブーツが厚板の上で音を鳴らし、彼は『三びきのやぎのどんがらどん』の話を思い出した。そのとき、『IT』の物語が彼の前に広がった。まだキャラクターは不在だが、対になったタイムライン、呪われた町、正体がひとつである多数のモンスター、取って食われる恐怖が。「むろん、それは橋の下に棲むトロールさ」と彼はほほ笑む。

1981年の夏、彼はひと息入れ、自分のキャリア全体をぐるっと回転させる小説を書くために椅子にすわった。批評家によれば、巨大構築物『IT』はキング作品の決定版として『シャイニング』や『ザ・スタンド』や『ミザリー』と並び立つものである。この小説はキャリアの最初の12年間における２大テーマ“モンスター”と“子ども”の「総決算」であると、キングは説明している。

キングとタビサはメイン州バンゴアに戻った。そこが“頑固な労働者階級の町”だからだ。そこは大きな物語が息づく場所。彼はそのことを知っていた。ポートランドのようなヤッピー・タウンではそうはいかない。彼は時間をかけて歩き回り、神話を吸いこんだ。そのとき、ウェストゲート・モールの下水道にカヌーを浮かべたらマウント・ホープ墓地から出てくる、という話を耳にした。バンゴアはデリーとなった。町の名は、同じバンゴアの地名がある北アイルランドのデリー郡から命名された。「キャッスル・ロックはデリーよりもずっと架空の度合いが高い」とキングは言う。「デリーはまさにバンゴアなんだ」

『IT』はグレイテスト・ヒット・アルバムのように子ども時代の古典的なモンスターたち――ヴァンパイア、狼男、ゾンビ、両親――を総登場させる試みだった。シンプルな題名は『It Came From Outer Space（それは外宇宙からやって来た）』(1953・日本未公開）のゆるい引用とも言える。これはまたキング自身の社会学的な執着――成熟、児童虐待、他者への偏見、善と悪の二元論、詳細に描写されるアメリカ社会――のカタログでもある。

読者はデリーをあまりに長くキングから影響を受けた町と見ることができる。あ

ティム・カリーによるペニーワイズのオリジナル版。彼は自分のぞっとする姿を"腐ったほほ笑み"と好んで表現する。

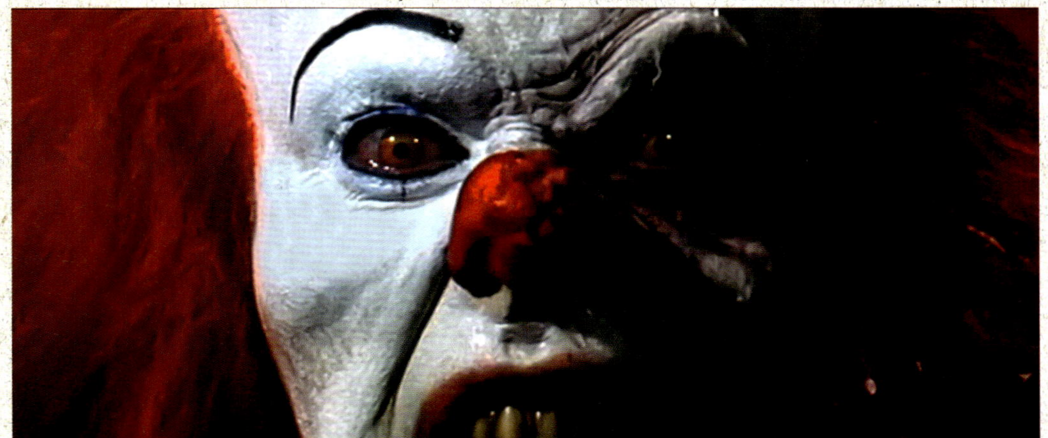

『IT』はグレイテスト・ヒット・アルバムのように
子ども時代の古典的なモンスターたち——
ヴァンパイア、狼男、ゾンビ、両親——
を総登場させる試みだった。

るレベルで見れば、キングこそが"イット"——周期的にやってきては子どもたちを恐怖のどん底に突き落とす古代の力——なのだ。その後、彼は"内なるモンスター"について書くことに移行し、『ミザリー』や『ドロレス・クレイボーン』のような作品でおとなの視点から物語る。

ここから10年にわたって続々と作られることになるキングもののミニシリーズは、スポンサーの意向によるテレビの倫理規制で彼の想像力豊かな表現が抑制されがちになるが、その皮切りとしてＡＢＣテレビはなんとロメロを起用して７時間におよぶ超大作ドラマにするという案で権利を取得した。しかし、それはロメロにとって苦い経験となる。『死霊伝説』や『ペット・セメタリー』と同様、彼は曖昧なスケジュールが理由で企画を離れることになった。その後、ドラマは４時間ものへと縮小された。

『キャリー』に緊迫感たっぷりの脚本を提供したローレンス・Ｄ・コーエンが長大な原作と格闘し、ふたつの時代（子どもとおとな、1960年と1990年）を複雑に行き来する構成をはぎ取った。映画界のベテランであるコーエンは、それでもミニシリーズによって与えられた長い時間枠を楽しんだ。「それは小説を読むのに似ている」と彼は満足げに指摘する。彼はキャラクターたちを息づかせることができた。ジョン・カーペンター監督の『ハロウィン』（1978）でプロダクション・デザイナーを務めたトミー・リー・ウォーレス監督は、少なくとも子役たちから演技を引き出すのがうまいことを証明した。

とても恐ろしい場面が頻繁に出てくるものの、『IT／イット』の登場人物はうまく年をとっていない。それはひとえに、心の傷を抱えたまま各地に散らばったおとなの〈はみだしクラブ〉メンバー役として起用されたのが、実力不足のテレビ俳優たちだったためだ。1960年の子ども時代が魅力的でなかったなら、現代のパートは安っぽく偽物めいて見える。

ラストの対決シーンは、見せることが興ざめになる明白な例である。ここでイットの正体が

『IT』は現在でもキング作品の中で必須の１冊と見なされている。

８本脚のラヴクラフト的怪物だと明らかになるが、リアリティのかけらもない――巨大な怪物はどう見ても撮影用に作られた実物大のパペットでしかなく、視聴者たちは笑うほかない。

視聴者がけっして笑えないもののひとつは道化師だ。

ピエロ恐怖症がキングの発明でないにしても、この認知された恐怖症を大きな呼び物に仕立てたのはキングである。心理学者はこの症状を“見慣れたものと恐ろしいものの混交によるもの”だと定義しているが、それはそっくりそのままキングの作品をあらわしている。キングは道化師の白塗りの顔やいびつな顔立ち、血のように赤い唇が嫌いだという。

トークショーにおいて、キングはクリーブランドから旅客機に乗った話を好んで語る。ファーストクラスの隣の席に、“異様に人目を引く”本物のロナルド・マクドナルドが大きな靴まで履いてすわっており、ジントニックを飲みながら煙草に火をつけた。どうやらウェストヴァージニア州バーリントンのマクドナルドのオープン記念に向かう途中らしい。キングの頭にただひとつの思いがよぎった。この機が墜落したら自分は道化師の隣で発見されるのだな……。

この『IT』の最初の映像化が現在も人気を保っているのは、ティム・カリーがサイコパスのいたずら者ペニーワイズをきわめて写実的に具現化しており、ひいてはキングのモンスターの中で最も完成度が高いことが大きい。ロディ・マクドウォールとマルコム・マクダウェルのふたりも役の候補だったが、試しにカリー以外で想像してみるといい。

『ロッキー・ホラー・ショー』（1975）のカリスマ服装倒錯者フランクン・フルター博士で有名な英国人俳優カリーは、この救いがたい道化師を“腐ったほほ笑み”と簡潔に要約した。彼は本当に役に入りこんだ。子ども時代のベヴァリーを演じたエミリー・パーキンスは、彼が椅子にすわり、メイクアップをしたまま煙草を吸い続けていたのを覚えている。「子役たちが近寄りすぎると、彼はすごくとがった歯を見せてにやっと笑うの……私たちに対して感じよく見せる気なんて全然なかったわ」

前頁：
キングは一般に知られているピエロ恐怖症を利用したが、本人もその症状にひどく悩まされている。

少年が魔女のメインディッシュにされないように奇妙な３つの話を読む。

フロム・ザ・ダークサイド／３つの闇の物語
TALES FROM THE DARKSIDE: THE MOVIE (1990)

プロローグ／第1話『運命249』／第2話『地獄から来た猫』／第3話『恋人たちの誓い』／エピローグ
Intro／"Lot 249"／"Cat from Hell"／"Lover's Vow"／Epilogue

監督：ジョン・ハリソン
脚本：ジョージ・A・ロメロ
出演：デイヴィッド・ヨハンセン、ウィリアム・ヒッキー、デボラ・ハリー
形式：劇場用映画（89分）
公開日（米）：1990年5月4日（Paramount Pictures）
公開日（日）：1990年6月1日（松竹富士＝ウエストケープ）
原作：『魔性の猫』（『夜がはじまるとき』収録の短編小説／2008）

　この平凡な超自然的風刺オムニバスの中でキングの小説に基づいた『地獄から来た猫』は、ジョージ・A・ロメロが脚本を書き、もとは『クリープショー２／怨霊』に収められるはずが中止になったものだ。『地獄から来た猫』の原作には変わった来歴があり、まず1977年にキングが冒頭の500語分だけを書いて〈キャヴァリエ〉誌に掲載され、続きを読者に書いてもらう企画がスタートしたが、結局キング自身が完成させ、それがめぐってテレビシリーズ『フロム・ザ・ダークサイド』の映画版へとたどり着いた。
「狙いや主題、必要な特殊効果といったさまざまな理由をかんがみ、われわれは大スクリーンに見合う物語を見つけた」とプロデューサーのリチャード・P・ルビンスタインは豪語する。テレビ出身のジョン・ハリソン監督は300万ドルの予算を精いっぱいやりくりし、ニューヨーク州ヨンカーズにある古い校舎の中で、陳腐な効果をカバーするために異様なアングルや真っ黒な影に力を入れた。
　３つの話をゆるやかにつないでいるのは復讐のテーマと、デボラ・ハリーの魔女がディナーパーティのために少年を太らせるという趣味の悪い全体の枠組みである。
　テレビシリーズ『スティーヴン・キング ８つの悪夢』の『バトルグラウンド』を想起させる第２話では、製薬会社のＣＥＯである老人（ウィリアム・ヒッキー）が殺し屋（元ニューヨーク・ドールズのデイヴィッド・ヨハンセン）を雇い、うるさくつきまとう猫を始末するよう依頼する。老人はその猫が彼の家族を次々に殺害したという。シニカルな殺し屋はそんな話を信じないが、10万ドルで害獣駆除を請け負う。実は巨大製薬会社が動物実験で5,000匹の猫を殺していたことがわかる。標的の猫が『キャッツ・アイ』よりも『クジョー』に近いことが判明したときには、殺し屋は奇抜なひねりのきいた毛玉吐きによる犠牲者となる。ジョン・ハリソン監督は非協力的な猫を撮影する手間を避けるため、猫の視点から撮影する"キャットカメラ"という独創的なアイディアを思いついた。
　一応紹介しておくと、第１話『運命249』（物語はアーサー・コナン・ドイルからの借用）では、ライバル関係にある卒業生たちがキャンパス内で石棺によけいな手出しをし、ミイラを解放する――それもおたがいに。第３話『恋人たちの誓い』（日本の民話に基づいている）では、売れない芸術家（ジェームズ・レマー）がガーゴイル（『グレムリン』のみごとなアップグレード版に見える）による殺人を目撃し、誰にも言わないと誓う。一方、魔女はというと自分のキッチンナイフで突き刺される。これは『キャリー』への目配せなのかもしれない。

300万ドルの予算がきわめて原始的な特殊効果に費やされた。

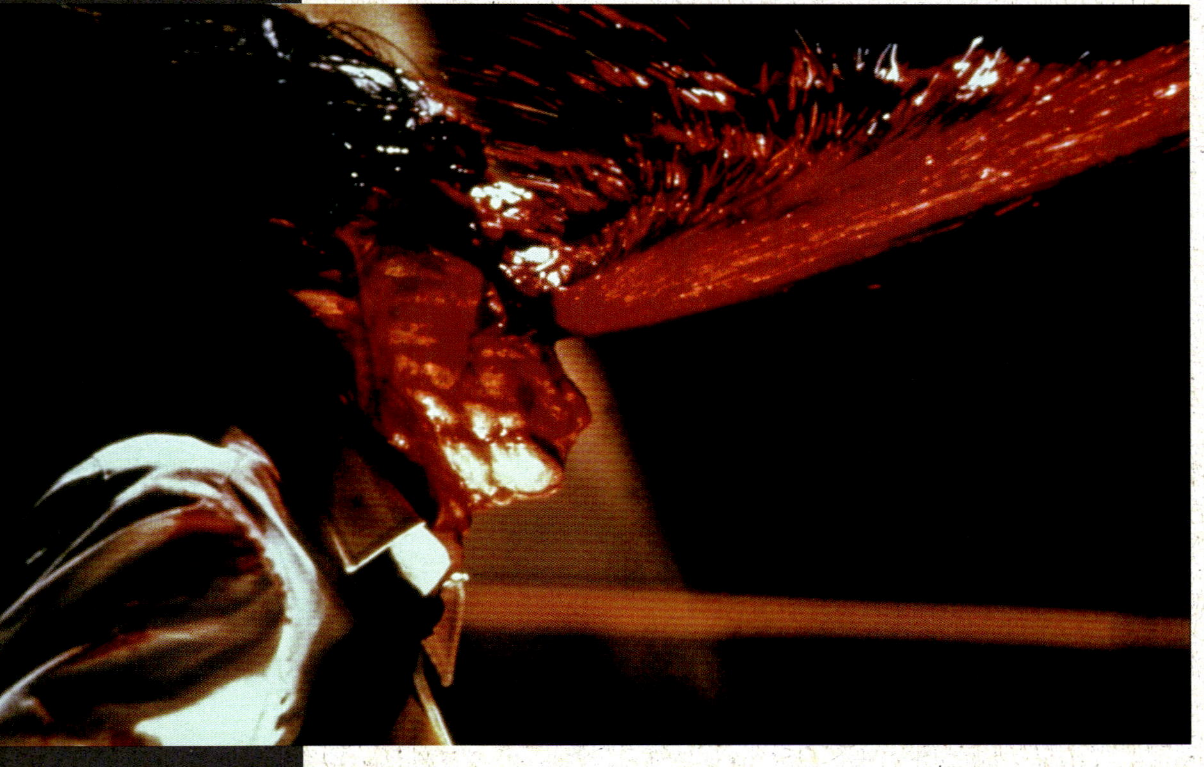

第3話『恋人たちの誓い』。世にも珍しいガーゴイルと人間のラヴストーリー。

ネズミのはびこる工場はもっと大きな害獣の飼場だった

地下室の悪夢
GRAVEYARD SHIFT (1990)

監督：ラルフ・S・シングルトン
脚本：ジョン・エスポジート
出演：デイヴィッド・アンドリュース、アンドリュー・ディヴォフ、ケリー・ウルフ、ブラッド・ドゥーリフ
形式：劇場用映画（89分）
公開日（米）：1990年10月26日（Paramount Pictures）
公開日（日）：1991年6月22日（日本ヘラルド映画）
原作：『地下室の悪夢』（『深夜勤務』収録の短編小説／1978）

大学入学前にキングは、急に現金が必要になってリスボンフォールズの不衛生な〈ウォランボー織物工場〉で働いたことがある。そこでベテラン工員から、地下室の定期清掃作業で"犬ほどでかい"ネズミを見つけた、という話を聞かされた。キングはそれほど大型の齧歯類は目撃しなかったし、ホラ話につきものの"尾ひれ"だろうと考えた。それでも、あとで使えるかもしれないと記録しておいた。

1970年、窮乏は変わらず、彼は短編を〈キャヴァリエ〉誌に200ドルで売った。その『地下室の悪夢』では、古びた工場の清掃作業員が広大な地下空間でネズミや犬よりも巨大な何かに遭遇する。例のベテラン工員は、ネズミを繊維ほぐし機に放りこむことに喜びを見いだす深夜勤務労働者として描かれ、それなりの"敬意"を表されている。彼の行く末には誰も驚かないだろう。

その中に『呪われた町』の原稿からカットした、地元の医師がネズミたちにむさぼり食われる場面を入れた。医師が叫び声を上げようとしたとき、ネズミの1匹がその口に這いこむ。キングの好きな場面だが、出版社の編集者から削除を求められた。

パラマウントが1,000万ドルで製作したラルフ・S・シングルトン監督の不快でエネルギッシュで独創性に欠けるモンスター映画の中で、奇怪な駆除業者ブラッド・ドゥーリフが念入りに語るのは、ヴェトナムでアメリカ兵の捕虜の体内に押しこまれたネズミが外まで掘り進んで出てくるという話だ。

できのよいネズミ話にまさるものなし。

7月4日の休日（この地域では休日にろくなことがない）に、地下室をきれいにするために気の進まない清掃作業がおこなわれる。「汚れ仕事になるぞ」といけ好かない工場長ウォーウィック（スティーヴン・マクト）があざ笑う。「その代わり給料は倍にしてやる」

秘密の過去を背負っている主人公、無口な流れ者ホールを、デイヴィッド・アンドリュースは単調に演じている。悪役キャラを一手に引き受けるのはマクトだ。彼はメイン州の方言を正確に話しているのに、批評家たちは雑に誇張されていると不満を述べた。

ヴェトナムに執着する攻撃的な駆除業者を演じたブラッド・ドゥーリフ。

できのよいネズミ話にまさるものなし。

舞台はキングのペンネームにちなんだバックマン紡績工場という死の罠。おもしろいことに、不在のオーナーはけっして顔を出さない。メイン州での撮影はアメリカ第１世代の荒れ果てたヴィクトリア様式の建物を十分に生かし、今は使われていないバンゴアの浄水場、ハーモニーのバーレット紡績工場、そこに隣接する墓地が使用された。点を線で結ぶように、映画ではキャッスル・ロックの町について言及され、逆にドラマ『キャッスルロック』では古いバックマン紡績工場について触れられている。

これはキングの最も労働者階級的な映画であり、チャールズ・ディケンズ風に汚れた浅黒いヒーローたちは明らかに反資本主義的である。びしゃびしゃと音をたてる描写には『エイリアン』（1979）の痕跡さえ見て取れる。工場の地下に広がるトンネル迷路の中で始まる戦闘の相手は、不思議議なことにネズミの王ではなく、川に流れこんだ汚染物質で突然変異した、説得力のないほど巨大でミルク色の目をしたコウモリだ。そこには、曖昧な環境保護のメッセージ——自然の反撃——があるものの、主眼はやはり鼻を直撃してオエッとなる描写である。

自動車事故を起こしたベストセラー作家がナンバーワンの愛読者に救出される。

ミザリー
MISERY (1990)

監督：ロブ・ライナー
脚本：ウィリアム・ゴールドマン
出演：キャシー・ベイツ、ジェームズ・カーン、リチャード・ファーンズワース、ローレン・バコール
形式：劇場用映画（107分）
公開日（米）：1990年11月30日（Columbia Pictures）
公開日（日）：1991年2月16日（日本ヘラルド映画）
原作：『ミザリー』（長編小説／1987）

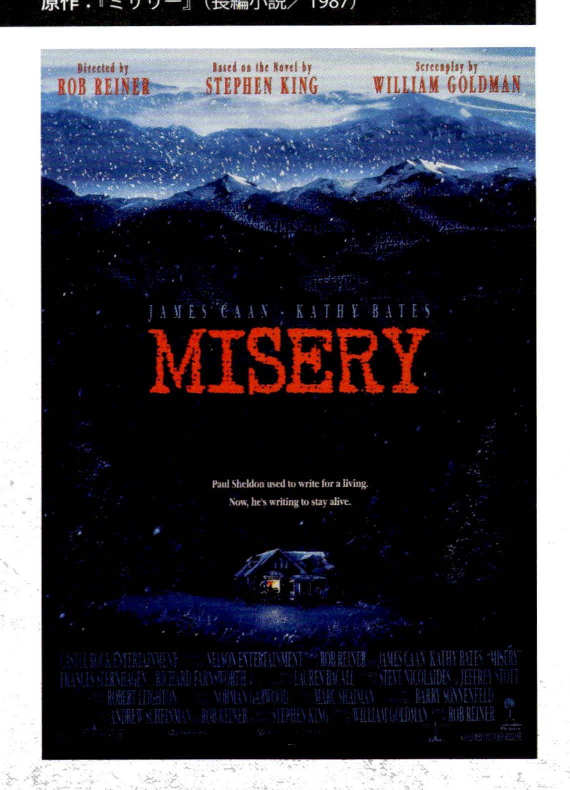

80年代真っ盛りのころ、キングの名前はつとに知られていた。ブルース・スプリングスティーンでさえ彼と会いたがり、キングはニューヨークでディナーの誘いに応じた。彼もスプリングスティーンの大ファンであり、一時は『地獄のデビル・トラック』の主演を望んだほどだった。ふたりがイーストサイドの目立たないダイナーのテーブルにすわって楽しく語らっているとき、キングは近くのテーブルで小さな誕生日会が開かれているのに気がついた。ママとパパと10代の娘の集まりで、娘がこちらをじっと見ている。彼女が勇気を奮い起こして近づいてくるのを見て、スプリングスティーンはとっておきの笑みを浮かべながら胸ポケットからペンを取り出した。ところが少女はロックシンガーを完全に無視し、作家を一心に見つめながら、大ファンであることを告げた。

「正直、今までサインした中であれが一番格別だった」とキングは語る。彼は初めてのサイン会を思い起こした。会場は時代から取り残されたようなメイン州の田舎の書店。集まったのは５人で、そのうち３人は大学の友人、あとのひとりはカンフーの本を探しに来た太った子どもだった。そうした穏やかな時代は、有名人の肩書きはよくも悪くも問題にならなかった。だが、やがてファンがつく。大勢のファンが。よい生活を送るための糧を提供してくれるファンが、１ポンドの肉という代償を要求するファンが。

作家はしばしば自分の中にインスピレーションを求めるが、特に彼の場合、作家生活が絶えずアイディアの供給源になってきた。スクリーンに登場したペン使い、キーボードの奴隷たちを考えてみるといい。『死霊伝説』のベン・ミアーズ、『シャイニング』のジャック・トランス、『スタンド・バイ・ミー』のゴーディ、『ダーク・ハーフ』のサッド・ボーモント、『シークレット ウインドウ』のモート・レイニーといった主役たちは、苦しんでいようが得意満面であろうが、どれもキングの分身である。中でも最も有名なポール・シェルダンは、『ミザリー』においてファンの熱視線にさらされる。

小説はリチャード・バックマン名義で出版予定だった。が、彼のペンネームだと暴露されてその名が葬られ、事情が変わった。ポールが金儲けのロマンス小説から本格文学を志向したように、『ミザリー』はより心理的な内容を追求する意欲作である。

自身の実生活と比べたとき、『ミザリー』は「心情的な感覚の点ではきわめて正確だ」とキングは言う。彼は熱心な読者の中にアニー・ウィルクスを見つけたことはないかもしれないが、明らかに問題のある者はいた。キングは“有名人”の称号を嫌っている。過去も現在も作家であり、かなり名を知られているものの、やはり単なる作家なのだ。にもかかわらず、1991年、ひとりの男が爆弾と称する葉巻箱（中身は大量の鉛筆と消しゴムだった）を持ってキッチンの窓から押し入ってきた。そのとき、キングの自宅にはタビサしかおらず、彼女はどうにか隣の家まで逃げて通報した。

「男は精神病棟からの脱走者だった」とキングは言う。「彼は、僕が『ミザリー』を彼から盗作したとわめき散らしたんだ」。そのできごとは『シークレット ウインドウ』の原作『秘密の窓、秘密の庭』のアイディアをもたらした。

ロブ・ライナー監督はタフガイのジェームズ・カーンに被害者役を演じさせるというアイディアに惚れこんだ。

事実と小説は相互の周囲を用心深く回っている。名声には危険がつきまとう。タビサはファンジン〈キャッスル・ロック通信〉に『ミザリー』について「殺すことは、ファンがアイドルを所有する究極の行為だ」と書き、恐怖と不安をつのらせた。

『ミザリー』は諸刃の剣である。それは、小説が感受性の強い心に対して持てる危険な支配力を明らかにした。それがセルフイメージの低い人びとに届くとき、小説のブランドが放火犯にガソリンを与えてしまう可能性を、彼自身はよくわかっていた。作家ポールは大事な何かを試みようとしてそれまでの作中人物を亡き者にするが、その人物がお気に入りだったナンバーワンの愛読者の女性によって彼は裁かれ、有罪宣告を受け、拘禁され、文字どおり命懸けで執筆せざるをえなくなる。

皮肉なことに、これだけ実験的な小説でありながら、キングは『ミザリー』を文学だと主張していない。そこにあるのは、破滅を予感させる雪、メイン州の人里離れた場所、自動車事故、閉所恐怖症的な舞台設定といった、おなじみのモチーフ。批評家たちはそこにジョン・レノンに対するマーク・デイヴィッド・チャップマンの異常な執着との類似性を見て取り、作品を絶賛した。

ロブ・ライナー監督は、ゴーディを通して『スタンド・バイ・ミー』を理解したように、ポールの脱皮願望に共感した。ライナーは人気コメディ番組のテレビ俳優だったが、そこから抜け出して監督をやりたかった。「当時は、誰も私にやらせてくれなかった」と彼は言う。「テレビ界から映画界へは移れなかったんだ」。彼は番組のスピンオフにも出てほしいと“ものすごい大金”を提示されていた。そして、自分があの比喩的なベッドに縛りつけられているのを発見した。

キングはこの物語の映画化に慎重だった。『スタンド・バイ・ミー』とはまた異なる意味でとても個人的なものなのだ。正しく扱えるのはライナーしかいないと、彼は確信していた。もうひとりのキングに耳を傾けられる唯一の人物である、と。ただし、この物語は前作の映画よりも遥かにダークな様相をしている。完全に現実の世界に立脚したモンスター映画なのだ。

キングは自分を泣かせた男を信頼し、ライナーに映画化権を1ドルで売った。

アニー・ウィルクス（キャシー・ベイツ）はポール・シェルダン（ジェームズ・カーン）をベッドに縛りつける。
『ミザリー』は究極の密室劇であり、映画の75パーセントがひとつの部屋で展開する。

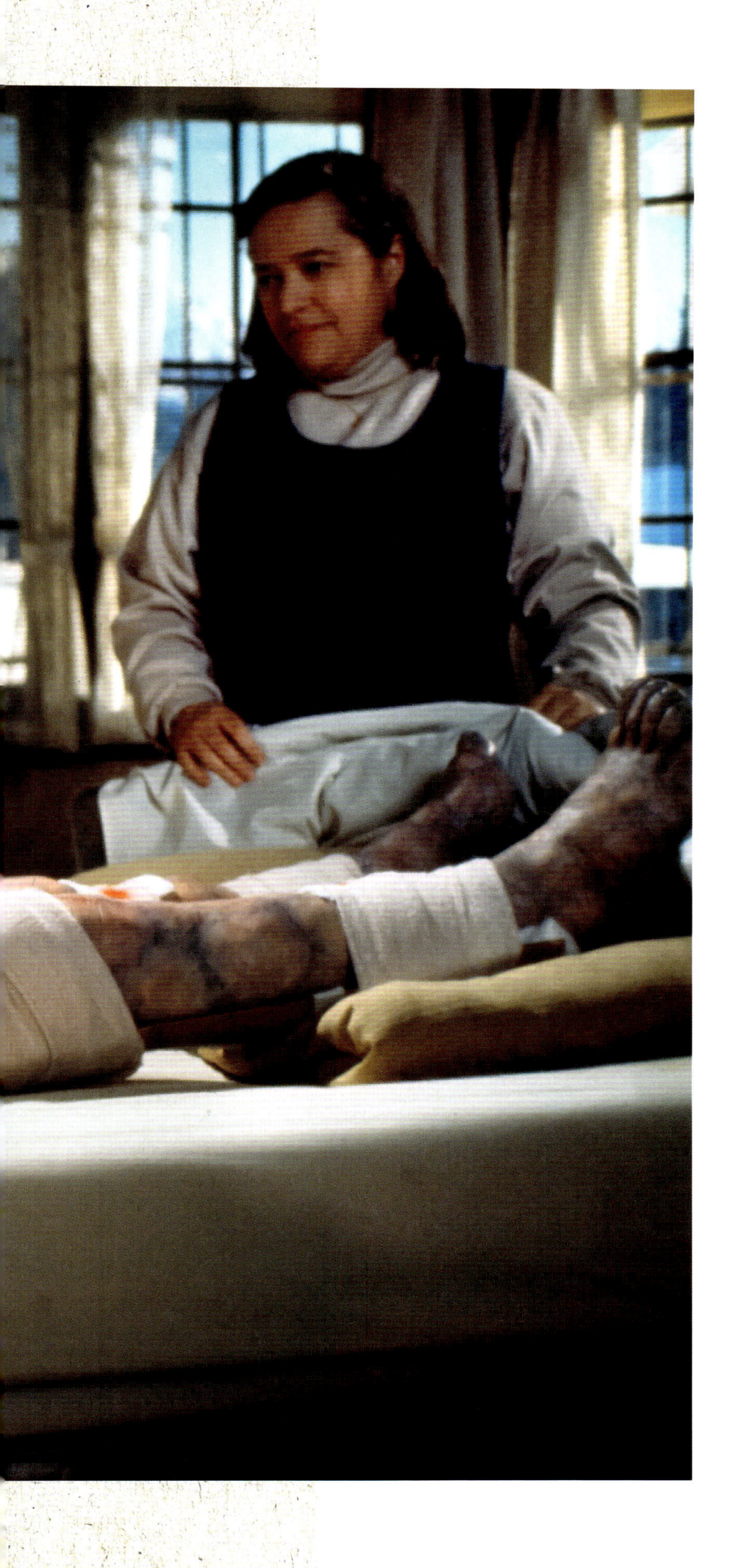

ライナーはそれまでスリラーを作った経験がなく、その後も2度と作っていない（法廷ドラマは除く）。彼にとって『ミザリー』の映画化は、映画ファンとしては楽しみだったものの、仕事としては気が重かった。「アルフレッド・ヒッチコック監督の全作品や『悪魔のような女』（1955）など、手に入るものはすべて研究し、そうした映画を作るための文法を理解しようと努めたよ」

キングが基本的に場面をひとつの部屋に限定する挑戦をみずからに課したように、その挑戦が映画製作者にも引き継がれてさらに拡大し、主人公の内面描写は封じられた。「映画の75パーセントはそのひとつの部屋の中で展開するんだ」とライナーは説明する。これは究極の密室劇であり、孤立スリラーであり、監督によるジャンルの慎重な扱いがピアノ線のような緊張感をもたらす。

ポールがドアの鍵をピッキングして車椅子で廊下に出る一時的な逃亡をやっと撮影した日、クルーたちは休暇が取れた気分だった。美術監督の仕事ぶりがすばらしい。ポールが危険と隣り合わせで家の中を見て回るとき、子どもじみた小物や陶器の動物によって彼女の人生が綿密に表現されているのがわかる。それに比べて、寝室はショーシャンク刑務所と同じくらいそっけない。

撮影隊はメイン州の雪景色を模した背景を撮影するために、ロサンゼルスのスタジオに建てられた息のつまるアニーの家からネヴァダ州まで移動し、そこで思いきり深呼吸した。映画は2,000万ドルという厳しい予算で製作された。「われわれはカメラをあちこち動かし、さまざまなアングルを試みる方法を見つけた」とライナーは言う。「だが、結局はふたりのキャラクターと演技次第なんだ。そっちがうまくいかなければ、奇抜なアングルがいくつあるかなんてどうでもいい」

ポール役は大物スターであるべきだった。彼はキングのようにスター作家であり、何よりもアニーのゆがんだ目に超有名人として映っている。「私は彼のことを、やや見覚えがあるという感じにする案に賛成だった」とライナーは明かす。「そして、彼女のほうはファンだから、見覚えのない誰かだ」

マイケル・ダグラス、ハリソン・フォード、ロバート・デ・ニーロ、アル・パチーノ、ジーン・ハックマンといったスターたちには一様にオファーが行き、全員に断られた。崇拝されることを熟知しているウォーレン・ベイティは、しばらく脚本に取り組むほど興味を示した。「彼はこれを監禁映画と考えていたよ」とライナー

は言う。「彼は拘束され、そこから脱出しなければならない。それでおもしろくなるんだ、とね」

ベイティはスマートだが束縛が困難で、最終的に『ディック・トレイシー』(1990) に戻った。70年代の大物スターで人気が陰りかけていたジェームズ・カーンにライナーが打診したのは、そんなときだった。「あれはロブにとってサディスティックな冗談だったんじゃないかと、ときどき思う」とカーンは語る。「なにせ『ハリウッドで一番テンションの高い男を15週間ベッドから出さないでおこう』っていうんだから」。それは真実からさほど遠くない。実際にベッドに縛りつけられ、彼にとって快適な場所どころではなかった。

脚本家ウィリアム・ゴールドマンはずっとキャシー・ベイツを推していた。メンフィス生まれの彼女はニューヨークの舞台ではよく知られていたが、映画にはほとんど出ていなかった。その無名性が彼女の強みとなった。ライナーは彼女を本読みに呼ぶ。ベイツが田舎っぽい響きでセリフを1行読んだとたん、監督はそこでやめさせた。「もう読まなくていい。きみならできるとわかったから」という彼の言葉にベイツはとまどった。これまで映画の出演を拒否され続けてきたのだ。「どういう意味です？」と彼女は問い返した。「きみなら大丈夫。この役を演じられる」と彼が答え、そこから会話は奇妙な響きを帯び始める。「私が役を得たとおっしゃってるんですか？」と彼女はまだ半信半疑でいた。「母に電話してもいいですか？」。ライナーは「お母さんに電話したまえ！」と叫んだ。

カメラが回っていないときも、ベイツの話し方にはアニー・ウィルクスの要素があった。"気持ち悪い（ウギー）"とか"甘ったるい（ナンビーパンビー）"といった風変わりな言い回しがあとからあとから出てきた。アニーがそうであるように、ベイツにも無邪気で生まれついたままの何かがあった。

ふたりの俳優は性分が異なっていた。ひとりは熱く、もうひとりは冷たい。ライナーはそれが気に入った。「キャシーはずっと言っていたよ。『ジミーが私とかかわろうとしない、私の話を聞かない』と。私はこう言ってやった。『確かにそうだ。彼にはそういう面がある。きみのことなど気にかけない。それを使って、きみは怒りを燃やすんだ』」

ゴールドマンとライナーは、彼女を小説で描かれるサイコパスよりも共感できる人物にしようと不断の努力を続けた。そして、彼女が幼いころに父親から性的虐待を受けていたことにし

左上：
小説ではアニーが斧で虐待するが、スレッジハンマーで脚をなえさせる行為にはそれ以上に生々しいものがある。

右上：
アニーに対して観客がある程度の共感を持ち続けることがきわめて重要だった。

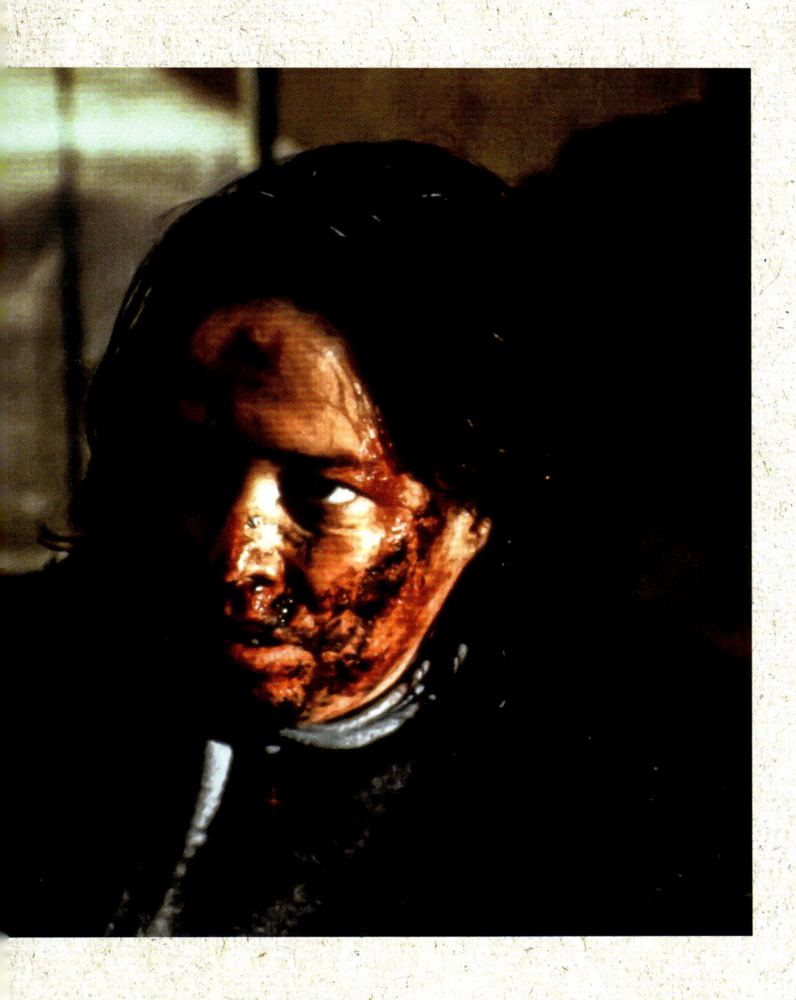

カメラが回っていないときも、
ベイツの話し方には
アニー・ウィルクスの要素があった。
“気持ち悪い（ウギー）”とか
“甘ったるい（ナンビーパンビー）”
といった風変わりな言い回しが
あとからあとから出てきた。
アニーがそうであるように、
ベイツにも無邪気で生まれついた
ままの何かがあった。

ようと決めた。ベイツの演技を通し、彼女は人間味にあふれた狂気の人物になった。怒りっぽい迷子の少女だ。

ベイツは彼女を根源的な観点から見ていた。「スティーヴン・キングはアニー・ウィルクスをアフリカの女神と呼んでいるわ」と彼女は指摘する。「私が思うに、彼は根源的な何かがわかっているのよ。大地とか、再生とか、自然とか」。彼女はポールの創作力を再生させる助産師なのか？

ライナーは『恋人たちの予感』（1989）で砂糖菓子の魔法を得意としたかもしれないが、ここにはグレープフルーツのようにほろ苦い愛の物語がある。「映画の終盤、ふたりが床で取っ組み合い、彼がブタの鉄製ドアストッパーで彼女の頭を殴り、彼女が彼の上に倒れる。あれはまるで最後のオーガズムみたいだ」と彼は語る。「彼女は彼の上で果てる。これはねじれた愛の物語なんだ」

ふたりの関係はキスで始まり、キスで終わる。ひとつは命のキス、もうひとつは死のキスだ。

ブルース・ウィリスとローリー・メトカーフがブロードウェイの舞台で同じ役を演じ、メトカーフが賞賛されたが、ベイツを揺さぶることはできなかった。ゴールドマンはアカデミー賞がホラー映画に賞を与えることはないと断言していたが、驚いたことにベイツは主演女優賞に輝いた。

『ミザリー』は多くを語る。キングによれば、物語は字義どおりの意味と同じくらい比喩的である。アニーはキングの依存症を体現している。彼女が物語の修正を必要としたように、彼にはコカインが必要だった。ここには作家とファンの階級格差への洞察がある。ポールは特権階級の作家であり、田舎者のアニーは彼の言葉に魅了され、だが彼がどのように着想しているか理解できない。加えて残虐なフェミニズムがあり、象徴的に去勢された男性が犠牲者となることで、スラッシャー映画のジェンダー的役割が逆転している。

初期の段階で、ライナーがプロデューサーを務め、ジョージ・ロイ・ヒル監督（『明日に向って撃て！』）が映画化を試みようとしたが、小説と同じようにアニーがポールの足を斧で切断して傷口をバーナーで焼くべきだというゴールドマンの強硬な主張に監督が難色を示した。ライナーとゴールドマンが危うく殴り合いそうになったとき、監督がスレッジハンマーで両足首の動きを“なえさせる”罰に変更した。「私には、彼が実刑判決から無傷で逃げることが必要だった」とライナーは説明する。砕ける骨、悲鳴、異様な角度で腫れ上がった足首は、いっそう生々しく見えた。

試写が始まったとたん、ゴールドマンはライナーの判断の正しさを理解した。「私の望みどおりに進めていたら、やりすぎだっただろう。観客はキャシーを心底憎んだにちがいない」。観客はその代わり、彼女を憎むことを楽しんだ。

カーンは早い時期の試写において、最後にアニーが彼女の気味悪い人形と同じくらい穏やかな顔で入ってきたとき、場内がしんと静まったのを覚えている。そのとき、暗闇の中で声が響いた。「気をつけろ！　彼女は銃を持ってる！」。声の主はキングだった。

漏洩した放射能にさらされた老清掃員が若返り始める。

ゴールデン・イヤーズ
GOLDEN YEARS (1991)

指揮：ジョセフ・アンダーソン
脚本：スティーヴン・キング、ジョセフ・アンダーソン
出演：キース・ザラバッカ、フランシス・スターンハーゲン、フェリシティ・ハフマン
形式：TVミニシリーズ［全7話］／日本ではビデオ発売
放映日（米）：1991年7月16日～8月22日（CBS）
原作：オリジナル脚本

バスの運転手役でヒッチコック・スタイルのカメオ出演を果たすスティーヴン・キング。隣は心優しいCIAエージェント役のフェリシティ・ハフマン。

初めからテレビ用に企画された『ゴールデン・イヤーズ』は基本的に、『ベンジャミン・バトン 数奇な人生』(2008)をひとつまみ混ぜた、高齢者による『炎の少女チャーリー』の再演である。放射能漏洩が起きる研究所は狂気の政府組織〈ザ・ショップ〉の出先機関のひとつであり、奇跡的に若返る清掃員ハーラン（演じるのはキース・ザラバッカ。目が不吉な緑色に光る）は象徴的な霊柩車に乗って逃げ、それをＣＩＡの始末屋R・D・コールが別の駄作映画から追跡してくる。また本作は、呪われたヒーローというテーマを『痩せゆく男』と共有している。

キングは『ツイン・ピークス』(1990～）がまるで靴下を裏返すように連続ドラマの概念を変えたのを見て、本作を“幻覚症状のない『ツイン・ピークス』”だと考えた。だが、コミックとノワールを混合したトーンは明確には感じられない。変人科学者、フラワーパワーのヒッピー、役立たずのＣＩＡ職員というシュールな組み合わせが、どこか時代錯誤でゆるい反体制のノリの中で混じり合うが、何ひとつ心に残らない。

年齢が遡行する描写は、若い俳優（ザラバッカは当時38歳だった）が厚い老けメイクをはぎ取っていくという説得力のない方法で実現された。『ゴールデン・イヤーズ』は、若い肉体に宿る熟年の脳というせっかくの風刺の機会をけっして利用しない。彼の妻ジーナ（フランシス・スターンハーゲンは見る価値あり）が口にする「これはどこまで行ったら終わるの？」という当然の疑問に答えはない。ハーランはそれほど若返らないのだ。話数未定で始動したシリーズは、平凡な視聴率のために全７話（仕事に追われるキングが最初の５話分を書いた）で打ち切りとなった。ハーランが捕えられるクリフハンガーのエンディングは、急遽ハーランとジーナが時間の渦の中に消えてしまうご都合主義に変更された。

未完成のキング
立ち消えになった作品群

『Carrion Comfort』
作家仲間ダン・シモンズのモダン・ヴァンパイア小説『殺戮のチェスゲーム』の映画化企画。

『Daylight Dead』
短編集『Night Shift』から『バネ足ジャック』『キャンパスの悪夢』『戦場』の3編を原作にNBCのテレビ映画用に脚本が書かれた。"陰惨すぎ、暴力的すぎ、強烈すぎる"という理由で見送られた。

『The Haunted Radio Station Project』
全自動化されたラジオ局が甘いDJの声で不吉な告知を始める。「あなたは今夜死にます」

『The Long Walk』
ジョージ・A・ロメロ監督がキングの処女長編『死のロングウォーク』（1979／リチャード・バックマン名義）の映画化に興味を示した。近未来のアメリカでおこなわれる450マイル（約720km）のウォーキング競技の話。

『The Machines』
ミルトン・サボツキーによるテクノロジー恐怖症のオムニバス映画。『芝刈り機の男』『人間圧搾機』『トラック』の3編を原作とし、セリフは5分間しかない。

『Nightshift』
『Daylight Dead』の企画が劇映画として再始動したが失敗。

『Night Shift』
サボツキーによる復讐をテーマにしたオムニバス映画。『禁煙挫折者救済有限会社』『超高層ビルの恐怖』『やつらはときどき帰ってくる』の3編。

『The Stephen King Playhouse』
プロデューサーのリチャード・P・ルビンスタインがキングに、自由に物語を選び、脚本を書き、製作し、できれば紹介してほしいと提案した。キングは多忙を理由に断った。

『The Stephen King Show』
テレビ界の大物アーロン・スペリングが、キングがアルフレッド・ヒッチコックのようにホストを務める番組を企画した。有名人遊びを避けたいキングは拒否。彼は、手斧を胸に振り下ろすのはいいのに頭はだめ、というテレビ事情にもうんざりしていた。

『Sherlock Holmes: Nightmares & Dreamscapes』
『スティーヴン・キング 8つの悪夢』用の企画で、ホームズ物語に基づいたテレビドラマ。ワトスン博士が事件を解決する。

『The Shotgunners』
サム・ペキンパー監督のために企画された郊外を舞台にした西部劇だが、1984年の監督の死去にともない失速。その後は「ハリウッドの誰も興味を示さなかった」とキングは認めている。

『They Bite』
巨大昆虫を描いた115ページの脚本は、メイン州立大学のキング・コレクションに収められている。

『Training Exercise』
海兵隊の映画で、キングが『地獄のデビル・トラック』の次に監督するはずだった。

母親と10代の息子にはヴァンパイアという秘密がある。

スリープウォーカーズ
SLEEP WALKERS (1992)

監督：ミック・ギャリス
脚本：スティーヴン・キング
出演：ブライアン・クラウズ、メッチェン・エイミック、アリス・クリーグ
形式：劇場用映画（91分）
公開日（米）：1992年4月10日（Columbia Pictures）
公開日（日）：1993年4月24日（コロムビア トライスター映画）
原作：オリジナル脚本

『スリープウォーカーズ』の脚本はスラッシャー映画として書かれてはいない。ただ流行に流されただけだ。キングはその形式で書いた経験がなく、むしろそれに逆らって書いている。むろんそれがうまく機能するときの魅力は理解していた。彼は誰よりも『ハロウィン』（1978）に影響されているのだ。何よりもその執拗さに。だが、本作はジャック・ターナーの古典映画『キャット・ピープル』（1942）へのオマージュとして企画され、そこでは姿を変えることができる古代エジプト由来の猫科の悪魔が、愛し合う母親と息子（スタジオは近親相姦の描写を心配した）に化けて放浪している。どういうわけか、ふたりにとって地元の猫たちが不倶戴天の敵であることが判明する。そこはクージョではないのか？

処女から精気を吸い取るヴァンパイアという設定は、『ドクター・スリープ』の“真結族”と類似点がある。アリス・クリーグ（のちに『スタートレック』でボーグ・クイーンになる）はエロティックな存在感を示すものの、10代の観客を引きつけるために作られた安っぽい血糊や泡立つ特殊メイクのシーン（予算が3,000万ドルもあるのでやり放題）にはエキゾティックな情緒などかけらもない。

この幼稚な『死霊伝説』の何が重要かというと、やがてキング原作の映画やミニシリーズを6作も手がけることになるミック・ギャリス監督をキングの領域に連れてきた映画であることだ。細身で女性のような長い髪を持つカリフォルニア生まれの彼は、かつて〈スター・ウォーズ・コーポレーション〉の受付係を務め、スプラッ

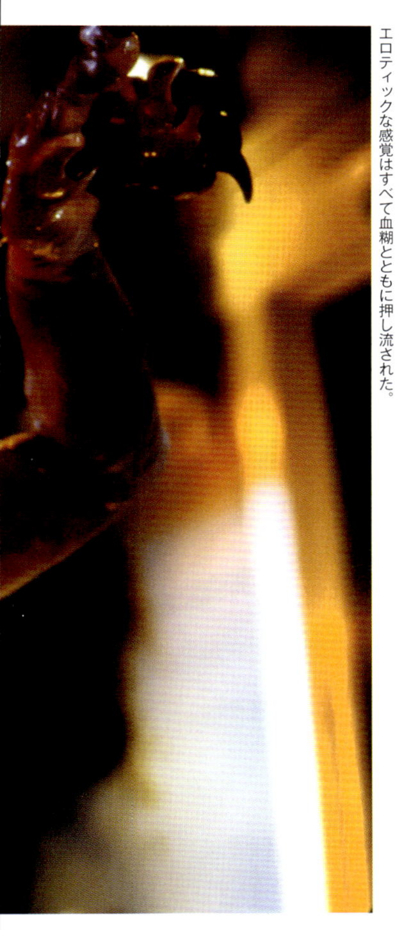

エロティックな感覚はすべて血糊とともに押し流された。

ター・ジャンル映画において独力で頭角をあらわした。キングは彼が作ったアルフレッド・ヒッチコックの前日譚『サイコ4』(1990)を気に入ったし、ギャリスは人の意見を比較的素直に聞き入れる人物だった。『スリープウォーカーズ』の監督候補を争ったルパート・ウェインライトは脚本について提案したものの、あまり高く評価されなかった。

気がつくとギャリスは、キングとファックスでメモをやり取りしていた。「この映画がスティーヴンと僕の最高傑作とは思わない」と彼は辛辣な批評を受け入れつつ言う。「でも、あのささやかな映画を誇りに思うよ」。珍しいことだが、主要な製作は伝統あるコロンビア映画のスタジオでおこなわれた。ちょうどスピルバーグ監督が『フック』(1991)を、コッポラ監督がブラム・ストーカー原作の『ドラキュラ』(1992)を撮影していた。どちらもよい成績を収めることができなかった。

『芝刈り機の男』サーガ（1991〜1996）

『芝刈り機の男』は、想像を絶するほど成功した作家の作品をプロデュースするかもしれない者たちにとって、教訓的な話として役に立つ。キングがオリジナルの物語を書いたのは1975年。まだヴァーチャル・リアリティが魔法の代物だったころだ。この短編は『トウモロコシ畑の子供たち』に収録されており、たった7ページしかない。近所の猫が（芝刈り機で）死ぬというよくある場面から始まり、雇った芝刈り男が全裸で四つん這いになり血に飢えた芝刈り機を念動力で操るという、実に奇妙な展開を見せる。男は牧神パンに仕えていることが判明する。

このキング初期の不気味な1編は、ミルトン・サボツキーによって権利が買われ、最終的にホラー市場でアライド・ヴィジョン社のものになった。彼らの最初のコンセプトでは、根っから邪悪な庭師の男がマルチング芝刈り機を使って女性たちを切り刻むという話だった。その後、ブレット・レオナードというトリード出身で初期のシリコンヴァレーにいた監督が、プロデューサーにヴァーチャル・リアリティの話をした。

コンピュータの天才（ピアース・ブロスナン）が知能の低い庭師ジョーブ（ジェフ・フェイヒー）にVR実験をほどこすが途中で制御不能になる、という映画『バーチャル・ウォーズ（原題：芝刈り機の男）』*The Lawnmower Man* はかなり時代を先取りしていた。使われた技術は現在の基準からすると初歩的かもしれないが、わずか500万ドルの予算でＣＧの可能性を探った最初期の1本である。その流れるような映像は、今見ても夢のような万華鏡的快感がある。それは非現実的に感じられるはずだった。

だが、キングは感銘を受けなかった。「地元の映画館にポスターが掲示されるまで、僕は『芝刈り機の男』が映画化されたことも知らなかった」。彼は映画を気に入らなかったわけではない。それを彼は突拍子もないやり方で示した。原作小説の痕跡がほとんど残っていないのにポスターに彼の名前がでかでかと載っているという理由で、訴訟を起こしたのだ。この訴訟は、小説の映画化に関する法的な定義の核心に切りこんだ。

キングにとっては評判や金の問題ではなかった。観客は彼の名前を当てにして映画館に行くのだ。

ニュー・ライン・シネマはアライドから配給権を買うとき、確かにキングの名前に惹かれていた。「彼が短編小説の権利を売るとき、彼は名前を売っているんだ」とニュー・ラインのＣＥＯロバート・シェイは不満を口にした。レオナードは「全体の文脈が変更されていた」と認めざるをえなかった。裁判官は「宣伝に虚偽があった」と認めた。ニュー・ラインは250万ドルの損害賠償金を支払い、残せたのは“小説に基づく”のクレジットのみだった。それでも『バーチャル・ウォーズ』は全世界で2億5000万ドル稼いだ。

のちにキング側の調査員がビデオのパッケージに彼の名前が使われているのを発見したとき、彼らは法廷に戻り、ニュー・ライン・シネマは名前を削除するまで1日1万ドルプラス利益の分配を支払うよう命じられた。それがヴァーチャルでないリアリティだった。

『バーチャル・ウォーズ2』*Lawnmower Man 2: Beyond Cyberspace* になると、キングの名前はどこにも見当たらなかった。パトリック・バーギンが新たにコンピュータの天才を演じ（ブロスナンは007に格上げされていた）、ジェフ・フェイヒーは『マックス・ヘッドルーム』(1987〜1988)でヴァーチャル司会者を演じたマット・フリューワーに交替した。

製作費は1,500万ドル（『マングラー』や『チルドレン・オブ・ザ・コーン』の続編と比べたらけっして低い額ではない)。生き返ったジョーブが彼の『ブレードランナー』風サイバーシティからインターネットを支配しようと試みる。コンピュータマニアの10代に向けてソフト化されたが、ひどく時代遅れに見えた。

生き返った保安官役のクランシー・ブラウン。家のリフォームをするところではない。

古いインディアンの埋葬地の蘇生能力は相変わらず諸刃の剣である。

ペット・セメタリー2 PET SEMATARY TWO (1992)

監督：メアリー・ランバート
脚本：リチャード・アウテン
出演：エドワード・ファーロング、アンソニー・エドワーズ、クランシー・ブラウン
形式：劇場用映画（100分）
公開日(米)：1992年8月28日（Paramount Pictures）
公開日(日)：1992年11月14日（UIP映画［パラマウント］）
原作：『ペット・セマタリー』（長編小説／1983）

俳優陣が驚くほど豪華なのにそれ以外の点がずさんな『ペット・セメタリー』続編は、メアリー・ランバート監督にとって前作とちがう何かを試す機会だった。「それが完全に実現できたとは思わないわ」と彼女は認める。「私は本物のダーク・コメディを目指したの」。キングが脚本を嫌っていることは、彼女も十分承知していた。第1作が予想外にヒットしたので、パラマウント映画はグロいのが好きなティーン層に向けてパワーアップした続編を大急ぎで企画した。まじめな獣医（『ER　緊急救命室』のアンソニー・エドワーズ）と不良の息子（『ターミネーター2』のエドワード・ファーロング）がラドローの町に引っ越し、たちまち地元のいじめっ子やアンデッドの犬とトラブルになる。

キングの神秘主義はヘヴィメタルの爆音の中に消えてなくなり、ランバートは粗末で安っぽい笑いを目指した。かごに入ったかわいい子猫たちは恥知らずにもドッグフードへと変わる。落ち着きのない雑種犬を診察するエドワーズは困惑顔で「心音が感じられない」と言う。そのあと、悲しんでいる息子に「ママは死んだんだ」と告げる。ファーロングは「ママが死ぬわけない」

『ターミネーター2』で人気急上昇のエドワード・ファーロング（左）がジェフ・マシューズ役を演じる。

とめそめそしながらすねる。

クランシー・ブラウン（のちに『ショーシャンクの空に』で受刑者たちを威嚇する）だけが映画のトーンをとらえており、生き返った保安官として、〈はみだしクラブ〉に入る資格のある太った義理の息子（ジェイソン・マクガイア）に文句ばかり言う。「この不気味で厳しい義理の父親を持つほどひどいことってあるかしら？」とランバートは言う。「彼は戻ってきて、不気味で厳しいゾンビの義理の父親になるのよ！」。ときとして、死んだほうがましでないこともある。

単発もの

キング作品に基づいたテレビドラマのエピソード

『フロム・ザ・ダークサイド』"ワードプロセッサー"（1984）

Tales from the Darkside —"The Word Processor of the Gods"

キングが新しくワング社のワープロを使い始めたときに書かれた『神々のワード・プロセッサ』（短編集『神々のワード・プロセッサ』収録／1985）は、古典『猿の手』にも通じる"もし～としたら"物語である。恐妻家の作家ブルース・デイヴィソンは、手作りワープロに文字を打つとそれが現実に起きることを発見し、不快な妻を削除しようとするが、思いがけない結果になる。果たしてタビサ・キングはどう受け取ったのだろう？

『新トワイライト・ゾーン』"おばあちゃん"（1986）

The Twilight Zone —"Gramma"

キングの小説『おばあちゃん』（短編集『ミルクマン』収録／1985）を脚色したのは、当時この老舗番組のコンサルタントをしていたSF作家ハーラン・エリスン。『ドロレス・クレイボーン』に似ていなくもないが、大まかに『赤ずきん』をなぞりつつ、自分の祖母が悪魔に取り憑かれていると疑う11歳の少年のモノローグで物語が進む。エリスンはすばらしい仕事をし、世代間の関係について意地悪くもおかしい解釈を与えた。『キャリー』のパイパー・ローリーがおばあちゃんの悪魔のような声を担当した。

『新フロム・ザ・ダークサイド』"不幸のビデオ"（1986）

Tales from the Darkside —"Sorry, Right Number"

スティーヴン・スピルバーグからは"もう少し明るいものがほしい"という理由で『世にも不思議なアメージング・ストーリー』（1985～1987）入りを却下されてしまったが、本作は電話で自分自身の声を聞く女性を描いた、美しくも身の毛がよだつまさにキングらしい小品である。

『モンスターズ』"動く指"（1997）*Monsters* —"The Moving Finger"

長続きしなかったホラー・アンソロジー・シリーズの最終回を飾り、キング作品でおなじみのリチャード・P・ルビンスタインがプロデュースした『動く指』（短編集『いかしたバンドのいる街で』収録／1993）では、クイズ番組好きの男が洗面台の排水口から突き出された1本の指に悩まされる。

『新アウターリミッツ』"ベッカ・ポールソン"（1997）

The Outer Limits —"The Revelations of Becka Paulson"

シリーズ中でも型破りなエピソードで、誤って自分の額に銃弾を撃ちこんだソープオペラ好きの主人公が、それ以来幻覚を見始める。監督は『シャイニング』リメイク版に主演したスティーヴン・ウェバー。1984年に書かれたオリジナルの短編小説『レベッカ・ポールソンのお告げ』は『トミーノッカーズ』（1987）内に取りこまれている。

『X-ファイル』"ドール"（1998）*The X-Files* —"Chinga"

大人気の超常現象捜査ドラマにおいて鳴り物入りで放映されたキングのエピソードは、かなり期待はずれの回だった。製作総指揮のクリス・カーターが脚本を大幅に書き換え、ジリアン・アンダーソンのスカリー捜査官がおしゃべり人形のとりこになっている少女を追う。エピソードの原題『Chinga』はシベリアに墜落した隕石（いんせき）を意味するが、舞台はメイン州に設定された。

ヘイヴンの町が異星人の影響力に徐々に屈していく。

トミーノッカーズ THE TOMMYKNOCKERS (1993)

監督：ジョン・パワー
脚本：ローレンス・D・コーエン
出演：ジミー・スミッツ、マーグ・ヘルゲンバーガー、E・G・マーシャル
形式：TVミニシリーズ［全2話］（181分）／日本ではビデオ発売
放映日（米）：1993年5月9、10日（ABC）
原作：『トミーノッカーズ』（長編小説／1987）

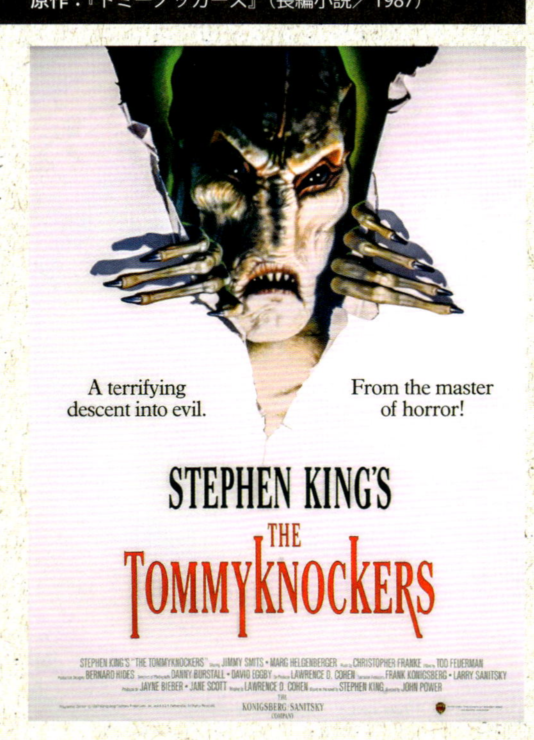

キングがコカイン中毒から脱する前に書いた最後の小説は、『ミザリー』のあとで１歩後退したと見なされた。メイン州の田舎町の地下で目覚める宇宙船を描いた『トミーノッカーズ』は、自己言及的にだらだらと992ページも続くＳＦで、『IT』の焼き直しである。キング自身も「あれはひどい小説だ」と認めている。彼は執筆中のことをほとんど覚えていない。異星人の影響下で手作りしたタイプライターと異常な速度で吐き出されるページは、小説を生み出す興奮の重要なメタファーである。「本当にいい小説がそこにはあるんだ」と彼はつけ加える。「コカインがもたらす見せかけのエネルギーの下にはね」

『キャリー』の核心を見いだし、『IT』の膨大な広がりを封じこめた脚本家ローレンス・D・コーエンは、まとまりのない小説からミニシリーズの芯を発掘するために雇われた。『クジョー』でピーター・メダック監督が解雇されたときにその穴を埋めたルイス・ティーグ監督は、今回は逆に撮影２日目にしてテレビ界の職人監督ジョン・パワーに取って代わられるという災難に見舞われた。そうした事情を考慮しても、コーエンはみごとな仕事をしている。

キングは『ボディ・スナッチャー／恐怖の街』（1956）をメイン州の田舎町に移し替え、そこに多少の風刺を加えている。町の人びとはひとりずつ狙い撃ちにされて奴隷となり、トミーノッカーの宇宙船をまるで墓掘りのように発掘させられる。マーグ・ヘルゲンバーガー演じる作家が最初に屈服するのは象徴的だ。そこには、異星人を描いた1970年のテレビ映画『真夜中の目撃者』――ヒーローが頭の中の金属板によって救われる――との類似性もある。本作のヒーローらしからぬアルコール依存の詩人（ジミー・スミッツが懸命に演じる）は、頭に埋めこまれたプレートのおかげで異星人のコントロールを受けない。キングは自分が“ずば抜けてオリジナルな”作家ではないことをいつでも告白する用意がある。

題名は、坑道内に閉じこめられて助けを求めるために岩をノックする鉱山労働者たちを意味するヴィクトリア時代の用語。けっして見つけてもらえない彼らの亡霊がノックし続けているという。

費用効率の高いニュージーランドのオークランド近郊でおこなわれたロケは、メイン州をよく再現している。テーマや映像面において、他のキング作品とのつながりは明白だ。たとえば、神経過敏になっている飼い犬を見たボビーが「あの子はまるで正常なクージョみたい！」と叫ぶ。かつてミクマク族の土地だっ

ジミー・スミッツ演じる問題を抱えた詩人は、マーグ・ヘルゲンバーガーがもはや昔の彼女ではないと疑っている。

キングは
『ボディ・スナッチャー／恐怖の街』を
メイン州の田舎町に移し替え、
そこに多少の風刺を加えている。

たとわかる森は『ペット・セマタリー』の不思議な埋葬地と呼応する。『クリープショー』でゴキブリまみれにされたベテラン俳優E・G・マーシャルが勇敢にもキングの多元宇宙に戻ってくる。しかし、観客がそうした要素を歓迎するころには、トミーノッカーたちが月並みなB級映画っぽい先細のとさかと牙を持つ緑色の悪役として出てくる。
「あれに関しては、かなり気に入っている部分がいくつかあるよ」と、本作が異星人をともなう『死霊伝説』であることを認めつつコーエンは言う。「宇宙船とそれを発掘する行為は全体として、依存症のみごとなメタファーだったと思う」

コーエンは正しい。ぎこちない話の運びや陳腐な登場人物にもかかわらず、寓意は効果的である。「ハイよ、信じられないくらいハイなの」と、異星人の魔法にぞくぞくするヘルゲンバーガーがつぶやく。どこもかしこも依存者だらけだ。人びとが依存している道具や機器が活気を帯びる。女性郵便局長はセックスに狂い（演じるのは往年のポルノの女王トレイシー・ローズ）、年配の警官は炭酸飲料が手放せない。異星人の奴隷になった者たちは、まるでヘロイン常習者のように歯が抜け始める。

キングが常々主張しているが、ホラー物語というのは人の不安を“概念化”させる。それを自覚していたかどうかにかかわらず、キングは自身の依存症を掘り出してそれをしっかり見つめる準備ができていたのだ。

成功した作家が実体化した別ペンネームにつけ狙われる。

ダーク・ハーフ
THE DARK HALF (1993)

監督：ジョージ・A・ロメロ
脚本：ジョージ・A・ロメロ
出演：ティモシー・ハットン、エイミー・マディガン、マイケル・ルーカー
形式：劇場用映画（122分）
公開日（米）：1993年4月23日（Orion Pictures）
公開日（日）：劇場未公開・ビデオ発売
原作：『ダーク・ハーフ』（長編小説／1989）

1985年、キングは正体を見破られた。彼は作家のリチャード・バックマンとは知り合いだといつも言っていた。同じ学校に通い、連絡を取り合ってきた、と。ふたりが同一人物だという噂について記者に問われるたびに「彼はハンプシャーに住んでいるんだ」と答えた。「あいつはクレイジーさ！　このことはじきに向こうに伝わる……あいつは僕を殺すだろう」。だが、ワシントンＤＣの書店員がバックマンの処女作『ハイスクール・パニック』の版権書類を調査し、それがスティーヴン・キングのものになっていることを発見し、彼のペンネームであることが発覚した。

キングはお楽しみを台なしにされたことですねることはなく、むしろその体験を小説へと向けた。『ミザリー』の姉妹編ともいえる本作では、純文学作家のサッド・ボーモントがジョージ・スタークという別ペンネームを使って売れ行きのよい“おっぱいとタフガイ”系スリラーを書いているが、その秘密を記者に暴かれてしまう。そこでボーモンドは“影の半身”を葬り去り、葬儀まで執り行う。ところが、スタークのほうはおとなしく消えることを拒絶した。これはバックマンの件だけでなく、『ジキル博士とハイド氏』に対するオマージュである。キングの望みは“超自我とイドの対比”を表現することだった。

本作も『ミザリー』のように、成功と芸術家の誠実さという問題を深く考える脚色がなされた。より個人的な事情も扱われている──キングは昔からひどい頭痛に悩まされており、働きすぎると“ストレス痛”が忍び寄ってくるのだ。分厚いレンズの眼鏡をかけても助けにならず、長年の薬物乱用はそれ自体の傷痕を残した。映画の冒頭の手術シーンにおいて、手術室の外で象徴的なスズメの大群が飛び回る中、頭痛に苦しめられている子ども時代のボーモントは、双子の弟として生まれるはずだった胎児の眼球が彼の脳内に残存しているのが見つかる。

ジョージ・A・ロメロの映画は、退屈なスラッシャー映画に対するキングの自己言及的なからかいを弱めている。キングの小説の声をとらえようとするロメロ初の試みは、悪夢の製作状況へと移行した。彼とまじめなメソッド俳優ティモシー・ハットンが演出をめぐって衝突し、製作会社オライオン・ピクチャーズの破産により映画は完成から公開まで２年間も棚ざらしにされた。ロメロは名人芸の風刺を見せず、原作にあまりに忠実すぎた。ハットンは殺人鬼のスタークとしてボーモントに近づくとき、ロックシンガーのように髪をオールバックになでつけ、カウボーイ・ブーツを履き、スタークの裏社会小説を象徴する間延びしたしゃべり方を採用した。不可解にも、それで彼が文字どおりの文学モンスターであることがわかる。サッドが『みずからの意思で形作られた存在』と書く、けっして生まれなかった双子の片割れ。これぞ二元性というべきでは？

壁の血文字は欠かせない要素（『IT』も参照）。

キングは昔から
ひどい頭痛に悩まされており、
働きすぎると“ストレス痛”が
忍び寄ってくるのだ。

田舎町の店では客が心からほしがっているものを提供する。

ニードフル・シングス
NEEDFUL THINGS (1993)

監督：フレイザー・ヘストン
脚本：W・D・リクター
出演：マックス・フォン・シドー、エド・ハリス、ボニー・ベデリア
形式：劇場用映画（120分）
公開日（米）：1993年8月27日（Columbia Pictures）
公開日（日）：1994年5月14日（コロンビア映画）
原作：『ニードフル・シングス』（長編小説／1991）

キングは田舎町キャッスル・ロックの激動の歴史の最終章として『ニードフル・シングス』を書いた。この地の居心地がよすぎたから、と彼は説明している。それは、はき慣れたジーンズのようだった。確かに少ししわが寄っている。ハマー・プロやアミカス・プロの古いホラー映画の雰囲気を持ち、レイ・ブラッドベリの『何かが道をやってくる』に敬意を示しつつ、キングの長年の小さな過ちをリストアップしたようなこの小説には、客の念願だった品物を提供する質素な古物店をめぐる教訓話がつまっている。店の主人は、『呪われた町』のストレイカー氏のようにこざっぱりとした老紳士。リーランド・ゴーントという名で、客に金を要求しない。見返りは、ちょっとした頼みごとだけ……。

彼から贈られた品々——ベースボール・カード、絵画、初版本、アンティークの杯——は新しい所有者から邪悪な部分を引き出す。いたずらは憎悪へとエスカレートし、その連鎖によってキャッスル・ロックの町は消滅へと向う。ただし、ラヴクラフト流ラヴソングと言うべき小説『心霊電流』（2014）やドラマシリーズ『キャッスルロック』（2018）でまた復活する。そのあたりはもうご存じのとおり。

ピーター・イェーツに代わってフレイザー・ヘストン（チャールトン・ヘストンの息子）が監督した本作で最も重要なのは、ゴーント役に贅沢にもマックス・フォン・シドーをキャスティングしたことだ。ヘストンは『第七の封印』（1957）や『エクソシスト』（1973）の大スターに出演を請うため、スウェーデンまで出向いた。「あの役を演じることは役者の喜びだとすぐにわかったよ」とフォン・シドーは語る。かつてイエス・キリストを演じた男が今度は悪魔を演じた。それが演技の幅というもの。店の常連客を演じるのは、キング映画の復帰組（エド・ハリス、ボニー・ベデリア、J・T・ウォルシュ）と新規組（アマンダ・プラマー）のアンサンブルだ。ブリティッシュコロンビア州ギブソンズの町が、流れる雲や交差する通りを提供した。交渉したのはキャッスル・ロック・エンターテインメント。

『スタンド・バイ・ミー』の余波の中でロブ・ライナー監督とパートナーたちが設立し、キング作品でおなじみの架空の町にちなんで命名したキャッスル・ロック・エンターテインメント（灯台のロゴで有名）は、良質なキング

本作には
お決まりのダークなおもしろさがあるが、
あまりに大袈裟なトーンのせいか
少しも怖くない。

エド・ハリスが演じるパングボーン保安官は、キングの他の小説にも登場する。

マックス・フォン・シドーの感じのよい悪魔ゴーント。

映画を提供する第一人者となった。「『スタンド・バイ・ミー』と『ミザリー』を製作したあと、向こうから本が送られてくるようになったんだ」とライナーは明かす。彼らは暗黙のうちにあらゆるキング作品の優先交渉権を持ち、その魅力を最大限に引き出してくれそうな人びとを選んだ。

事実上はとても小さな製作会社で、監督や配役、マーケティングや最終的な編集について決定を下す。「ラッシュ映像を見ながら誰かを怒鳴りつける必要はないんだ」とライナーはうれしそうに語る。キングの側も、知らない悪魔より知っている悪魔のほうがよい。彼は脚本や監督をチェックし、承認を送った。そうした取り決めから、キングのすぐれた共同作品の数々――『ショーシャンクの空に』『グリーンマイル』『黙秘』『アトランティスのこころ』――がスクリーンに送り出されたのだ。『ニードフル・シングス』と『ドリームキャッチャー』も同様である。

「『ニードフル・シングス』は機微の中に失われてしまうものを、てらいのない安っぽさの中で補っている」とタイ・バーは〈エンターテインメント・ウィークリー〉誌で指摘した。その意見はほぼ正しいだろう。本作にはお決まりのダークなおもしろさがあるが、あまりに大袈裟(おおげさ)なトーンのせいか少しも怖くない。「私は自分が熱く演じがちなのが心配だ」とフォン・シドーは笑うが、『死霊伝説』のジェームズ・メイスンは悪をもっと威圧的に演じてみせた。

キングにとって問題は上映時間の長さだった。彼は186分バージョン（1994年にＴＮＴチャンネルで放映）はうまくいっていると言う。「“劇場用映画の長さ”に編集されると、話がほとんど理解できない。ストーリーを語る時間がないからね」。原作はこみ入った小説なんだ、と彼は主張する。彼の作品はどれもそうなのでは……？

天使と悪魔

ANGELS AND DEVILS

1946年に殺人罪の濡れ衣でショーシャンク刑務所に収監されたアンディ・デュフレーンの物語。

ショーシャンクの空に
THE SHAWSHANK REDEMPTION (1994)

キングが好んで語るエピソードがある。彼がスーパーマーケットに行ったときに年配女性に声をかけられた話だ。女性はキングのことを観るに堪えない怖い映画の原作を書く"物書き"だと知っている。ああいうのはだめ、私が好きなのは『ショーシャンクの空に』みたいな気持ちを高揚させる映画よ、と彼女は言った。「それを書いたのは僕です!」とキングは訴えたが、女性はもう背中を向け、奇しくも同じフランク・ダラボン監督が撮った最恐の映画化作『ミスト』に出てくるのと大して変わらない食料棚の通路へと歩いていってしまった。ここでルールが持ち出されるかもしれない、この映画は例外だ、と。

監督:フランク・ダラボン
脚本:フランク・ダラボン
出演:ティム・ロビンス、モーガン・フリーマン、ボブ・ガントン、ジェームズ・ホイットモア
形式:劇場用映画(142分)
公開日(米):1994年9月10日(Columbia Pictures)
公開日(日):1995年6月3日(松竹富士)
原作:『刑務所のリタ・ヘイワース』(『ゴールデンボーイ 恐怖の四季 春夏編』収録の中編小説/1982)

ナンバーワンの愛読者とは言いがたいこの女性は、重要な指摘をしている。オスカーに7部門(作品、主演男優、脚色、撮影、編集、作曲、音響効果)ノミネートされたこの映画は、厳密にはホラーと呼べない4編の中編集『恐怖の四季』の1編が原作であり、通常のキングと毛色が異なっているがゆえに、熱心なファンにとってもにわかファンにとっても堂々と屹立(きつりつ)している。

しかし、詳しく見てみると、深い感動をもたらすこの映画は、ルールにきちんと則(のっと)った例外なのだ。

『刑務所のリタ・ヘイワース』は超自然的でなく、また小さな町が舞台でもない(ただし刑務所があるのはメイン州だ)が、キング本来の物語る力の実例に他ならない。多彩な登場人物、明快な設定、巧妙なプロット、重層的なテーマ、気がきいていて含蓄のあるいかにもアメリカ的な会話(詩的な刑務所用語にもおよぶ)、そして、ふさわしい人物の手にかかれば、いかに人間性を歌い上げる映画に翻案できることか。

ダラボンも好んで語るエピソードがある。お気に入りの作家を偶然見つけた話だ。彼は高校時代に〈ブック・オブ・ザ・マンス〉クラブに入っていた(映画でも読書サークル、図書室、フィクションの自由がモチーフになっている)。映画館で"目に入るものならなんでも"観つつ、本はチャールズ・ディケンズ、マーク・トウェイン、リチャード・マシスン、レイ・ブラッドベリ、シャーリイ・ジャクスン、エドガー・アラン・ポーといった話を作るのがうまい作家をむさぼるように読んだ。

注意散漫なティーンエイジャーだった彼は、その月の配本を辞退するはがきをよく返送し忘れた。ある月、『シャイニング』を受け取った。題名のせいか、表紙のせいか、なぜか彼は送り返そうとしたが、ページをパラパラめくったとき、浴室でダニー少年が死人の老女に会う、あのぞっとする場面に

「そこにはとてつもなく大きな人間性がある。
それがこの作品を最高の物語にしているんだ」フランク・ダラボン

目が止まった。彼は腰を下ろし、そのまま最後まで読んでしまった。それから彼は『キャリー』と『呪われた町』にさかのぼり、新作が書店に並んだら必ず読むというキングとの長いつき合いが始まった。近ごろでは店頭に並ぶ前に読んでいる。

ハンガリー人として生まれ——父方がトランシルヴァニア地方出身であることはキングを喜ばせたにちがいない——赤ん坊のときにアメリカに渡ってきたダラボンは、シカゴからロサンゼルスに移り住んだ。

生まれて初めての映画は、兄の自転車のハンドルの上に乗せられて行った。『火星着陸第1号（原題：火星のロビンソン・クルーソー）』（1964）はダニエル・デフォーの小説に猿のバーニーを加えて翻案しただけのB級映画だったかもしれないが、彼には自分にとってここが賛美すべき場所だとわかった。そうした成長期の体験は、多くの部分がキングのそれと双子のように似通っている。彼はホラー映画やモンスター映画を好んだが、何よりも心に訴えかけてくるのは物語だった。ただし、彼の場合は作家ではなく映画作家を志した。

1980年、低賃金の仕事にあえぐ20歳の彼にとって映画作家になる夢は、まるで若き日のキングにとって自作が出版される望みのごとく、とうてい無理だと思われた。「劇場案内係、電話交換手をやったよ」とダラボンは述懐する。解体会社でフォークリフトの運転手もやった。だが、短編集『トウモロコシ畑の子供たち』に収録されている安楽死をめぐる悲しい物語『312号室の女』にいたく心を動かされた彼は、大胆にもキングに手紙を書き、短編映画化する許可を求めた。キングは映画化権をダラボンに1ドルで与えた。

1986年、今度は『刑務所のリタ・ヘイワース』の映画化権についてキングに連絡を取った。自分が作るべき物語だと直感していた。価格は1ドルよりも多かったが、キングは了承した。ふたりが面と向かって会ったのは、そのときが最

友情の物語：アンディ・デュフレーン（ティム・ロビンス）とレッド（モーガン・フリーマン）。

フランク・ダラボンはあまたいるスターではなくロビンスを主役に決めた。
常に何かを内に秘めている感じが気に入ったからだ。

初だった。

多くのキング作品がそうであるように、この価値ある中編小説も映画を源泉としている。この場合は、彼が子ども時代に観た『終身犯』（1962）のような古い脱獄映画の数々だ。だが、それはジャンルを超越した。「そこにはとてつもなく大きな人間性がある」とダラボンは語る。「それがこの作品を最高の物語にしているんだ」。刑務所という舞台がメタファーとしてどれほど機能するかを、彼は見ることができた。オールタイム・ベスト映画の常連となるこの映画のことを、のちに彼は好んで"映画のロールシャッハ・テスト"と呼んだ。観客はそこに自分の人生を見るのだ。

ダラボンは８週間で脚本を書き上げた。頭の中で映画の上映をしながら、熱に浮かされたように。ただし、登場人物たち――謎めいた主人公アンディ、調達屋レッド、聖書を振りかざす狡猾（こうかつ）な刑務所長ノートン（小説の３人の異なる所長を合体した）、刑務所暮らしにどっぷりつかった老受刑者ブルックス――の顔はまだ明確でなかった。

この脚本がデスクに届いたとき、キングはショックを受けた。権利をダラボンに売ったことをすっかり忘れており、警戒してそのまま放置した。ようやく読んだとき、映画が作られることはないだろうと確信した。「あまりに長く、あまりに原作に忠実で……少し優しすぎた」。なおかつそれは、とてもすばらしかった。

題名は実用の面から短縮された。リタ・ヘイワースの自伝映画だという噂（うわさ）が流れたのだ。あるやり手のエージェントなどはダラボンに電話をかけてきて、彼のクライアントであるスーパーモデルがリタ役にぴったりだと訴えた。キングの名前も、これがホラー映画だと見なされないようにあえて強調しないことになった。

古めかしい道具立てと当惑させる題名にもかかわらず、『ショーシャンクの空に』はハリウッドで話題の的になった。品質は折り紙つきで、ニコラス・ケイジ、ブラッド・ピット、ハリソン・フォード、ジェフ・ブリッジスといった大物たちが興味を示した。チャーリー・シーンは、アイルランド系で赤毛のレッドは自分が演じるべきだと主張した。

ダラボンはキャッスル・ロック・エンターテインメントだけが安全な避難所だと悟った。そこならスタジオの過剰な口出しに悩まされることが比較的少なそうだった。しかも、キングの架空の町にちなんだ会社名で、率いているのがロブ・ライナーなのだ。ダラボンはあえて自分の映画を『スタンド・バイ・ミー』の懐古主義に合わせることにした。言うなれば『恐怖の四季』感を出すためだ。「ライナーは読者にとって不可欠なキングの要素が失われないようにうまくやってくれた」とダラボンは賞賛する。

脚本に大きな感銘を受けたライナーは、『ショー

物語の舞台はメイン州だが、撮影はオハイオ州のヴィクトリア時代の刑務所でおこなわれた。
映画の成功により、その建物は取り壊しをまぬがれた。

シャンクの空に』を自分で作ることを考えた。「トム・クルーズが主役を演じることに興味を示したんだ」とライナーは語る。「ただし、私が監督するという条件だった」。ふたりは『ア・フュー・グッドメン』(1992) ですでに気心が知れた仲で、ライナーは乗り気だった。「フランクに高額の脚本料を提示したんだが、彼は『いや、いや、これは自分で撮りたいんだ』と言った。われわれは彼の意気込みに敬意を表した」

映画の刑務所はメイン州にあると設定されていたが、オハイオ州に完璧なロケ地が見つかった。マンスフィールド刑務所はヴィクトリア時代の巨大建造物で、獄舎と付属の建物が不規則なモザイク状に広がっており、取り壊される予定だった(映画のおかげで本館だけは保存された)。壊れていた内装は長い歴史が暗い影を落とす陰気で壮大なもとの姿に復元され、1993年のうだるような夏のあいだ撮影された。ショーシャンク刑務所は、オーバールック・ホテルと同様にひとつのキャラクターである。キングは「自分の頭の中に歩み入るようだ」と形容した。

刑務所の上空から中庭で蟻のようにうごめく受刑者たちをとらえたショットがすばらしい。敷地のスケールが実感として認識される。そこは塀に囲まれた小さな町。その中で視覚的な変化をつけるのは至難の業だとわかった。

ダラボンが大物スターよりもティム・ロビンスのほうを気に入ったのは、俳優として常に何かを内に秘めていると感じたからだ。アンディがいつも“秘密を持っているように見える”ことを彼は望んだ。結末を知って２回目を観るとき、ロビンスの演技の中にある微妙な流れが明らかになる。映画の大きな喜びのひとつは、彼がどのようにしてこの腐敗した施設に静かに変化をもたらすかだ。

モーガン・フリーマンは直感で決まった。1940年代、メイン州の黒人受刑者は１パーセントにも満たなかったが、そこには声があった。『スタンド・バイ・ミー』と同様に『ショーシャンクの空に』も観客に語りかけてくる物語である。最高にすばらしいナレーションでレッドが語りかけてくる。ダラボンは、見せるのではなく語ることに不安を覚えていた。だが、他の方法は想像できなかった。これはキングの語り口の声なのだ。スコセッシ監督が『グッドフェローズ』(1990) で描いた狂乱の一代記を見返すことで、彼は勇気づけられた。

映画に皮肉っぽくて何かをはらんだおとなの味わいを与えているのは、定期的に挿入されるレッドの仮釈放審査のゆるやかなリズムと、チェロのように深くて豊かなフリーマンの話し方である。「物語に関するおもしろさの半分は、この男の洞察から来ている」とダラボンは指摘する。レッドの語りは完全に信用できるわけではない。クランシー・ブラウンは自分の演じた残忍なハドレー刑務主任が一面的になっているのではないかと心配したが、ダラボンは、それがまさにレッドの記憶している彼の姿だ、と言って安心させた。「映画の真価は最後の仮釈放審査シーンで発揮される」とダラボンは主張する。「そこでレッドは、同情を請う方法でなく、仮釈放委員会に気持ちをぶちまける……。それが彼の歩みであり、人としての軌跡なんだ」

映画はレッドの罪の贖いであり、フリーマンは当然ながらアカデミー賞のノミネートを受ける……そして、フォレスト・ガンプを演じたトム・ハンクスに不当にも賞をさらわれてしまう。

キングがライナーの中に見いだした特質はダラボンにもあった——“声”をとらえているのだ。その叙情的な表現にもかかわらず、ダラボンはキングと相性がよい。ふたりはアンディとレッドのようにたがいに共鳴し合う。ダラボンは原作から逸脱することなく、適切だと思う場所で話をふくらませた(原作を読んでいなければ、その継ぎ目を指摘できないだろう)。アンディが所長のＰＡ装置を通じてアリアを流すシーンは、脚本執筆中にずっとモーツァルトの“フィガロの結婚”を聴いていたダラボンのオリジナルだ。

彼の考えでは、多くのシナリオライターたちがキングの物語の骨子に注意

『スタンド・バイ・ミー』と同じように……
物語はキャラクターの関係の中に息づいている。
アンディとレッドのあいだの友情、もしくはラヴストーリーの中に。

を向け、本質的な“行間に存在する要素”を無視している。その要素こそが、キング作品をこれほど魅力的にしているのだ。

「原作者の声で語るべきだ」と、彼はシナリオ初心者に助言する。「たとえ使っているのが自分自身の声だとしても」

何度も引き合いに出す『スタンド・バイ・ミー』と同様、エピソードを積み重ねたこの刑務所サーガには明確なプロットがほとんどない。物語はキャラクターの関係の中に息づいている。アンディとレッドのあいだの友情、もしくはラヴストーリーの中に。

ボブ・ガントンの意地悪な刑務所長は、アメリカ人の矛盾そのものを体現している。ガントンがニクソン的な狡猾さとともにみごとに演じたのは、信心深く、同時に魂が堕落した男だ。壁の穴の中に逃亡に必要な資金を隠している点において、彼はアンディの影の鏡像と言える。このじめついた刑務所で善と悪が反転するのだ。

われわれは受刑者たちが過酷な環境から本や映画や音楽に逃避する様子を目撃する――中庭に流れるモーツァルトや、彼らが『ギルダ』(1946) のリタ・ヘイワースにうっとりするシーンのなんとすばらしいことか。映画は文字どおり逃避の役割を果たす。われわれが複雑で皮肉のない物語の中に逃避するとき、われわれは刑務所の中に逃げている。

物語の教訓は“収容される”ことの意味の中に存在する。その言葉自体は精神病棟を連想させる。塀の中に入ることは、『デッド・ゾーン』の主人公のように昏睡状態におちいるのに等しく、やがて仮釈放によって目覚めさせられ、囚人は自分がいないまま進んでいた世界に放り出される。環境に長らく慣らされてしまった囚人は、そこに依存するようになる。「みんなでここに永遠にいられたらと思うよ」とジャック・トランスはオーバールック・ホテルについて言う。だからこそジェームズ・ホイットモアが演じたブルックスの孤独な自殺が、ダラボンにはきわめて重要だったのだ。そこに、収容されることの意味が存在する――問題の元凶が。アンディは言う、「思いきり生きるか、思いきり死ぬか、だ」と。

この映画は超常的な要素のないキング映画である。原作者がキングだと知らない観客もいるだろう。にもかかわらず、この映画は現実離れしている。正統派で写実的であるが、そこまでリアルではない。ダラボンは物語るとき、キングだけでなく敬愛するフランク・キャプラ監督を指針にした。キャプラは『素晴らしき哉、人生!』(1946) や『スミス都へ行く』(1939) といったヒューマニズムにあふれた寓話(ぐうわ)を作った。これらの映画は幸福感を与える作品であるとしばしば誤って伝えられるが、そこには真っ黒な闇の井戸がある。

不屈の精神でなし遂げた奇跡、どこか遠くを見つめる目など、アンディには天使のような何かがある。だてに土砂降りの雨の中でキリストのように両腕を広げて立ったりしない。

アンディのみごとな脱走は完全にキングらしいひねりである。壁に貼られたポスターが引きはがされ、その裏にトンネルが姿をあらわすとき、われわれは仕掛けられたトリックに気がつく。これは最初からずっと刑務所映画だったのだと。その瞬間、ダラボンは“すばらしい作り話”に遠慮なく取り組むことができた。プロットが思いがけなく復活する。

映画に対するキングの不満は、アンディが慎重に掘り進めたトンネルがあまりに丸すぎるという点だけだった。

レッドがアンディに会うために裸足で海辺を歩いていくラストの長いショット(メキシコを模してヴァージン諸島で撮影された)については、かなり議論された。小説でも、ダラボンの考えでも、バスに乗って真実を探すレッドで終わるはずだった。『スタンド・バイ・ミー』でゴーディが言ったように、物語は完結しているのだ。だが、プロデューサーは観客がハッピーエンドのカタルシスを切望するだろうと判断した。それまで多くの自由裁量を与えられていたダラボンは渋々ながら同意した。

『ショーシャンクの空に』は逆境にめげない希望への讃歌(さんか)である。興行的に失敗したのは、その題名が足かせになり、『フォレスト・ガンプ/一期一会』に押しのけられ、クールな観客がタランティーノ監督の『パルプ・フィクション』に流れたせいだろう。だが、映画はVHSやケーブルテレビで時間をかけて再発見され、原作よりも高い評価とほとんど宗教的な愛着を獲得していく。そして、誰もが知る名作となった。

左：
フランク・ダラボンは本能的に、この映画は敬愛するフランク・キャプラのような正統派の様式で語るべきだとわかっていた。

下：
物語の中心に誤審の問題があるが、映画の３分の２までアンディに罪がないことはわからない。

ウィルスによってアメリカが壊滅後、生存者たちが善と悪に分かれる。

ザ・スタンド
THE STAND (1994)

監督：ミック・ギャリス
脚本：スティーヴン・キング
出演：ゲイリー・シニーズ、ロブ・ロウ、モリー・リングウォルド、マット・フリューワー
形式：TVミニシリーズ［全4話］（361分）／日本ではビデオ発売
放映日（米）：1994年5月8、9、11、12日（ABC）
原作：『ザ・スタンド』（長編小説／1978）

キングは『ザ・スタンド』を壮大なファンタジーにしようと試みた。ただし、それをリアリティの中に組みこむつもりだった。自分でもおこがましいと思うと断った上で、“アメリカという背景を持つ『指輪物語』”をやりたいと考えていた。果たして架空世界ではないコロラド、テキサス、ネヴァダ、ニュージャージーの高速道路などを舞台に、同じリズム、同じ視野を作り上げることが可能なのか。「モルドールの国の役目を果たしたのはラスヴェガスだよ」と彼は冗談を言う。

興味深いことに、本作はアメリカの新聞王の令嬢で左翼過激派に洗脳されたパティ・ハーストの小説としてスタートした。その後、ユタ州で生物化学兵器の流出が起きた。「流出したのは枯葉剤のようなもので、ただし致死性が高く、たまたま風がソルトレイク・シティから遠ざかる方向に吹いていたので大量の羊が死んだ」。風向きが逆だったら大惨事になりえたと、キングは考えた。“素直な金持ち娘”を飲みつくした悪の感染という当初のコンセプトは、現実の感染事故によってそれ自体のメタファーを失い、やがて、アメリカに残された魂にとって善と悪という聖書を思わせる概念どうしが黙示録的に対峙(たいじ)するというアイディアが浮かび上がってきた。「そこで僕は書くために腰を下ろし、すると小説は言わば、ひとり歩きを始めた」

『ザ・スタンド』は完成までに３年を要した。キングはそれを「僕のヴェトナム戦争」と呼ぶ。あと100ページ書けば出口の光が見える、と自分に言い聞かせ続けた。最初の原稿の長さは1,400ページになり、最終的に800ページにスリム化されて出版された（1990年の完全版で1,344ページに復元された）。今でも彼の本の中で読者に最も愛された１冊であり、とうていスクリーンに収まりそうにないほど物語のスケールが大きい。とはいえ、映画化に挑戦する者がいないわけではなかった。

ジョージ・A・ロメロ監督の協力で実現される可能性があったが、この大作小説は飼い慣らされることを拒んだ。キングはサブプロットを大幅に減らしつつ、第４稿まで脚本の執筆を試みた。「最初の脚本は原作の半分の長さだった」と彼は言う。400ページの脚本は映画にすると6時間40分の上映時間に相当する。ワーナー・ブラザースはあわてて彼に“客の回転”の必要性を説いた。映画で利益を出すには、少なくとも昼間に３回の上映が必要で、夜は２回、大都市では３回上映するのが望ましい、と。

スチュー・レッドマン（ゲイリー・シニーズ）とフラニー・ゴールドスミス（モリー・リングウォルド）は滅亡後のアメリカの魂のために戦う。

ロメロは、フランシス・フォード・コッポラ監督の悲惨なミュージカル映画『ワン・フロム・ザ・ハート』（1981）が残したラスヴェガスのセットを流用することで、『ザ・プレイグ（疫病）』と『ザ・スタンド』という前後編を作ることを提案した。彼は「われわれは『ザ・スタンド』をホラー映画の『ゴッドファーザー』と見なしている」と述べた。だが、スタジオは聞き入れず、企画をテレビに回した。80年代半ばのスポンサーには「"世界の終わり"を提供する気などなかった」とキングは冗談めかす。ロバート・デュヴァルが悪の化身ランドール・フラッグ役をぜひ演じたいと表明したとき、ロスポ・パレンバーグ（『指輪物語』の映画化を試みたことがある）に脚本が依頼されたが、スタジオは見送った。

結局、1993年にミック・ギャリスが予算2,800万ドル、計6時間のミニシリーズとして監督した。キングが再び前面に出たのは、あの『IT』がみごとにテレビに収まるなら、この超大作もいけるのではないかと判断したからだった。しかし、ソルトレイク・シティ、ラスヴェガス、ニューヨーク、そしてネヴァダとユタの砂漠を転々とした撮影は20ヵ月におよび、天候にも恵まれず、疲弊したクルーたちには妥協の空気が漂った。「『ザ・スタンド』は……ゲリラ戦だった」とギャリスはため息まじりに言う。

少なくともドラマの冒頭、カリフォルニアの研究施設から超強力インフルエンザ・ウィルスが漏洩し、そこにブルー・オイスター・カルトの名曲"死神（Don't Fear the Reaper）"が皮肉っぽく流れるあたりではコミカルな狂騒が高まる。道路にはペニーワイズの人形が放置されている。実際、ウィルスがアメリカを壊滅させるオープニングは最も説得力のある部分だ。

ドラマには象徴的なカメオ出演がある。『博士

「この宇宙の覇権をめぐって争う
善と悪の絶対的な価値が存在すると、僕は確信している。
もちろん、それは基本的に宗教の視点だ」
スティーヴン・キング

の異常な愛情』(1964) の狂気とダブる将軍役で『ニードフル・シングス』のエド・ハリス、口汚いラジオDJ役で『ミザリー』のキャシー・ベイツ、〈フリーゾーン〉の門衛テディ・ウィザック役でキング本人も。ところが、話が長引くにつれ、『ザ・スタンド』はキングのミニシリーズがいかに栄養不足になったかを露呈する。ゲイリー・シニーズ、ロブ・ロウ、モリー・リングウォルドといった２番手スターたちと、いらだたしいニコルソン主義を振りまく〈ゴミ箱男〉役のマット・フリューワーのあいだでドラマが引き延ばされ、薄っぺらになる。

善を代表する天使のようなアビゲイル・フリーマントル（ルビー・ディー）の夢の場面は、いろいろな意味で人工的なトウモロコシに囲まれている。キングは、自分の書く黒人キャラクターがしばしば「白人リベラルの罪悪感による楽観的な色眼鏡を通した」安易な気高さを持つことを認めている。

ジェイミー・シェリダン演じるフラッグは、どれだけこけおどしの特殊メイクをしても期待はずれ以外の何ものでもない。配役候補としてデヴィッド・ボウイ、クリストファー・ウォーケン、ジェームズ・ウッズの名が挙がっていたが、その中の誰でもシェリダンよりよかっただろう。もっと大胆に彼を“卑屈なセールスマンのよう”にすべきだったと、キングは述べている。フラッグは人間の悪に対する容量が満杯になることを象徴しているのだ。

キングの二元論哲学が最も色濃く出ているのは、この『ザ・スタンド』だろう。「この宇宙の覇権をめぐって争う善と悪の絶対的な価値が存在すると、僕は確信している」と彼は言う。「もちろん、それは基本的に宗教の視点だ」。世界をより相対的な視点からとらえる傾向のある知識人の目から見れば、それが非難の対象となることを彼自身もわかっている。『ザ・スタンド』はキングにとっても戦いの場である。そこでファンと批評家が争う。

視聴率の面で成功をおさめたが、もっとできがよくてしかるべきだった。キングの小さな町の物語が壮大な領域に（本質を見失うことなく）拡大し、ある意味でアメリカ全土がキャッスル・ロックかデリーの町になった――この広大さは、本の中から飛び立つことはけっしてなかった。これはからからに乾いたテレビドラマであり、ギャリスも「あちこちで技術的なボロが出ている」と白状している。神がＣＧでカメオ出演する（彼にはもっといいエージェントが必要だ）ラスヴェガスのクライマックス・シーンは、黙示録規模でくだらない。

この小説はわれわれの想像力の中にのみとどめておくべき１冊なのかもしれない。

キングのメフィストフェレス的悪の化身ランドール・フラッグ（ジェイミー・シェリダン）の真の姿。

母親が殺人容疑で起訴され、疎遠だった娘が帰郷する。

黙秘 DOLORES CLAIBORNE (1995)

監督：テイラー・ハックフォード
脚本：トニー・ギルロイ
出演：キャシー・ベイツ、ジェニファー・ジェイソン・リー、ジュディ・パーフィット、クリストファー・プラマー
形式：劇場用映画（132分）
公開日（米）：1995年3月24日（Columbia Pictures）
公開日（日）：1995年10月28日（東宝東和）
原作：『ドロレス・クレイボーン』（長編小説／1993）

次頁：
不幸な再会を果たした母と娘：ドロレス・クレイボーン役のキャシー・ベイツと問題を抱えている娘セリーナ役のジェニファー・ジェイソン・リー。

なんという映画の幕開けだろうか。車椅子に乗った女性を階段の下へ傾けるキャシー・ベイツ。観客はサスペンス映画の古典『何がジェーンに起こったか？』(1962) や、もちろん『ミザリー』で痛めつけられる獲物を想起する。哀れなヴェラ（ジュディ・パーフィット）が階段を1段ずつ転がり落ち、すでに衰弱した身体が階段下の床でねじ曲がったまま放置され、キングの最も憂鬱で最も含蓄のある人間ドラマへの挑戦が始まる。

90年代前半のキングは、それまで男性が主人公の小説が多かったのでバランスを取ろうと決め、傑作をいくつか生み出した。『ミザリー』、『ジェラルドのゲーム』、そしてドロレスという怒りっぽい年配女性が途切れなくしゃべるモノローグ小説である。たちまち映画作家たちは、彼女の頭の中から物語を掘り起こして映画の枠組みに入れようと挑戦した。トニー・ギルロイは過去の罪と現在の罪のあいだを巧妙に行き来しながら、構造的な驚きを持つ脚本を作り上げた。テイラー・ハックフォード監督は時間の往来を美しい対比で扱い、過去の記憶は淡く光る夕焼け色で描き、進行中の現実は墓地の陰鬱さで包みこむ。

実際に撮影されたのはカナダのノヴァスコシア州だが、舞台は『悪魔の嵐』と同じくメイン州バンゴア沖のリトル・トール島に設定されている。キャッスル・ロック・エンターテインメントが『スタンド・バイ・ミー』や『ミザリー』の古典的様式を受け継ぐことを望んで製作したサラブレッド作品だ。

ドロレスは、報われることのないまま何十年も看護してきた裕福な老婦人を殺害した容疑で起訴される。われわれは確かにその現場を目撃した。そして、老婦人ヴェラは全財産をドロレスに遺(のこ)した。しかし、これは表面的な認識にすぎない。クリストファー・プラマー演じる執念深い老警部のように、われわれも誤った思いこみをする。実は対処すべき殺人事件がもうひとつあるのだ。『ジェラルドのゲーム』にも影を落とす同じ皆既日食（闇に抑止される光という宇宙的な比喩）のあいだに起きた過去の殺人。ドロレスにとって夫であり“重荷”だったジョー・セント・ジョージ（デイヴィッド・ストラザーン）の失踪を取り巻く状況は、ひとつ屋根の下にひそむ配偶者の暴力、アルコール依存、性的虐待という日常の恐怖をあぶり出す。

それはよく知られた領域――結婚による犠牲、罪の本質、充実した人生、もしくはそうでない人生――である。そうしたテーマが、ふつうなどというものはない、という作者の信条のもとでひとつになった。

自分の娘に向けて録音した告白という形でドロレスが誇り高く

語るナレーションにより、本当の物語の数々が明らかになる。そこには、風にさらされる安っぽい自宅の壁板のようにすり切れてしまった彼女の人生がある。ドロレスは、女優の演技によって最も完璧に実体化したキングの登場人物のひとりである。ベイツが『ミザリー』に注ぎこんだものがここで花開いたのだ。それは原作者についても同じことが言える。キングはベイツを常に念頭に置いていたことを示唆しているが、ドロレスはもっと陰険かつ初老の印象で描かれている。彼女はマーマレードのように苦みがあるが、疲れきっており、恩恵を受けたこともそれを求めることもなかった女性だ。彼女は神を冒瀆する悪態を拒み、代わりに「なんてこった（Cheese and crackers）」と毒づく。彼女の耳障りなメイン州の方言は、神に対して率直なアメリカ人の生活を描写するキングの天才のなせる勝利である。

だが、彼女は対比要素を必要とした。それは、セリーナ（ジェニファー・ジェイソン・リー）の役割が拡大することを意味する。娘のセリーナはニューヨークでジャーナリストとして成功しており、内向的で、薬物の常用という問題を抱え、親子という強固な錨のような鎖によって故郷にたぐり寄せられる。とはいえ、彼女を引き止めるものは生きている母親よりも死んだ父親である。「ジェニファー・ジェイソン・リーのキャラクターは原作には存在しなかった」とハックフォードは言う。「原作にはただ過去だけが存在した……」。映画の半分は、きわめて効果的に創作されたオリジナルの脚本が占める。

リーは、無教養な母親に直面した知性的な子どもの持つ傲慢さや、ふたりの立場が逆転したときの母に対する保護ぶりの的確な表現がすばらしい。それにしても、ひどい態度ながら重層的な内面を持つヴェラを演じたパーフィットは思いがけない発見だった。ハックフォードの妻であるヘレン・ミレンが彼女の舞台を見たことがあり、ヴェラ役に推薦した。パーフィットはパチパチと音をたてるフェミニストの炎とすばらしいセリフを映画に与えた。「ときにはね」と彼女がドロレスに強い口調で言い、過去という霧の中から生涯にわたるふたりの絆が立ちあらわれる。「女は悪女にならざるをえなくなるの」。不可解にも彼女が賞にノミネートされることはなかった。

『マングラー』サーガ（1996—2002）

クリーンではないフランチャイズ

ふとした拍子に業務用圧搾機に悪魔が宿る物語『人間圧搾機』（短編集『深夜勤務』／1978）をキングが思いついたのは、彼が週給わずか60ドルで地元のクリーニング工場で働きながら、トレーラーハウスに帰宅したあと狭い洗濯室で毎晩3時間を執筆に費やしていたころだった。

トビー・フーパー監督によって映画化された『マングラー』（1995）*The Mangler* は、フレディ・クルーガー・スタイルのシュールなホラーを、キングの名前を逆回転防止装置にして安上がりに作ろうとした締まりのない試みである。

メイン州が舞台でありながら南アフリカとロンドンで撮影されたこの映画において、〈ブルー・リボン・ランドリー〉の堂々たるオーナーを演じるロバート・イングランドは、片目が白い義眼で両脚には金属製のギプスを装着し、さながら半機械のようだ。彼の呪われた契約では富と引き替えに、鎖を鳴らし蒸気を吐き出す怪物のようなランドリー・プレス機に処女の生き血を捧げなければならない。彼を追うのはテッド・レヴィン扮する頭の混乱した刑事（過剰演技の典型）だ。

この映画は『クリスティーン』の邪悪な機械や『地下室の悪夢』の汚れた工場の闇まで起源をたどることができる。フーパーはこれを“夢のような作品”と見なしていた。そこにはいろいろな意味が含まれる。あの『死霊伝説』を作り上げた人物がなぜこんな調子はずれの代物を送り出したのか。哀れな俳優たちは血まみれ機械の騒音と脚本のきしみに負けじと、大声を張り上げねばならない。

昔の契約で権利関係が長らくはっきりしなかったため、キングは物語からさらなる続編が搾り取られる状況にただ目をつぶるしかなかった。『マングラー２』（2002）*The Mangler 2: Graduation Day* では、わずかばかりの今日性を織りこみ、女子たちが通う大学のコンピュータ・システムに“マングラー2.0”ウィルスが感染する。この見え透いた口実によって、学生たちが『スクリーム』（1996）への生ぬるい皮肉とともに無為に殺されていく。血糊の間欠泉さえ干上がってしまった。ロバート・イングランドが姿を見せない代わりに、ランス・ヘンリクセンが金銭のために大袈裟な演技を見せる。この作品のキングとの関連は（テクノロジー恐怖症のつぶやきは別として）どれも単にキングを搾取するものにすぎない。

それで終わりではなかった。『スライサー（原題：マングラーの再誕）』（2005）*The Mangler Reborn* はキングの物語に再び回帰し、修理工の男（ウェストン・ブレイクスリー）が例の悪魔ランドリー・プレス機を残骸から組み立て直し（この映画自体に向けた無意識の比喩）、そこに犠牲者を次々に放りこんですりつぶしていく。それは気の抜けた血しぶきシーンに対するへたな口実である。とはいえ、内輪受けの芝刈り機シーンを見逃さないように目をきちんと開けておくこと。

ボストン行きの旅客機に乗っていた10人が目覚めると、他の乗客と乗務員が消失している。

ランゴリアーズ
THE LANGOLIERS (1995)

監督：トム・ホランド
脚本：トム・ホランド、スティーヴン・キング
出演：デイヴィッド・モース、ディーン・ストックウェル、ブロンソン・ピンチョット
形式：TVミニシリーズ［全２話］（180分）
放映日（米）：1995年5月14,15日（ABC）
放映日（日）：1997年12月29、30日（NHK）
原作：『ランゴリアーズ』（『ランゴリアーズ Four Past Midnight I』収録の中編小説／1990）

ブロンソン・ピンチョットの悪夢に、錯乱するビジネスマンのひとりとしてスティーヴン・キングがカメオ出演している。

出だしから興味を引く本作のコンセプトから、キングが飛行恐怖症を用いて『トワイライト・ゾーン』や『アウターリミッツ』の反芻を試みていることがわかる。ほとんど無人で飛んでいる旅客機内で目覚める生存者たちは、いかにもキングらしい集団だ。超能力を持つ子ども（ケイト・メイバリー）、勇敢なパイロット（デイヴィッド・モース。出演した３本のキング作品の１本目）、元特殊部隊員（マーク・リンゼイ・チャップマン）、変わり者の少女（キンバー・リドル）、孤独な学校教師（パトリシア・ウェティグ）、身勝手なビジネスマン（ブロンソン・ピンチョット）。当然ながら、機知に富んだミステリー作家（『タイムマシーンにお願い』から登場のディーン・ストックウェル）もそこにいる。「僕はこういう状況を小説に書いてるだけだ」と、乗客たちから事態の説明を求められた彼は窮する。「それを身をもって経験したことは１度もない」

前後編のドラマは、おなじみリチャード・P・ルビンスタイン（『IT／イット』、『ザ・スタンド』）が製作し、トム・ホランド監督（『フライトナイト』）がいかにもテレビ的に効率よく演出。ちょうどメイン州バンゴア国際空港（奇しくもキングが問題のある便を緊急着陸させる場所）に輸送された引退航空機が撮影に使用された。空港に降り立った乗客たちは、空気中ににおいがなく、食べものに味がないことに気がつく。だが、困難な状況が個々人の事情を悪化させるあいだ、脱出は保留を余儀なくされる。

ままあることだが、謎の強烈さは種明かしによってしぼんでしまう。本作の場合、つまるところ“時間の裂け目”である。キングは「ジェット旅客機に乗っている女性が機体の壁の亀裂に手を押しつけている」という夢を実際に見た。のちに彼は『11/22/63』において、時間の穴の性質を探求するが、ここではそれと異なり“人は1963年11月22日の教科書倉庫ビルには出現できない”ことが知らされる。乗客たちは10分だけ時間をさかのぼり、過去から生命が消し去られていることを発見した。キングの突飛なアイディアでは、現在は無の中を泡のように移動している。

度肝を抜くようなせっかくのコンセプトは、題名になっている時間の捕食者が襲来することで砕け散ってしまう。ランゴリアーズはピンチョットが父親に抑圧されていた子ども時代に言い聞かされた怪物である。ルビンスタインは「恐ろしいと同時に少し漫画的な何か」を実現するために目新しいＣＧを選択した。できあがった鋭い刃を持つクルミのような形のお化けは、画面に登場した史上最低の怪物となった。「僕はぞっこんとはならなかった」とキングは認めている。

肥満体の弁護士が呪いでどんどん痩せていく。

痩せゆく男 THINNER(1996)

監督：トム・ホランド
脚本：マイケル・マクダウエル、トム・ホランド
出演：ロバート・ジョン・バーク、ルシンダ・ジェニー、マイケル・コンスタンティン
形式：劇場用映画（93分）
公開日（米）：1996年10月25日（Paramount Pictures）
公開日（日）：1997年1月25日（東宝東和）
原作：『痩せゆく男』（リチャード・バックマン名義の長編小説／1984）

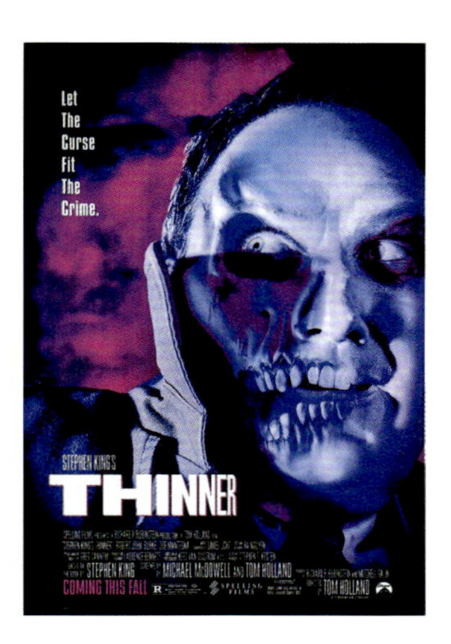

『痩せゆく男』の準備期間が予定の数ヵ月から数年に延びたことで、プロデューサーのリチャード・P・ルビンスタインと監督のトム・ホランドは、呪いのコンセプトが皮肉に思えたにちがいない。キング作品でさえ映画化の成功まで努力を要するならば、彼の分身であるバックマンの作品はその努力が果てしなく続く。飛び抜けて野心的な映画とは思えない（最大の課題は極端な体重減少の表現方法）にもかかわらず、7年かかって15種類の脚本が書かれ、ゴムボールのようにハリウッド中を跳ね回った末に、パラマウント映画がようやくゴーサインを出した。

バックマン名義の5作目の長編小説は、キングと分身を隔てる境界線をぼかし始めた。おぞましいパイや気味の悪い副作用など、批評家マイケル・コリングスが“身の毛のよだつ風合い”と呼ぶキングの特徴が明らかに見て取れる。『縮みゆく人間』（1957）に触発された本作は、『クリープショー』の中のマイルドな1話であるかのように、強欲な弁護士に対して正義の裁きが下される。彼はダイエットの望みが強烈な形で叶い、体重減少が止まらなくなる。

マイケル・コンスタンティンがやりすぎ感とともに演じる106歳の老ジプシーは、自分の年老いた娘を車で轢き殺され、犯人の弁護士に黒魔術を使う。だが、大仰な演技以外に何ができるというのか。ぞっとするコメディというのが売り文句なのだから。

キングは痩せゆく弁護士ビリー役に肥満体のジョン・キャンディを提案し、撮影を通じて実際に体重を落とすことを望んだ。最終的にロバート・ジョン・バーク（『ロボコップ3』で金属の皮膚を着こんだばかり）に落ち着き、彼はあらかじめ20ポンド（9kg）減量し、そこに80ポンド（約35kg）ものラテックスの贅肉を装着することに耐えた。ラテックスを除去してからは、特別にデザインされた特殊メイクのレイヤーを加えて痩せ衰えたように見せた。必ずしも説得力があるとは言えないが、表現したいことはわかる。

製作費は1,700万ドルで、キングは「これは『地下室の悪夢』の予算で作った『ミザリー』だ」と不満をもらす。ダイエット文化を風刺する強烈なブラック寓話コメディになりえた可能性の痕跡は見える。とはいえ、興行収入はかなり痩せ細ったものだった。

『やつらはときどき帰ってくる』サーガ
看板に偽りなしのシリーズ

『地獄のデビル・トラック』を筆頭に失敗作を連発したあと、プロデューサーのディノ・デ・ラウレンティスは『ブロス やつらはときどき帰ってくる』（1991）*Sometimes They Come Back* でテレビ映画の道に進むことを強いられた。そのできあがりは強烈で、驚くほど残虐だった。キング通たちは、この作品を彼の映画化で最もないがしろにされた1本と見なしている。

〈ロサンゼルス・タイムズ〉紙のレイ・ロインドは少々誇張気味に「『ナイト・オブ・ザ・リビングデッド』（1968）と『ボディ・スナッチャー／恐怖の街』（1956）の一部を混ぜ合わせ、そこに『暴力教室』（1955）の香料をひとつまみ」と評した。トム・マクローリン（『13日の金曜日 PART6 ジェイソンは生きていた！』）が監督した本作で、陰気な英語教師ジム（ティム・マシスン）は亡霊たちに悩まされる。亡霊はかつて彼の兄を殺した不良たちだが、事故で死んだはずなのによみがえって肉体を得たのだ。昔の悪が27年の年月を経て繰り返されるという過去と現在の織り交ぜには『IT／イット』の気配があり、飛び出しナイフを振り回して地元のティーンを殺しまくるゾンビは『スタンド・バイ・ミー』でキーファー・サザーランドが演じたエース・メリルと同類だ。不良たちはスリリングなトンネルのリンチ場面で列車にはねられて身体がばらばらになったが、自分たちの死をジムのせいだと考えている。

題名自体が予言しているように、5年後に『ブロス リターンズ／やつらはふたたび帰ってくる』（1996）*Sometimes They Come Back...Again* が作られた。この薄っぺらな続編でも、マイケル・グロスの心理学者が彼の姉を殺した不良のアンデッドにつきまとわれ、ティーンが殺されるという同じ展開が繰り返される。「よいホラー映画というのは、われわれが安全だと思っているものを粉砕するんだと思う」と監督のアダム・グロスマンは語っている。悪魔の儀式があるかぎり、論理性について心配する必要はない。

『アイス・ステーション（原題：やつらはさらにまた帰ってくる）』（1998）*Sometimes They Come Back... for More* は舞台を南極大陸に移すことで、キングの物語に忠実であるふりをすっぱりやめた。明らかにジョン・カーペンター監督の『遊星からの物体X』（1982）を踏み台にしており、極秘研究施設内で起きた連続殺人事件をクレイトン・ローナーの大尉が捜査する。犠牲者たちが悪意を抱いて戻ってくるとき、映画は悪魔がらみの様相を呈する。ちなみにビデオ・リリース時のタイトルは『Frozen』（訳注：『アナと雪の女王』の原題と同じ）。

またもや……幽霊の出るホテルでアルコール依存の作家が狂気で死ぬ。

シャイニング
THE SHINING (1997)

監督：ミック・ギャリス
脚本：スティーヴン・キング
出演：スティーヴン・ウェバー、レベッカ・デモーネイ、コートランド・ミード、メルヴィン・ヴァン・ピーブルズ
形式：TVミニシリーズ［全3話］（273分）／日本ではビデオ発売
放映日（米）：1997年4月27、28日、5月1日（ABC）
原作：『シャイニング』（長編小説／1977）

1983年以来、キングは自身の最も有名な幽霊ホテルの物語をリメイクしたいと考えていた。しかも、みずからの手で監督したいと。「誰かが首吊り用のロープを僕にくれるならね」と彼は冗談を飛ばした。『地獄のデビル・トラック』が大失敗したあと彼は身にしみてそう感じたが、３作目の長編小説を正しく映像化したいという決意は固かった。

90年代に入って『IT／イット』と『ザ・スタンド』が高視聴率を得たことを受け、ＡＢＣテレビは次の映像化作品についてキングに自由裁量権を与えた。それでも、彼から『シャイニング』を提案されて当惑した。キングは、それをスタンリー・キューブリック版のリメイクにするつもりはなく、「原点に立ち返って小説を本当に反映させたものを作る」機会なのだと強く訴えた。続編およびリメイクの映画化権を所有していたキューブリックとのあいだで“かなり法外な”和解が成立すると、製作費2,300万ドルのミニシリーズはミック・ギャリスが献身的な従順さで監督することになり、キングが最初に執筆した脚本を使用して製作に入った。

すべてが厳密にキングのヴィジョンどおりになった。ロケ撮影がおこなわれたコロラド州のスタンリー・ホテルは、1974年に彼が物語を思いついた場所だ。雪をトラックで運びこまねばならず、クルーたちのあいだで幽霊が出るとの噂が流れた。地元のユト族のシャーマンでも雲を呼び覚ますことはできなかった。

ジャックが狂気に落ちていく姿がミニシリーズ全体にわたって描かれ、彼の過去を説明する回想シーンが復活した。そのジャックのキャスティングは悪夢のように難航した。ジャック・ニコルソンの影におびえ、誰も手を出したがらないのだ。ただひとりスティーヴン・ウェバーが出演に同意したのは製作開始４日前で、ギャリスも中止を考え始めたときだった。レベッカ・デモーネイの演じたウェンディは、キングがいらだった映画のシェリー・デュヴァルに比べ、ずっと魅力的で機転がきく人物になっていた。

スズメバチの攻撃もＣＧを使用して復活した。「われわれは小説を作りたかったんだ」とギャリスはキューブリックの亡霊を寄せつけまいとする。キングが特に主張したのが、唯一の“表面上はっきりあらわれる超自然現

コートランド・ミードの新しいダニー・トランス。

スティーヴン・ウェバーが情緒不安定に見えないように演じた新しいジャック・トランス。

象”である生命を持った装飾庭園をよみがえらせることだった。そのアイディアは『青春物語』(1957)のロケ地だったメイン州カムデンに由来する。すべて幾何学的に刈られた生け垣。それはキューブリックが予測したとおり、きわめて厄介であることがわかった。メカニカル・パペットが試されたが、うまく動作しても笑えるような代物であり、編集段階でＣＧへの置き換えを余儀なくされた。スタンリー・ホテルはそれ以来、敷地に迷路を増設したが、今のところ装飾庭園は導入していない。

この『シャイニング』は、旧作に対する異議を常に盛りこもうとしていた。入念なディテールや、異常加熱するボイラーと異常加熱する夫の楽しいＢ級映画的スリルなど、よくできた部分もいくつかある。レイ・リッチモンドは〈ヴァラエティ〉誌で「ゆったりと進む６時間のドラマには、綿密な計算が働いている。スローペースだからこそ手に汗握る恐ろしさとリアリティが立ちあらわれるのだ」と激賞している。しかし、どうしても不可避な旧作との比較で本作は見劣りし、やがて忘れ去られた。厄介な重荷を下ろす中でキングが何を証明したのかはわからない。原作にできるだけ忠実に作ったにもかかわらず、私的な映画化という印象はほとんど感じられなかった。

またもや……巨大トラックが何かに取り憑かれる。

トラックス
TRUCKS (1997)

監督：クリス・トムソン
脚本：ブライアン・タガート
出演：ティモシー・バスフィールド、ブレンダ・バーキ
形式：TV映画（95分）／日本ではビデオ発売
放映日（米）：1997年10月29日（USA Network）
原作：『トラック』（『深夜勤務』収録の短編小説／1978）

誰かが『地獄のデビル・トラック』のリメイクを切に求めたのではなさそうだ。

キングの同じ短編小説からの２度目の映像化はさらに安っぽくなり、最初の『地獄のデビル・トラック』がずっと好ましく見える。ニュージーランド人のクリス・トムソン監督は、『ナイト・オブ・ザ・リビングデッド』（1968）の大量消費社会の恐怖やヒッチコックの『鳥』（1963）の自然の逆襲（どちらもキングにインスピレーションを与えた）はおろか、キングがカメラの後ろで孤軍奮闘した80年代の熱気すらも奮い起こせなかった。

クリス・トムソンは同じ展開をただなぞるだけだ——長距離トラック向けドライヴイン、閉じこめられた見知らぬ人びとの集団、意思を持った大型トラック。ジョン・カーペンター監督も思い知ったように（『クリスティーン』はずっと洗練されていたが）、ゾンビ・マシンを扱うときはまじめにやってはいけない。

舞台はメイン州だが、カナダのウィニペグで撮影された。地球近傍を通過する隕石（いんせき）が空気中に異星人の粒子をばらまいた（『トミーノッカーズ』式解法）という背景が語られ、近くの軍事施設から毒性の気体が漏洩した（『ザ・スタンド』式解法）という説に対抗している。ブライアン・タガートの脚本には、太った年配のヒッピー（ジェイ・ブラゾー）が加えられ、キングの飛びまくる想像力を代弁するかのように陰謀論をとうとうとしゃべる。それがなかったら、映画は地平線のように真っ平らだ。

風変わりな物語収集家アーロン・クイックシルバーが語る邪悪な２話。

クイックシルバー QUICKSILVER HIGHWAY (1997)

監督：ミック・ギャリス
脚本：ミック・ギャリス
出演：クリストファー・ロイド、マット・フリューワー、ミッシー・クライダー
形式：TV映画（90分）／日本ではビデオ発売
放映日（米）：1997年5月13日（Fox Network）
原作：『チャタリー・ティース』（『ドランのキャデラック』収録の短編小説、1993）

クリストファー・ロイドが演じる物語のホストは、ことによるとキング自身のパロディかもしれない。

キングの年代史でもマイナーなこの型破りな２話合体作は、関与を避けている彼によれば、「ミック・ギャリスのやっていることとちがうものだ」。新しい都市怪談シリーズの企画に取り組んでいたギャリスは、毎週のエピソードごとにアメリカの異なったダークな場所を舞台にするという案を思いついた。ところがパイロット版として選んだのは、都市でも怪談でもない、キングの『チャタリー・ティース』という異色の短編。ゼンマイ仕掛けでカタカタ鳴る歯のおもちゃがサイコなヒッチハイカーに襲いかかる話だ。

コンセプト全体が２時間のテレビ映画へと縮小されたとき、ギャリスはキングの物語とともにクライヴ・バーカーの『手』を映像化することにした。陽気で風刺の効いた１編で、ビヴァリーヒルズの外科医（マット・フリューワー）の両手が身体から独立しようと決心し、最終的に切断された手足が病院中にあふれるという『アダムス・ファミリー』的な大騒動になる。

400万ドルの製作費で完成したのは、ぎこちない『クリープショー』のユーモアと『フロム・ザ・ダークサイド』の映像価値をごちゃ混ぜにした、印象の薄い代物だった。ギャリスはみずから提案した題名『ルート666』が却下されると、クリストファー・ロイド演じる“本当のアメリカを記録している”男を道化的なホスト役とする枠組みを考案した。キングが費用を負担したジョークと考えたほうがいいかもしれない。

百戦錬磨のタブロイド記者が、漆黒のセスナ・スカイマスターで
町から町へ飛び回るヴァンパイアのあとを追う。

ナイト・フライヤー
THE NIGHT FLIER (1997)

監督：マーク・パヴィア
脚本：マーク・パヴィア、ジャック・オドネル
出演：ミゲル・フェラー、ジュリー・エントウィッスル、ダン・モナハン
形式：劇場用映画（94分）
公開日（米）：1998年2月6日（New Line Cinema）
公開日（日）：1997年11月15日（ギャガ・コミュニケーションズ=ゼアリズ）
原作：『ナイト・フライヤー』（『ドランのキャデラック』収録の短編小説／1993）

かなり不快な主人公、怪しげなタブロイド記者リチャード・ディーズを演じるミゲル・フェラー。

キング・ファンのあいだで驚くほど珍重されているこの『吸血鬼ドラキュラ』の焼き直しでは、伝統的な衣装を身にまとったヴァンパイアがメイン州の人里離れた町々を大手を振って飛び回る。オマージュであることを強調するためにキングは、原典で伯爵の下僕となるレンフィールドと、トッド・ブラウニングの『魔人ドラキュラ』(1931) でレンフィールドを演じた俳優ドワイト・フライにちなみ、ヴァンパイアをドワイト・レンフィールドと名づけた。キングによる第1の現代的アレンジは、ヴァンパイアが夜の闇にまぎれて小型機で州内を縦横無尽に飛行すること。第2は、ヴァンパイアが〈インサイド・ヴュー〉という三流新聞のシニカルな記者に追いかけられることである。

『ナイト・フライヤー』にはキングの最もあからさまな風刺が出ている。彼の一番有名な『ドラキュラ』リミックスである『呪われた町』の作家ベン・ミアーズの延長上にいる本作のリチャード・ディーズ（ミゲル・フェラー）は、彼が追っている怪物と同じくらい特ダネという血に飢えている。彼は小説『デッド・ゾーン』で初登場したキャラクターで、わずかな自虐をともなうキングのゆがんだ分身でもある。〈インサイド・ヴュー〉のオフィスの壁に飾られたディーズの昔の記事には、“カンザスの若年カルトがおぞましいヴードゥー神を崇拝”（『チルドレン・オブ・ザ・コーン』）や“究極のダイエット！　ジプシーの呪いが肥満弁護士の肉を剝ぐ”（『痩せゆく男』）など、楽屋落ちの見出しが見られる。

マーク・パヴィア監督は、映画に目のないチェーンスモーカーの祖母を世話するうちにホラー映画のとりこになり、キング・マニアとして成長し、テレビ版『ザ・スタンド』に取り組んでいたプロデューサーのリチャード・P・ルビンスタインとキングに、評判のよかった自作の短編ホラー映画『ドラッグ (Drag)』(1993) のビデオを送った。キングはそれを観て感銘を受けた。そこでルビンスタインはパヴィアを呼び、『ナイト・フライヤー』の映画化の話があることを話した。駆け出しの監督は、部屋にキングが入ってきたとき、

悪いやつがもっと悪いやつに
追われるところに際立つものがある。

1979年版『死霊伝説』のノスフェラトゥ風バーローを意図的に誇張したヴァンパイアの全貌。

さも大したことではないかのように必死に平静を装った。2週間後、彼は仕事を得た。

短編をふくらませるのは大長編を刈りこむのと同じくらい困難な作業になりうる。パヴィアは古株フェラーの競争相手として若くて気の強い新米女性記者（彼の妻ジュリー・エントウィッスルが演じた）を配し、過去のバックストーリーを暗示し、ラストに空港ラウンジでの大殺戮を加え、そのすべての案がキングによって承認された。

血しぶき率は相当なもの。最も大量に血が出るキング映画かもしれない。パヴィアはモンスター要素も増量し、ふたつの顔を持つレンフィールドにグロテスクな外見を与えることで、『死霊伝説』のバーローのノスフェラトゥ的魅力を超えようとした。〈ファンゴリア〉誌は"『ミザリー』以降で最高のキング映画"と呼んだ。それは褒めすぎだが、確かにじめついた雰囲気とブラック・コメディをうまく両立させてみせた。フェラーの冷淡で非情な記者に感情移入できないとしても、パヴィアは後悔しない。「これは悪魔に魂を売り渡した悪人が報いを受ける映画なんだ」と彼は説明する。悪いやつがもっと悪いやつに追われるところに際立つものがある。

10代の少年が近所の老人がナチスの戦犯であることに気づく。

ゴールデンボーイ
APT PUPIL (1998)

監督：ブライアン・シンガー
脚本：ブランドン・ボイス
出演：イアン・マッケラン、ブラッド・レンフロ、ジョシュア・ジャクソン、イライアス・コティーズ
形式：劇場用映画（111分）
公開日（米）：1998年10月23日（TriStar Pictures）
公開日（日）：1999年6月26日（松竹富士）
原作：『ゴールデンボーイ』（『ゴールデンボーイ 恐怖の四季 春夏編』収録の中編小説／1982）

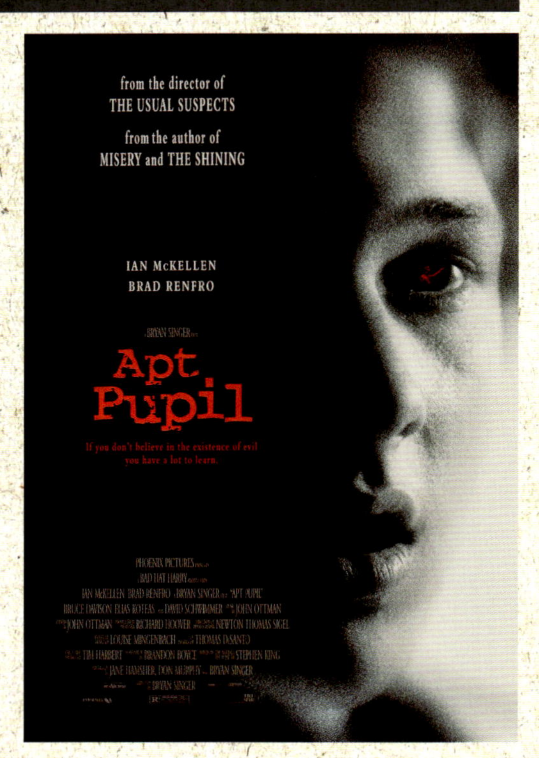

『ゴールデンボーイ』ほど映画化への道が困難だったキング作品は他にない。『痩せゆく男』と比較してもだ。1979年の『死霊伝説』のあと、プロデューサーのリチャード・コブリッツは本作の映画化権を取得し、人目を忍ぶ元ナチのクルト・ドゥサンダーをぜひともジェームズ・メイスンに演じてもらおうと意気込んでいたが、75歳のメイスンはプリプロダクション中に心臓発作で他界してしまう。コブリッツが次に希望したリチャード・バートンまで脳出血で死亡したとき、プロデューサーはこの企画は呪われているのではないかと思い始めた。

1987年になり、やはり呪いは本物だと思われた。英国の監督アラン・ブリッジスが、ドゥサンダー役にニコール・ウィリアムソン、主人公の少年トッド役にリッキー・シュローダーを配して撮影を開始したが、10週目にして製作費が底をついた。製作は中止となる。１年後、コブリッツは企画を再開しようとしたが、シュローダーはすっかり成長しており、続行は絶望的だった。撮影された40分のフィルムは破棄された。日の目を見なかったキング映画だ。

ニュージャージー州でホロコーストに取り憑かれたユダヤ系少年として育ったブライアン・シンガー監督は、この中編小説を読んだ。「少年がホロコーストを象徴する者と対決するというアイディアに、とても興味をかき立てられた」と彼は振り返る。1995年まで話を進めると、話題の新進監督は名刺代わりとして『ユージュアル・サスペクツ』（1995）のビデオを直接キングに送り、ほどなく契約が結ばれた。

『ゴールデンボーイ』は、キングをひとつの枠にはめることなどできないという実例である。それまでに中編集『恐怖の四季』から映画化された２本は、人間の精神に対する高らかな讃歌だったが、この３本目は正反対に位置づけられる。トッドとドゥサンダーの関係が酸のような腐食性を持つのは、人間の邪悪さをキングが精神病理学的にとらえようとした結果だ。ホロコーストを前に彼の想像力は打ちのめされた。悪はどのように国中に蔓延したのか？「ある種の外的な悪が空気中を胞子のように漂って人びとが吸いこむというコンセプト……そこに心底惹かれたんだ」。トッドは発熱したかのように寝汗をかく。彼はウィルスのように悪に感染したのか？　それとも、ファウスト的な契約のせいなのか？

予想にたがわず映画には独自の風味があり、それはビネガーのように刺激的で鋭い。それでも、抑えきれない意思と意思の戦いは『ミザリー』を連想させる――少年（ファン）が老人（作家）に秘密を明かすよう迫るのだ。「ど

予想にたがわず映画には独自の風味があり、それはビネガーのように刺激的で鋭い。

んな感じだった？」と少年は問い続ける。ふたりの死のダンスがエスカレートするにつれ、力関係が変化する。観客は自分自身の好奇心について問うことになる。

物語の大部分がドゥサンダーが暮らすカリフォルニアのありふれた家のキッチンで進行し、そこにシンガーが回想とトッドの成績が下がっていくハイスクールのカットをはさんで動的なエネルギーを注入していく。学校のシャワー・シーン――『キャリー』を想起させる――に、苦しむユダヤ人の映像が挿入される場面は趣味がよくない。専門家たちはサディズムとマゾヒズム、そして同性愛の問題について好意的に批評した。

俳優たちの演技が映画に黒く脈打つ心臓を与えた。アンソニー・ホプキンス（のちに『アトランティスのこころ』でドゥサンダーの闇に対する光であるテッドを演じる）が出演を見合わせたあと、シンガーはのちに『X-MEN』（2000）でホロコーストの生存者マグニートーを演じるイアン・マッケランに頼った。彼の中にはメイスンのストライカーを見いだすことができる。すなわち、いつの間にか忍び寄る古きヨーロッパの残忍さを。マッケランは役があまりにも単純に悪を呼び覚ますことを不安視し、妖しい魅力が衰えた感じをドゥサンダーに与えた。トッドが呼び覚ますのは、何よりも彼の虚栄心だ。キングとシンガーはリスクを冒し、ナチスをヴァンパイアのひとつの変種として扱った。

若き日のジョン・キューザックのような、ブラッド・レンフロの暗い目と超自然的な冷静さは、ドゥサンダーよりもなお非人間的な印象を与える。「『ゴールデンボーイ』を観た親たちは、わが子をそれまでと少しちがった目で見るようになるかもしれない」とシンガーは言う。『スタンド・バイ・ミー』のリヴァー・フェニックス同様、レンフロの人生も悲劇的だった。2008年、わずか25歳のときに薬物の過剰摂取で命を落とす。呪いが復活したのだ。

元ナチのクルト・ドゥサンダー役のイアン・マッケランと、好奇心が強すぎる少年トッド役のブラッド・レンフロ――意思と意思の戦いは『ミザリー』を連想させる。

疎外された里子レイチェル・ラングは自分に念動力があると気づく。

キャリー2
THE RAGE : CARRIE 2 (1999)

監督：カット・シア
脚本：ラファエル・モロー
出演：エミリー・バーグル、ジェイソン・ロンドン、エイミー・アーヴィング
形式：劇場用映画（114分）
公開日（米）：1999年3月12日（United Artists／MGM）
公開日（日）：2000年7月1日（ギャガ・コミュニケーションズ＝ムービーテレビジョン）
原作：『キャリー』（長編小説／1974）

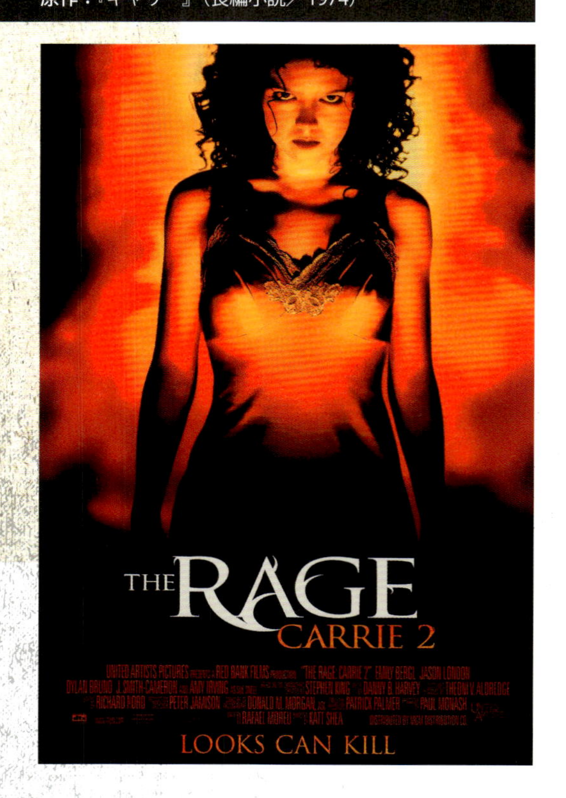

20年以上の時を経て作られた『キャリー』の続編は、前作より劣るものの魅力的で、その時代の10代の複雑な体験をみごとに描き出す。英国からアメリカに移住したエミリー・バーグルが演じる黒髪でロック・テイストのアウトサイダー、レイチェルは、鈍い里親からは誤解されつつも、シシー・スペイセクのガラス細工のような迷い子よりもずっと適応性がある。彼女はジェイソン・ロンドンが演じる心優しいアメフト部員ジェシーといい仲にさえなるが、そのあとプロットの力学が彼女のサイキック花火に点火し、うぬぼれたクラスメートたちを火あぶりにする。

リブートものが大流行する中、『キャリー』復活の準備も整っていた。前作から23年がたつあいだに、『キャリー』のイミテーションは小規模な産業になっていた。『ジェニファー』（厳格な私立学校）、『のろわれた美人学生寮』（対立する女子学生クラブ）、『甦(よみがえ)る怨霊／魔界少女キャシー』（家族の呪い）、『Ruby』（ドライヴイン・シアター）など、できが今ひとつの10代魔女映画をどれでもいいから観てみるといい。だが、ここまでずっと本家の正式な続編は作られてこなかった。

脚本は当初、“スパー・ポッセ”として知られる男子高校生グループがセックス相手にポイントをつけるシステムを開発した実話に基づいた独立したスリラーとして書かれた。ここで悪党が痛い目にあう展開が提示される。レイチェルは同性クラスメートの恨みよりも、体育会系ジョックスたちの女性嫌悪のチーム戦略によって餌食にされる。

映画は最初の題名が『ザ・カース（呪い）』で、次に『ザ・レイジ（憤怒）』に変更された。確たる証拠はないものの、ハイスクールの乱射事件を扱ったバックマン名義の小説『ハイスクール・パニック（原題：レイジ）』をわずかながら意識したと思われる。

1996年の公開を予定し、ブライアン・デ・パルマ版と同様、ポール・モナシュがプロデューサーを務めることになったが、MGMの財政難の影響から、製作費2,100万ドルの続編はバーグルの出演が決まっていたにもかかわらず製作開始が遅れた。ロバート・マンデル監督が方向性のちがいという万能の理由で降板したあと、デトロイト生まれのカット・シアが混乱する撮影現場をみごとにまとめ上げた。「木曜に着いて、月曜には撮影していたわ」と彼女は悔やんだ口調で語る。彼女は撮影を２週間投げ出し（MGMは気に入らな

かった)、それから再開したが、その過程でキャストたちを味方につけねばならなかった。「みんな私のことを引き継ぎに来たスタジオ側の人間だと見なしていたの」

本作にはオリジナルにあった感情の急激な高ぶりが皆無で、デ・パルマ監督の直観的なヴィジュアルにもとうていおよばない。それでも、キングと同じくシアは元教師(モデルや女優だった過酷な時期もあった——保安官代理役でカメオ出演)であり、90年代のハイスクールの殺伐とした人間関係を感覚的にわかっている。レイチェルの犯した致命的なミスは、派閥の境界を越えようとしたことだ。

急遽(きゅうきょ)埋めこまれたバックストーリーによって、彼女の実の母親が精神を病んで〈アーカム・アサイラム〉に収容されていることが知らされる。カメオ出演のためにスペイセクを墓から呼び戻す案もあったが、彼女に断られ、前作との直接的なつながりを示す役目は成人したスー・スネル役のエイミー・アーヴィングに託された。彼女はスクール・カウンセラーとして、レイチェルを廃墟化したベイツ・ハイスクールに連れ出す。実はレイチェルの父親はキャリー・ホワイトの父でもあることが判明。念動力の発現は、父親から異母姉妹に受け継がれた劣性遺伝子によるものだ。

ラストでは2作に共通する唯一の恐怖のシンボルとしてティーンの大虐殺シーンが最新技術によって描かれるが、銛(もり)で肉体を貫かれたり割れたガラスで眼球が飛び出そうとも(ハイスクールのそれぞれの派閥はナルシシズムによって破滅する)、バケツ1杯のブタの血の強烈さにはやはりかなわない。

本作にはオリジナルにあった感情の急激な高ぶりが皆無で、
デ・パルマ監督の直観的なヴィジュアルにも
とうていおよばない。

キャリー・ホワイトの後継者レイチェル・ラングを演じるエミリー・バーグル。続編は90年代のハイスクール内の人間関係をとらえている。

1935年、純真な死刑囚が奇跡の秘密を見せる。

グリーンマイル
THE GREEN MILE (1999)

監督：フランク・ダラボン
脚本：フランク・ダラボン
出演：トム・ハンクス、マイケル・クラーク・ダンカン、デイヴィッド・モース、サム・ロックウェル
形式：劇場用映画（189分）
公開日（米）：1999年12月10日（Warner Bros.）
公開日（日）：2000年3月25日（ギャガ・コミュニケーションズ）
原作：『グリーン・マイル』（長編小説／1996）

キングの分冊小説の２冊目を読んだときには、フランク・ダラボン監督はこれが自分の次回作になるだろうとわかっていた。『ショーシャンクの空に』のときに体験したのと同じ引力の感覚があったのだ。彼は物語に心をつかまれ、熱い興奮が高まるのを感じた。監督デビューから５年、彼はまだ２作目を撮っていなかった。むろん、オファーはいくつもあった。アカデミー賞ノミネート映画の監督（ハリウッドにおける聖なるマント）であり、作品は時代精神の枷を逃れて文化的崇拝対象と化し、すでに不朽の名作に分類された。それが問題の一端だった。どうやったらそれに匹敵するものを望めるのか。

ダラボンにとって監督の仕事は消耗するプロセスだった。「きつい１年の懲役刑だ」と彼はテレビ司会者チャーリー・ローズに語っている。それは夢中になれるようなものではない。彼は恋に落ちる必要があった。オーバールック・ホテル（『シャイニング』のテレビ・リメイクを撮影しているコロラド州の現場）にたまたま滞在中だった古き友人のもとにダラボンが駆けつけたのは、まさに恋のなせる業だった。ダラボンがふらりと立ち寄った日、キングはウェディングケーキのようにめかしこみ、ホテルのバンド指揮者役でカメオ出演していた。ダラボンはまっすぐ彼に近づくと、クリーム色の襟をつかんで単刀直入に言った。「『グリーン・マイル』の話で来たんだ」

合意はあっという間に整い、余った時間にダラボンは幽霊役でカメオ出演させられ、それから脚本執筆のために帰った。キングは出版前の分冊を彼に送ることで、物語をずっとさりげなく売り込んでいたのだ。

キングもまた『ショーシャンクの空に』の残光を浴び続けていた。これほど彼の価値を高めてくれた映画は『シャイニング』以来１本もなかった。彼のことをチャールズ・ディケンズと同じ次元で話す者もいた。ディケンズが大衆雑誌の連載で作品を小出しに発表したように小説を分冊で出版してみないかと英国の編集者から提案されたとき、キングの頭にはそのことがよぎったかもしれない。

『グリーン・マイル』は薄いペーパーバックの６分冊で発表され、総計2,000万部売れた。キングにとってうれしかったのは、読者が先に結末を知ろうと後ろまでページをめくるのを阻止できたことだ。その形式の“昔風なところ”を彼は気に入った。

物語は不眠から生まれた。多くの不眠症患者と同様、キングも真夜中の幕間に役立つ小説を枕元に置いていた。ただし、彼は読むのではなく書いていた。『おまえの

キャスティングが最も難航した心優しいジョン・コーフィ役のマイケル・クラーク・ダンカンを演出するフランク・ダラボン。

目をごまかすもの』という題名のベッドタイム・ストーリーだ。「死刑執行を待つ大柄な黒人の話で、彼は執行日が迫るにつれて手品のトリックに関心を深めるんだ」と彼は説明する。短い物語の最後で、この囚人ルーク・コーフィは自分の姿を消してしまう。だが、いくら眠れぬ夜を重ねても、キングは話をうまく運べなかった。

この基本アイディアが偉大な想像力の中に巣ごもりし、やがて発展し始める。ルーク・コーフィはジョン・コーフィに変わり、死刑囚で巨体の黒人であることはそのままに、本物の神秘的な才能の持ち主となった。彼には人から病気や悪意といった悪しきものを吸い出す能力があり、それを小さな黒い蠅の群れとして吐き出す。

ダラボンは世界と隔絶し、たった2ヵ月で一気に脚本を吐き出した。その方法論は、本をじっくり読み、シーンを年代順にリスト化するというものだった。それから大きな喜びとともに、リストから不要なシーンをすべて削除していった。

そのあとはニュアンスの魔法の問題になる。脚本をスクリーン上で息づかせるものは何か。彼はトム・ハンクスから始めた。看守主任ポール・エッジコムを描写するとき、ダラボンの頭にはいつも彼の顔が浮かんでいた。良識と決断の模範であるポールは、基本的に物語の語り手であり、キングの分身である。レッドの饒舌なナレーションとはやや異なり、枠組みのメカニズムを通じ、ひとりの老人として人生で最も重要な2週間について語る。

ダラボンはハンクスなしに映画は作れないと悟った。幸いにもハンクスは『ショーシャンクの空に』をたいそう気に入っていた。『フォレスト・ガンプ／一期一会』(1994) の厄介な撮影に拘束される前、アンディ・デュフレーンを演じる寸前まで行ったという噂があるが、真偽のほどはわからない。ともあれ彼はダラボンを知っており、いつかふたりで仕事をしようと約束していた。その約束を果たすときが来た。

監督は『グリーンマイル』が『ショーシャンクの空に』と姉妹映画になるとわかっていた。そのことでためらいを感じたのは、レッテルを貼られるのを恐れたからだ。どちらも刑務所を舞台（片やメイン州、片やルイジアナ州）にし

キングの小説の中心には、
極度の緊張下に置かれた人間の
精神の忍耐力に強く魅了される気持ちがある。

た時代もの。『グリーンマイル』では超自然現象が扱われるものの、ホラー・ジャンルを素通りし、ダラボンが“荒唐無稽な話”と分類するキングの階層（『ショーシャンクの空に』も含まれる）に落ち着く。２本とも、それぞれ手法はちがえど希望の寓話である。「僕はとてつもなく楽天主義者なんだ」とダラボンは言う。どちらの映画も古きよきハリウッドのポーズを取っている。

実際、ショーシャンクの受刑者たちが『ギルダ』（1946）を観たように、ポールの思い出は、彼がかつてコーフィに見せた映画『トップ・ハット』（1935）をきっかけによみがえる。

２本はまた、男たちのどこか滑稽な仲間意識を賛美しており、それは看守の側だけでなく、鉄格子の中にまでおよぶ。『ショーシャンクの空に』でもそうだったが、コーフィが双子の少女を殺したと言われている以外、受刑者たちが死刑囚監房に来た理由は語られない。明らかにサイコパスであるサム・ロックウェル演じる〝ワイルド・ビル〟についても判断は留保される。ショーシャンク刑務所で流布（るふ）しているジョークのごとく、ここでは誰にも罪がないのだ。監督が指摘しているとおり、有罪か無罪かは重要な要素ではない。

それ以外の点において、『グリーンマイル』は『ショーシャンクの空に』と正反対だと言える。まず主役を務めるのは看守だ。キングには珍しく、権力を持つ側の大半が法を守るまっとうな者たちとして描かれている。『ショーシャンク』が長い年月の移り変わりを描いたのに対し、本作で語られるのは２週間という短い期間。決定的にちがうのは、コーフィが脱走を望んでいない点だ。

キングの小説の中心には、極度の緊張下に置かれた人間の精神の忍耐力に強く魅了される気持ちがある。刑務所はそのためのうってつけの舞台だろう。『グリーンマイル』は刑務所の中の刑務所であり、そこで人はすっかり弱った状態で死を待つしかない。

「僕はもっと多くの映画に人間の可能性を示してほしいんだ」とダラボンは語る。「人びとは、エイブラハム・リンカーンが“われわれの内にある善き天使たち”と呼んだものを探し求めている」。現代の映画がニヒリズムに向かう傾向に、彼は失望を感じている。彼はフランク・キャプラやスティーヴン・スピルバーグやもちろんキングと精神――光に向かう旅――を共有している。物語に影がないという意味ではない。そこには、病的で儀式的な電気椅子のメカニズムに対する鋭い視線がある。キングが自身の人気についてよく言うように、人びとは公開処刑が大好きなのだ。この映画の場合、人びとはまさにそれを観ることになる。なんと強烈な皮肉だろう。これは死を描いて精神を高揚させる映画なのだ。

ワーナー・ブラザースの撮影所内に刑務所Eブロックの完全なセットが建てられ、キングの頭にあるイメージどおりに暗いグリーンの床がしつらえられたが、作られたのはとても異質な映画だった。より閉所恐怖症的で、ダラボンが細部にこだわったため時間がかかった。扱うにはトーンが複雑であり、自身の高い評判というヘッドライトの中で立ちすくんだことを、彼は認めている。キングは舌で頬を舐（な）める勢いで、友人の細心さをスタンリー・キューブリック監督にたとえた。「キューブリックとちがうのは、ちゃんと話ができる神経質人間ってことさ」とつけ加える。製作費6,500万ドルの映画は、ナッシュヴィルでの野外撮影が天候にたたられて日程が延び、予算を超過した。テネシー州立刑務所がコールド・マウンテン刑務所の外観として使用され、キングのゴシック風の夢をそっくり複製した。

ハンクスは安心を与えるごくふつうの人物として映画の中心に立ち、キングの廊下に足を踏み入れたジャック・ニコルソン以来の大スターとして、直観的な役者ぶりを示してみせた。彼の準備が整うと、共同作業を望んでいたダラボンが彼のプールからいつもの演技や別の演技を

『ショーシャンクの空に』との重要な相違点として、ジョン・コーフィには逃亡の意思がない。

引き出した。ロックウェルはうっとりするほど恐ろしいウィリアム・ワイルド・ビル・ウォートンを演じ、頼りになる変人としての守備範囲をさらに広げた。他にも陰影のある脇役たちがそろった。早々に電気椅子（オールドスパーキー）に向かうグラハム・グリーン、処刑のリハーサルで代役を務める頭のおかしな男のハリー・ディーン・スタントン、脳腫瘍による死刑宣告をコーフィのひと触れで猶予される刑務所長の妻のパトリシア・クラークソン。

だが、コーフィ役が見つからなかった。求められる条件があまりに明確であることが問題だった。近づきがたく、この世のものとは思えず、迷い子でありながら、変質者かもしれない存在。そのとき、ブルース・ウィリスが電話をかけてきた。彼は『アルマゲドン』(1998) でマイケル・クラーク・ダンカンと共演を終えたばかりで、この小説のファンだった。それがダラボンの次のプロジェクトであると知り、ダンカンにオーディションを受けさせることを監督に知らせた。ダンカンは小説を読んで懸命に準備をし、身長196cmの巨体ながらパイのようにスウィートな男として部屋に歩み入った。ダラボンは彼から目が離せなくなった。

ときとして、映画にはそれ自体の運命がある。ダンカンは驚くべきパフォーマンスを見せた。演技というより存在そのものによって。彼はセットに立つのが毎日怖かったと言う。コーフィの恐れが彼の現実となったのだ。「あれは僕なんだ」と遅咲きの俳優はトーク番組の司会者に語った。

この作品に対し、文化盗用だという非難があった。人種と映画の問題に関するアジテーターとして有名なスパイク・リーが、聖なる光に包まれる“神秘的な黒人”に文句をつけたのだ。キングは批判に反論した。スタインベックの『二十日鼠（はつかねずみ）と人間』を例に挙げ、黒人男性が自動的に有罪と見なされる特定の時代の話だということを明確にした。冒頭の衝撃的なシーンのごとく、ふたりの死んだ少女を抱いて赤ん坊のように泣き叫んでいるところを発見されたら、なおさらだ。

ダラボン自身も、『グリーンマイル』にどんな意味があるのかわからない、と言う。

ハンクスはずっと『ショーシャンクの空に』の大ファンで、
ダラボンとの仕事を熱望していた。

ダラボンは、『グリーンマイル』が最終的にどのような意味を持つのかわからない、と告白している。それが、この企画について彼がわくわくした点だった。『ショーシャンクの空に』と同じ方法でこの物語を要約することはできない。『ショーシャンクの空に』は、ダラボンにとって"人間精神の贖罪の本質"を描いた物語だった。ところが、ここでは超自然現象が現実のものとしてある。それをどのように解析すればいいのか？

コーフィがどこから来たのか、けっして説明されない。「あたかも天から落ちてきたようだ」と、公選弁護人役でカメオ出演しているゲイリー・シニーズは言う。彼はまた劇中で、かわいがっていた飼い犬が家族に襲いかかったという、どこか『クージョ』を思わせる完璧なたとえ話をする。

映画にはもう１匹、穏和な生きものが登場する。ミスター・ジングルズと名づけられた小さなネズミで、マイケル・ジェター演じるフランス系の囚人に世話されており、コーフィの治癒能力の恩恵を受ける。巨漢と対比されるネズミ。ダラボンはユニット全体をネズミの振りつけに専念させ、異なった目的ごとに必要な30匹以上の齧歯類に対し、たとえ大物俳優の肩の上でも恥ずかしがらずに排便できるよう仕込んだ。

『グリーンマイル』は『ショーシャンクの空に』よりも勝利の高揚感が少ない。その対極にある悲劇に向かって邁進する。エッジコムの信仰は、コーフィとの出会いによって揺さぶられる。なぜ慈悲深い神はこの奇跡の男を死なせるのか？ダラボンはカトリック教徒として育ち、キングは母親の信仰に再び頼りつつあった。"J・C"のイニシャル（ジョン・コーフィ、ジーザス・クライスト）は、キングが暗にほのめかしている領域を明らかにする。コーフィは死ぬことを選ぶ。人が人に対しておこなう残酷な行為にもはや耐えられなくなったのだ。それなのに観客は気持ちが高揚する。

『ショーシャンクの空に』は観客を見つけ出さねばならなかったが、『グリーンマイル』はその観客にまっすぐ届き、たちまちヒットした。全世界で２億8,700万ドルという興行収入は、2017年に『IT／イット"それ"が見えたら、終わり。』が登場するまで、キング映画としては最も大きな額だった。キングは個人的に2,500万ドルを得たが、金銭的利益に感動しなかった。重要なのは感情だった。ダラボンはまたしても観客たちを"反応"させたのだ。

最悪の降雪に見舞われるリトル・トール島に危険なよそ者がやってくる。

悪魔の嵐
STORM OF THE CENTURY (1999)

監督：クレイグ・R・バクスリー
脚本：スティーヴン・キング
出演：ティム・デイリー、コルム・フィオール、デブラ・ファレンティノ
形式：TVミニシリーズ［全3話］（257分）／日本ではビデオ発売
放映日（米）：2002年8月12、13、14日（ABC）
原作：オリジナル脚本

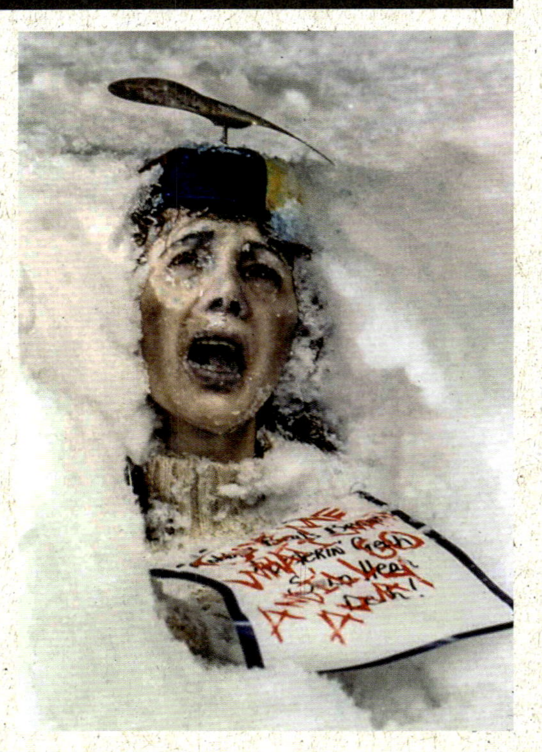

『シャイニング』をリメイクしたあと、ミニシリーズによって与えられる自由度を気に入ったキングは、ＡＢＣテレビのために物語を直接“書く”ことを表明した。「前作の埋め合わせだ」という彼の提案に、ＡＢＣテレビはすぐに飛びついた。

『グリーン・マイル』と同じく、彼の頭に最初に浮かんだのは孤独な男のイメージだった。「独房の寝台の上にすわり、かかとを引き寄せ、両腕を膝に置き、まばたきもしない」と彼は説明する。ただし、ジョン・コーフィのように心優しい男ではない。きわめて邪悪な男だ。

『呪われた町』のカート・バーローや『ニードフル・シングス』のリーランド・ゴーントと同様、キングは“町に来たよそ者”という文学的伝統を導入した。これは彼らしいひねりを加えた『ハーメルンの笛吹き男』。犠牲者がみずからの欺瞞にとらわれるホラー物語であると同時に、われわれの選択に関する容赦のない教訓的寓話である。「私の望むものを差し出せ」と、アンドレ・リノージュ（みごとなほど無表情なカナダ人俳優コルム・フィオール）の要求が大声で響き渡る。「そうすれば、私は立ち去る」。たっぷり３話分をかけ、彼の要求の本質が判明し、高潔で頼りになるアンダーソン保安官（ティム・デイリー）を中心とした町の住人たちにとって容易に応えられないことがわかる。

『ドロレス・クレイボーン』と同じ舞台であるリトル・トール島がすさまじい吹雪に襲われることも、キングにはわかっていた。彼の脳裏に、地元民がスキーに没頭した1989年の猛烈なノーイースター（発達した温帯低気圧による嵐）がよみがえった。メイン州の住人は天候と複雑な関係を持っている。夏が暑くて気だるいのに対し、冬は身を切るほど寒い。それは人びとに命がもろいものであることを思い出させる。そのもろさが妄想を生むこともありうる。小さな町がひどい閉所恐怖症におちいりやすいのは、行き場がないためだ。彼らはドームではなく絶え間なく降る雪に閉じこめられる。まるでオーバールック・ホテルのように。

カナダのオンタリオ州およびメイン州のマウント・デザート島で撮影された本作は、大量の人工雪を要し、キングのミニシリーズとしては過去最大の製作費3,300万ドルがかけられた。元００７のスタント・コーディネーターだったクレイグ・R・バクスリーは、別の仕事で拘束されていたミック・ギャリスに代わって監督し、人選の正しさを証明してみせた。

原作小説がなく、青く冷たい照明でおおわれた『悪魔の嵐』は、衆愚政治に対する混乱気味の考察と結びついた何かによって過去のキング・ドラマにもたらされていた大味な感じをみごとに払拭した。〈ニューヨーク・マガジン〉誌は、まさにグリム的なおとぎ話である本作によってキングが「みずからをウォルト・ディズニーの邪悪な双子の兄弟であると証明した」と書いた。

上：
胡散臭いテレビ法律家役でカメオ出演するスティーヴン・キング。

左：
邪悪なよそ者アンドレ・リノージュ役のコルム・フィオール。

夢と悪夢
DREAMS AND NIGHTMARES

ボビー・ガーフィールドは、不思議な力を持つテッド・ブローティガンと出会って
人生が変わった夏を思い出す。

アトランティスのこころ
HEARTS IN ATLANTIS (2001)

監督：スコット・ヒックス
脚本：ウィリアム・ゴールドマン
出演：アンソニー・ホプキンス、アントン・イェルチン、ホープ・デイヴィス、デイヴィッド・モース
形式：劇場用映画（101分）
公開日（米）：2001年9月28日（Warner Bros.）
公開日（日）：2002年5月18日（ワーナー・ブラザース）
原作：『黄色いコートの下衆男たち』、『天国のような夜が降ってくる』（『アトランティスのこころ』収録の中・短編小説／1999）

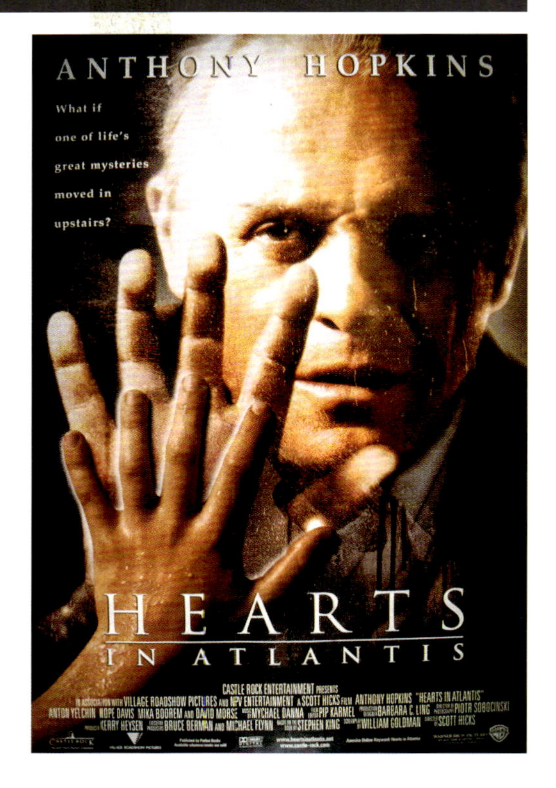

オーストラリア人監督スコット・ヒックス（『シャイン』）とアカデミー賞受賞脚本家にしてキングのスペシャリストであるウィリアム・ゴールドマン（『ミザリー』）という最強タッグは、密かに『スタンド・バイ・ミー』の姉妹編となる映画を目指していた。孤独な中年の視点からよみがえる、キングらしい若き日の感傷的な思い出（おとなになると消えてしまう“アトランティス”）。ただし、それはヴェトナム戦争の亡霊に取り憑かれたものだが。

小説は入り組んだ構成になっており、テーマも斜めの角度から浮かび上がる。ベビーブーマー世代の“生き残ってしまった罪悪感”が中編２話と短編２話によって描かれ、最後の１話において３人の友人（ひとりだけ戦場に赴く）の異なる時代にわたる人生が交差する。キング自身は徴兵検査にパスしなかった。近視に救われたのだ。そのため、小説は主としてアメリカからの光景になっている。彼が好んで言うように、これは彼の『イージー・ライダー』(1969) であるが、現実と非現実がぶつかり合うキングの多元的宇宙のダークな魔法が注入されている。

ゴールドマンは、友人との電話でＦＢＩ長官J・エドガー・フーヴァーがどのようにテレパシーや特殊な精神能力を持つ者を雇ったかについて話し、それは映画が目指すべきものではないと考えた。彼は第１話の中編『黄色いコートの下衆男たち』に焦点を絞り、それを第４話によって提供される枠組みのメカニズムで描こうとした。「年を取るにしたがい確信するようになった。映画はとにかくストーリーなんだ」と彼は笑う。「そして、失敗するのはあまりに多くを詰めこもうとしたときだ」

彼の心に訴えかけたのは、ヴェトナム戦争がまだ遠かった（スクリーンの外では運命が差し迫っていたが）1960年の夏に発展する父親と息子の関係だ。それは、謎めいた白髪のテッド（アンソニー・ホプキンス）が、愛情を受けていない11歳のボビー（アントン・イェルチン）とそのシングルマザー（ホープ・デイヴィス）の家の２階に部屋を借りることで始まる。

虚ろなトランス状態になることのあるテッドは、『グリーンマイル』のジョン・コーフィに似ていなくもない。彼には透視能力と治癒能力がある。そして、Ｂ級映画めいた黒スーツの下衆男たちから逃げていることが明かされる。ホプキンスはささやくようなニュアンスでキングの描写をみごとに表現してしまう。「連中の存在をまず感じるのは目玉の裏側なんだ」。ボビーとテッド

の絆は『ゴールデンボーイ』と対照的に、聖なる秘密が伝えられる。映画の神秘的な核心は、テッドの力と通じたボビーがカーニヴァルでトランプ詐欺師の心を読む場面にある。

あたかも記憶や夢の中を不確かな足取りで歩むように、映画は穏やかに進んでいく。雰囲気がすべてなのだ。ヒックスはある種の映画的な透視力を試みている。ホプキンスは自分がキャスティングされたことに不思議な感触を持ったと語っている。ちょうどゴールドマンの回想録を読んでいた彼は、もう1度彼と仕事をしてみたいし（『遠すぎた橋』以来）、それがキング作品ならなおよい、と思っていた。2日後、電話が鳴った。

『スタンド・バイ・ミー』と同じく、映画にはきらめく歌のサウンドトラックによって時代と場所が封じこめられている。そして、やはり『スタンド・バイ・ミー』のように、この物語は純真さの終わりを告げる。ボビーは初めてのキスを味わうことになるが、テッドは裏切りによって追跡者に捕えられ、姿を消してしまう。

小説の下衆男たちは、人目を引く車（危険の象徴）で付近を走り回る影のような者として描かれるが、その正体は『ダークタワー』シリーズからやってきた使者だ。だが、ヒックスはこの大きな背景の設定をあえて遠ざけた。「彼の膨大な読者層のことまで気にかけられなかった」と肩をすくめる。彼は、キングをジャンル作家として縛りつけることを拒んだ点でフランク・ダラボン監督と共通している。『アトランティスのこころ』は分類することができない。

脚本家ウィリアム・ゴールドマンにとって、『アトランティスのこころ』は『スタンド・バイ・ミー』の姉妹編映画だった。

パイロキネシス能力を持つチャーリー・マッギーは24歳になり、自分の過去と向き合わされる。

炎の少女チャーリー：REBORN
FIRESTARTER 2: REKINDLED (2002)

監督：ロバート・イスコヴ
脚本：フィリップ・アイズナー
出演：マーガリート・モロー、マルコム・マクダウェル、デニス・ホッパー
形式：TVミニシリーズ［全4話］（168分）／日本ではビデオ発売
放映日（米）：2002年3月10、11日（The Sci-Fi Channel）
原作：『ファイアスターター』（長編小説／1980）

キングは『ファイアスターター』および『シャイニング』の続編について、チャーリー・マッギーがダニー・トランスと結婚してセイラムズ・ロット（『呪われた町』）に引っ越す、と冗談半分のアイディアを話すだけだった。ふたりのあいだに生まれる子のことを考えてほしい！　賢明にも彼は2013年まで待ち、『シャイニング』単独の続編として『ドクター・スリープ』を刊行した。一方、われわれは彼がいっさい関与していない『ファイアスターター』の長ったらしいフォローアップを小さな画面で与えられ、そこでチャーリーはいまだに邪悪な秘密政府機関の科学者たちから逃げ回っては、相変わらず念じただけで物体を爆発させている。

テレビ界ではキングが大流行で、製作会社は彼に権限のない作品ならなんでも手に入れていた。2002年、別個に企画されていた『キャリー』、『ファイアスターター』、『デッド・ゾーン』が、サイキック・パワー・シリーズとしてひとつにパックし直され、後者だけがいくらか進展を見せた。

魅力的な若い女性が灼熱の行為をするこのテレビミニシリーズは、作りがかなり粗い。反権力主義的パラノイアの鋭いトゲが消えてしまい、父と娘の繊細な関係もどこかへ行ってしまった。連続性は最優先ではないのだ。これはまちがいなくリブート企画であり、そこにドリュー・バリモアのバックストーリーを取り除いた一連の色あせた回想場面が挿入される。脚本のフィリップ・アイズナー（『イベント・ホライゾン』）は原作から離れ、アイデンティティのために戦う女性の姿を描いた。「成長するにつれて、彼女の衝動は抑制・制御されなくてはならないんだ」と彼は語る。

圧倒的な存在感を見せたマーガリート・モローは賞賛に値し、またキャリー・ホワイトの性的な目覚めと共振するごとくオーガズムで解き放たれてしまう発火がおもしろい。観客は彼女が狡猾（こうかつ）な〈ザ・ショップ〉の超能力研究部門を壊滅させるよう、つい応援してしまう。マルコム・マクダウェルが演じたジョン・レインバードは、前作でジョージ・C・スコットが見せた気味の悪い父親のような忘れがたい雰囲気に火を通しすぎた。その代わり、薬物で脳を強化して過去・現在・未来が同時に経験できるデニス・ホッパーの楽しいカメオ出演がある。

『X-MEN』（2000）に代表されるような未成熟なスーパーヒーロー現象の影響が明らかに見て取れ、チャーリーはさまざまな特殊能力（精神操作、真実探知、能力吸収）を誇る子どもたちを研究所で発見する。彼らは戦慄を感じさせるにはあまりに若すぎ、キング関連作の中で最も不快で騒々しい集団となり、モローのパイロキネシス破壊力を単にベビーシッターのいらだちへと矮小化（わいしょうか）させてしまう。シリーズ化の予定はない。

テレビ界では
キングが大流行で、
製作会社は
彼に権限のない作品なら
なんでも手に入れていた。

小説『丘の屋敷』へのトリビュート作『ローズ・レッド』のセットを訪れたスティーヴン・キング。

『ローズ・レッド』サーガ（2002〜2003）

究極の幽霊屋敷

ある時期、キングはよく道で呼び止められ、憧れのまなざしとともに「スティーヴン・スピルバーグさんですか？」と尋ねられた。彼は「ええ、そうです！」と、目をきらきらさせて答えることにしていた。公正を期しておくと、ふたりには共通点が多い。父親不在の不安な少年期があり、みずからの恐怖症をそれぞれの芸術に注ぎこむことでアメリカの傑出したストーリーテラーになった。そして、どちらも"スティーヴ"の愛称で知られていた。

1995年、スピルバーグは究極の幽霊屋敷映画を作ろうと決心した。脚本を書くのにもうひとりのスティーヴン以上に適した人物がいるだろうか、と彼は考えた。ふたりはかつて、スピルバーグの根深い恐怖（子ども時代にテレビの中から声が聞こえた体験）に裏打ちされた幽霊屋敷映画『ポルターガイスト』（1982）のときにかなり近しく仕事をしかけたことがある。その契約は、キングが映画をよりダークにしようとしたことでご破算になった。

『ローズ・レッド』*Rose Red* に関してはキングが映画用の脚本を書き、スピルバーグが製作し、ミック・ギャリスが監督する予定だった。「製作費4,000万ドルのメジャー映画になるはずだったんだ」とギャリスは回想する。「ところが、ふたりのスティーヴに創造性のちがいが生まれてしまった」。今度はスピルバーグのほうが降りた。やはり両者のアプローチにおける温度差が原因だった。「彼はうわっと驚かせたくて、僕は心底ぞっとさせたかった」とキングは残念がる。

6年後、傑作『悪魔の嵐』でミニシリーズの広々としたゆとりを楽しんだキングは、『ローズ・レッド』の舞台をロサンゼルスからシアトルに移し、テレビ用に改変しようと決めた。

キングが大きなヒントを得たのは、シャーリイ・ジャクスンの『丘の屋敷』（さらにそれを原作に1963年に映画化された傑作『たたり』）だ。チームが超常現象を調査するというサブジャンルの金字塔は彼のバイブルだった。「生まれながらに邪悪な家がある」というジャクスンの警告は、『呪われた町』で大きく響き、『シャイニング』、『クリスティーン』、『一四〇八号室』、『骨の袋』でもさざめく。

これは２種類の物語の融合である。幽霊屋敷と、超能力の危機。ナンシー・トラヴィス演じる強引な超心理学者に率いられたチームは変人の集まりで、神経症のX-MENといった風情でそれぞれの能力を明らかにしていく。最強の力を持つ自閉症の念動力者アニー（キンバリー・J・ブラウン）は、キングのデビュー作で石の雨を降らせたキャリー・ホワイトの超拡張版だ。

ひとたび家の中に入ると、すべてが『夢のチョコレート工場』じみてくる。逆さまの部屋、蜂に支配された植物園、水でできた鏡の床。目がいきなり開く石の頭部。予測がつかない部屋のレイアウト。撮影セットはロケ地近くの海軍基地にあった格納庫に建てられ、温かみのある木調仕上げで全体がとてもリアルに作りこまれていたため、中ではよく俳優が迷子になった。

それがまさに問題へと転化した。この幽霊物語は中身よりも形式になっている。俳優たちの演技は共感できず目的がない。不可思議なできごとの原因は明白なのに、プロットはつじつまが合わない。

にもかかわらず、前日譚（ぜんじつたん）が製作されるほどの成功をおさめた。キング原作ものとしては最も古い1900年代を舞台にした『ローズ・レッド：ザ・ビギニング』*The Diary of Ellen Rimbauer* は、前作の回想をテレビ映画に拡大し、怪奇現象の起源を詳しく物語る。結局、思慮に欠けたエレン（リサ・ブレナー）と性的サディスト夫（スティーヴン・ブランド）の虐待をともなう結婚生活の副産物とわかる。それと、インディアンの古い埋葬地の上に建設したこと。

透視予知能力を持つ学校教師
ジョニー・スミスのさらなる冒険。

デッド・ゾーン
THE DEAD ZONE (2002~2007)

指揮：マイケル・ピラー、ショーン・ピラー
脚本：マイケル・ピラー、ショーン・ピラー、他
出演：アンソニー・マイケル・ホール、ニコール・デ・ボア、クリス・ブルーノ
形式：TVシリーズ（シーズン1［13話］、シーズン2［19話］、シーズン3［12話］、シーズン4［12話］、シーズン5［11話］、シーズン6［13話］）／日本ではAXNで放映後、ビデオ発売
放映日（米）：2002～2007年［全80話］（USA Network）
原作：『デッド・ゾーン』（長編小説／1979）

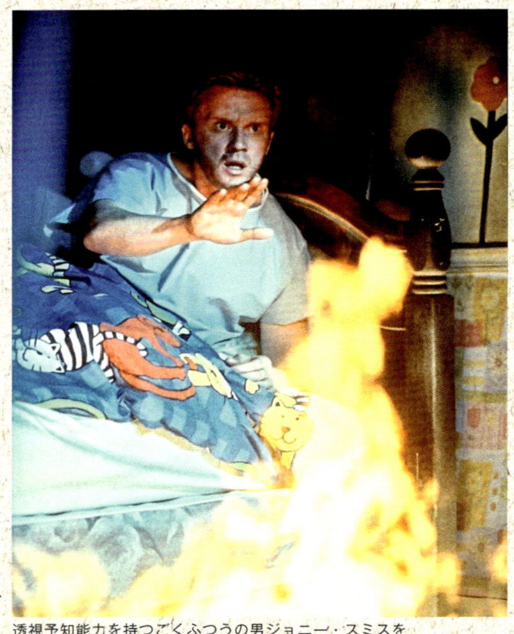
透視予知能力を持つごくふつうの男ジョニー・スミスを演じたアンソニー・マイケル・ホール。

ケベック州で撮影された『デッド・ゾーン』の手堅いテレビ拡張版は、シーズン6まで続いた。現代版としてアップデートされてはいるが、設定はデイヴィッド・クローネンバーグ監督の映画とまったく同じで、ジョニー・スミス（『ブレックファスト・クラブ』からすっかり成長したアンソニー・マイケル・ホール）が昏睡から覚めると、脳内の“デッド・ゾーン”の覚醒によって相手の人生や過去や未来が見えるサイキック能力を得ている。

毎週、ジョニーのヴィジョンによって1話完結の謎解きが始まる。つまり、ひとり『トワイライト・ゾーン』だ。彼は言わばシナリオライターである。自身の能力を説明し、現地時間を操作してリモコンのように一時停止したり、早送りしたり、巻き戻したりできる。

これにより無限の多様性が生まれた。サイキック・トラベルの基本概念は、さまざまな場所や時代（ヴェトナム戦争から第2次世界大戦まで）のみならず、ジャンルの壁（戦争映画から法廷ドラマ、幽霊屋敷まで）さえも跳び越えることを可能にした。「ある意味、ジョニーは人間ホログラムなんだ」と、製作総指揮のマイケル・ピラー（『新スタートレック』）は『タイムマシーンにお願い』（1989～1993）を引き合いに出した。ある回では主人公が人質になり、事態がさらに悪化していく。彼は正しい結末を迎えるために状況の調整を、言わば再編集をし続けねばならない。

ピラーは本作をよくある犯罪撲滅シリーズにはするまいと決めた。「探求すべきことは他にたくさんあると感じたんだ……すべてを失って生まれ変わる男というアイディアだよ」。それはドラマの感情面の土台となった。小説からの最も大きな変更点として、ジョニーは元恋人サラの息子が自分の子であると知る。

批評はおおむね好意的だった。〈シカゴ・トリビューン〉紙は「スティーヴン・キング原作のテレビドラマでおそらく最良の成果」と論じた。その時点において、彼らは大きくまちがっていなかった。

ネット上で嘆願運動が盛り上がったにもかかわらず、視聴率の低迷と製作費の高騰を理由にジョニーにも予知できなかった打ち切りが決まり、彼はその2007年で宙ぶらりんのままになった。

「スティーヴン・キング原作のテレビドラマで
おそらく最良の成果」

シカゴ・トリビューン紙

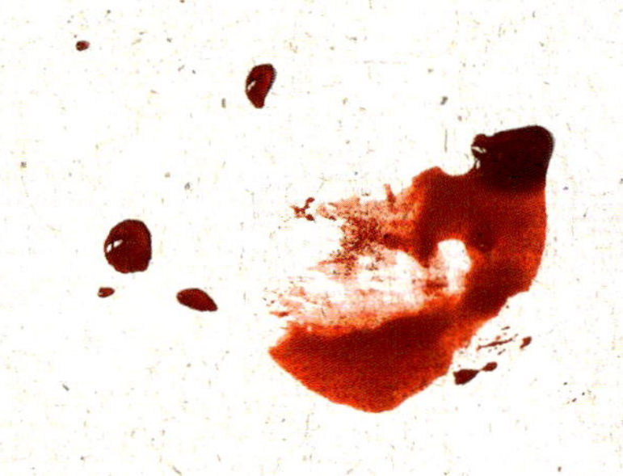

キングお気に入りのトム・スケリットがハーブ・スミス役で最終話"終局"にゲスト出演した。

高校で仲間はずれの念動力者キャリー・ホワイトの恐るべき復讐が再び語られる。

キャリー
CARRIE (2002)

監督：デイヴィッド・カーソン
脚本：ブライアン・フラー
出演：アンジェラ・ベティス、パトリシア・クラークソン、キャンディス・マクルーア
形式：TV映画（132分）／日本ではスターチャンネルで放映
放映日（米）：2002年11月4日（NBC）
原作：『キャリー』（長編小説／1974）

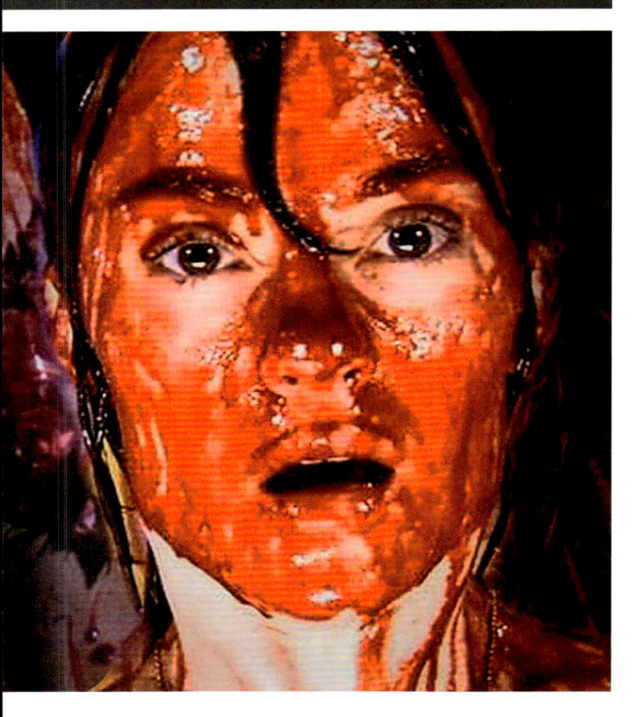

テレビ界の大物ブライアン・フラー（『ハンニバル』、『アメリカン・ゴッズ』）が初期のころに気後れしつつも手がけた『キャリー』のリメイクは、ブライアン・デ・パルマ監督によるティーンのゆがんだおとぎ話をコロンバイン事件後の悲劇に転換させることを目指した。

フラーは原作にあった警察の事情聴取の枠組みを復活させ、キャリー（アンジェラ・ベティス）とスー（キャンディス・マクルーア）の関係をもっと描くことで、キャリーがプロムクイーンに仕立てられるピグマリオン的サブプロットの残酷さを強調した。隕石（いんせき）のエピソードはデ・パルマが捨て去った石の雨を想起させ、キャリーの力が幼年期からあると示すことで、成熟と怒りのメタファーを去勢してしまう。一方、長尺になったプロム・パーティのクライマックスは、カタルシスよりもカタストロフに重きが置かれ、ＣＧによる徹底的な破壊が学校から町へとあふれ出す（ＣＧのチープさはキング作品で最もひどい『ランゴリアーズ』の特殊効果といい勝負）。

デイヴィッド・カーソン監督の演出の甘さは、少なくともすぐれた演技によって相殺されている。ベティス（28歳という最年長キャリー）は、アイコン的いじめられっ子をより賢く、どこか愛らしく演じてみせた。彼女はより自覚的な心で傷ついており、より意図的にパワーを行使する。テレビ視聴者を意識して冒瀆的（ぼうとくてき）な言葉を慎み、パイパー・ローリーの狂信的な炎に水をかけたせいで、パトリシア・クラークソンの地味で共感できるマーガレット・ホワイトは実質的に単なる傍観者になってしまった。

キャリーが生き残るというひねりは、スー・スネルの新たな贖（あがな）いの一部として温存され、彼女を孤立させずにおく。MGMは『テルマ＆ルイーズ』のようにスーとキャリーの逃避行を描くシリーズを視野に入れていたが、低視聴率のため念動力ドラマは断念された。しかもフラーは乗り気でなかった。「この女性は生まれてからずっと迫害されてきて、さらに危機的状況が始まれば、再び迫害されるだろう。やがて殺人者となり、視聴者に殺される。それこそが残酷というものだよ」。まさしくそのとおり。

28歳のアンジェラ・ベティスは10代のキャリー・ホワイトを演じた女優の中で最年長。

毎年恒例の狩猟旅行に出かけた４人の幼なじみが異星人の侵略に遭遇する。

ドリームキャッチャー
DREAMCATCHER (2003)

監督：ローレンス・カスダン
脚本：ウィリアム・ゴールドマン
出演：ジェイソン・リー、ダミアン・ルイス、トーマス・ジェーン、ティモシー・オリファント
形式：劇場用映画（136分）
公開日（米）：2003年3月21日（Warner Bros.）
公開日（日）：2003年4月19日（ワーナー・ブラザース）
原作：『ドリームキャッチャー』（長編小説／2001）

1983年のインタヴューでキングは、触れるのを禁じているテーマがあるかと問われ、あると即答した。意図せず滑稽になってしまうもの、サディスティックなもの。ああ、トイレのネタもだ。「排泄機能に関連したモンスターのことは書けないな」

その方針は2001年の『ドリームキャッチャー』で転換し、キングは異星人襲来を描くスリラーで究極のタブーにかけてあった錠を壊してしまう。「寝室に隠れなきゃならないのなら、いっそトイレに隠れてしまおう」と彼は告知した。はっきり言おう。ひとりの気の毒な登場人物が異星人の寄生生物（カワウソ大）を排便する。デイヴィッド・クローネンバーグ監督の人体ホラーと『エイリアン』(1979)の競演だ。劇中、本能的に恐ろしくて笑える瞬間である。便座の上にすわって死ぬなど、想像しうる一番の恐怖だ。誰でも一種の生物的パニックを感じる。この小説はもともと『癌（がん）』という題名だったが、タビサ・キングが待ったをかけた。あまりにも醜悪だからだ。

『ドリームキャッチャー』はひどく奇妙で幻覚のような小説である。それは、交通事故にあったキングが鎮痛薬オキシコンチンの影響下で手書きによって書いたという事実に起因するかもしれない。

物語はふたつの階層で語られる。まず異星人の寄生生物とその異様なライフサイクルがあり、胞子、排泄されるカワウソ、さらにＣＧ製の変身体へと進化する。次に４人の男たちがおり、子ども時代に仲間うちだけのテレパシー能力を獲得した彼らは、今や中年の危機を迎えている。この４人組をジェイソン・リー、トーマス・ジェーン、ティモシー・オリファント、ダミアン・ルイスがみごとな親和性で演じた。「これは、宇宙船や星間戦争や世界の破滅についての小説じゃない」とキングは語る。「毎年山小屋に出かけて“オトコ飯”を作る４人の男たちの物語なんだ」

観客を引きこむ不気味な最初の１時間、映画は複数の死体と大量の雪をともなうおとな版『スタンド・バイ・ミー』として進んでいく。脚本のウィリアム・ゴールドマンは、昔の儀式を繰り返すくたびれた男たちを『IT』の〈はみだしクラブ〉のなれの果てとしてとらえた。彼らはデリーの町の出身でさえある。雪に閉じこめられたメイン州に見立てたロケ地のブリティッシュ

「排泄機能に関連したモンスターのことは書けないな」
スティーヴン・キング

ゲイリー・"ジョーンジー"・ジョーンズを演じたダミアン・ルイスが、異星人の複雑なライフスタイルのひとつの段階に遭遇する。

コロンビア州は、樹木におおわれたおとぎ話のような景色とマイナス30度以下の気温を提供した。

主人公たちにクソまずい事態が起きたとたん、映画自体も同じ事態に見舞われる。名だたる才能が――ゴールドマンだけでなくベテラン監督のローレンス・カスダン（『再会の時』）も――集まっていることを考えると、ぐずぐずに溶けゆくさまは心底ショッキングだ。6,800万ドルの巨費を投じた映像はすばらしいものの、映画は同時に４方向に分散してしまう。すなわち、ＣＧ満載の世界滅亡映画、軍事陰謀スリラー（うんざり顔のモーガン・フリーマンがサイコパスの軍人を演じる）、超能力群像劇、肉体乗っ取り映画、だ。

４つ目のジャンルでは、排泄に無関係の驚くべき視覚的な趣向がある。ルイス演じる人物の頭に異星の知能が宿ったとき、彼の精神は自分の空想の中に逃げこむ（『ミスター・メルセデス』シーズン２で採用されたアイディア）。この場面は、ホルヘ・ルイス・ボルヘスの『バベルの図書館』（あらゆる書物のあらゆる版が所蔵されうる）や『レイダース／失われたアーク《聖櫃》』のラストを飾る保管庫のように果てしなく広く、箱が山積みされた"記憶の倉庫"として表現される。映画評論家ロジャー・イーバートは映画全体がここにしまわれるべきだったと考えた。すなわちキングの脳内に。

別荘で暮らす作家が、戸口に立っていた男から盗作を非難される。

シークレット ウインドウ
SECRET WINDOW (2004)

監督：デイヴィッド・コープ
脚本：デイヴィッド・コープ
出演：ジョニー・デップ、ジョン・タトゥーロ、マリア・ベロ、ティモシー・ハットン
形式：劇場用映画（96分）
公開日（米）：2004年3月12日（Columbia Pictures）
公開日（日）：2004年10月23日（ソニー・ピクチャーズ エンタテインメント）
原作：『秘密の窓、秘密の庭』（『ランゴリアーズ　Four Past Midnight I』収録の中編小説／1990）

キングはデンマーク製の幽霊病院ドラマシリーズをどうしてもアメリカの視聴者向けにリメイクしたいと考え、『キングダム・ホスピタル』の権利と引き替えに自分の小説『秘密の窓、秘密の庭』をコロンビア映画に差し出した。スタジオがいかに使い道を考えずに映画化権を買い占めるか、キングはいつも驚きを禁じえない。『キングダム・ホスピタル』は脚本が４度書かれ、すべてがボツになった。一方の『シークレット ウインドウ』（子ども向けの名作『秘密の花園（The Secret Garden)』との混乱を避けるため『Secret Window, Secret Garden（原題）』から短くした）はキングのように明確な意志を示した。英国の監督アンソニー・ミンゲラが軽く試着したのち、家に閉じこもるホラー映画『エコーズ』（1999）を作ったデイヴィッド・コープに企画が渡った。「私は限定空間が好きなんだ」と彼は笑う。『ローズマリーの赤ちゃん』（1968）の影響力は大きい。

『ミザリー』や『ダーク・ハーフ』や『シャイニング』のように、この中編小説も作家キングを悩ますさまざまな不安を餌にする。いきなりドアをノックし、あんたにアイディアを盗まれたと主張する怪しい人物は、真の脅威である。だが、実はこれは創作の衝動を解剖するもうひとつの試みだった。すなわち、想像力は文字どおりの意味でどれほど人から離れることができるか。売れっ子スリラー作家モート・レイニー（わずかに身ぎれいにしたジャック・トランスに見えるジョニー・デップ）は最近、妻でありミューズである女性（マリア・ベロ）と離婚したことで苦しんでいる。

レイニーの分裂した精神を表現するため、コープはすばらしい湖畔の静養地をぐるりと回る巧みなトラッキングショットで始め、続いて鏡を通り抜け、眠っている作家を映し出す。「鏡の中に入るとき、われわれは彼の意識に入っていく」と彼は説明する。「鏡の国に入るわけだ」。言い換えると、すべては彼の頭の中にある。

『シークレット ウインドウ』はメタ傾向を持つ作品ながらマイナーヒットを記録した。戸口に立つ黒い帽子の男の役に『バートン・フィンク』（1991）の書けない脚本家役で有名なジョン・タトゥーロを持ってきたのは、なかなか抜け目がない。彼が演じるジョン・シューターは頭のおかしいクエーカー教徒のように見え、ミシシッピの間延びした口調なので――すべてキングの設定――リアルというよりいっそう架空のものに思われる（『１９２２』のウィルフレッドからさほど離れていない）。だが、それは現実の存在かもしれない。「ストーリーを正しく戻せ」と彼は息巻き、凶暴な行為にいたる。これが『ダーク・ハーフ』をもっとスマートに、意地悪く、独創的にした分身であることに疑いの余地はない（コープはティモシー・ハットンを主人公の恋敵に配した）。そもそも問題の元凶は、レイニーが（キングのように）自分のことを書いてみずからを追いつめたところにある。

見知らぬ男（ジョン・タトゥーロ）が作家モート・レイニー（ジョニー・デップ）に対し、自分の作品が彼に盗まれたと主張する。

『シークレット ウインドウ』はキングの“窮地におちいる作家”サブジャンルの1作である。

ひどい交通事故にあった画家が、霊に取り憑かれた病院に搬送される。

キングダム・ホスピタル
KINGDOM HOSPITAL (2004)

監督：クレイグ・R・バクスリー
脚本：スティーヴン・キング、タビサ・キング、他
出演：アンドリュー・マッカーシー、ブルース・デイヴィソン、ジャック・コールマン、ダイアン・ラッド
形式：TVシリーズ［全13話］／日本ではビデオ発売
放映日（米）：2004年3月3日〜7月15日（ABC）
原作：『キングダム』（TVシリーズ／1994）

変人だらけのアンサンブル・キャストをフック医師役のアンドリュー・マッカーシー（中央）が率いる。

1999年6月19日、世界的に有名だが人目を避けている作家（人間と機械の不安定な共存について何度も書いている）がセンターラヴェルの別荘にほど近い幹線道路の路肩を歩いていたちょうどそのとき、ダッジ・ミニヴァンの運転者ブライアン・スミスがアイスボックスに鼻を突っこもうとする愛犬ブレットに気を取られるのは、どれほどの確率だろう？　ライトブルーの死の使者がぐんぐん迫る中、キングに逃げ場はなかった。ネット上では彼が死んだという噂が流れた。彼はかろうじて生き延びたが、額を深く切り、肋骨は折れ、右の腰骨も折れ、右脚も骨折し、片肺が破裂していた。眼鏡は車の助手席まで飛んだが、厚いレンズは割れなかった。

5度の手術ののちに彼が完全に回復するのは、どれほどの確率だろう？ふつう、こんなできごとを書くことはできない。いや、書かねばならなかったのかもしれない。

引退もささやかれたが、書くことがリハビリだった。「僕は仕事を薬代わりに使った」と彼は言う。最初は手書きで、それからキーボードに。自伝的文章読本『書くことについて』の中で、彼は事故のことを詳細に書いている。「自分が死の戸口の前にいることを理解した……」。だが、その体験は必然的に創作へと流れこんだ。それが顕著なのが『キングダム・ホスピタル』のために書いた脚本で、冒頭においてメイン州の道路脇をジョギングしている男がライトブルーのヴァンに（生々しく）はねられる。「妻にはあのシーンを観るのがかなりきつかったようだ」とキングは認める。

彼は、医療ドラマ『セント・エルスウェア』（1982〜1983）の邪悪なデンマーク版とも言うべき『キングダム』（1994,1997）に夢中になった。何かと物議を醸すラース・フォン・トリアー監督によるテレビドラマで、近所のビデオ店のゴミ箱にリメイク版『シャイニング』とともに捨てられているのを見つけたのだ。ユーモアと恐怖の冷ややかな融合にすっかり心を奪われた彼は、自身の近況とも相まって、初めて他人の作品をみずから脚色しようと決めた。病院の所在地は彼がドクター・ヘリで搬送されたルイストンに変更された。

5度の手術ののちに彼が完全に回復するのは、
どれほどの確率だろう？
ふつう、こんなできごとを書くことはできない。
いや、書かねばならなかったのかもしれない。

『キングダム・ホスピタル』はシーズン１で打ち切りになった。目指したのは鎮痛剤で朦朧としているような気味の悪い笑いに満ちたデイヴィッド・リンチ風シュールさだったが、まるで理解されなかった。この病院は、大火災にあった南北戦争時代の工場（『地下室の悪夢』の工場のように古くて汚い）の跡地に建てられたことがわかる。死んだ子ども、昏睡、呪い、狂気の実験、テレパシー能力を持つ患者、ヴァンパイア、エレベーター・シャフトから聞こえる泣き声といったキングお得意の要素をストレッチャーに固定したかのような複合的ストーリーラインが、照明のちらつく廊下を行き交う。ただし、歌う外科医（デニス・ポッターの『歌う大捜査線』への目配せ）と、アンチュビスという名のしゃべるアリクイは目新しい。

非凡な何かがわずかに存在するものの、それはキングの手からこぼれ落ちてしまう。代わりに自己満足のイースター・エッグが波のように打ち寄せる。

キングは例のライトブルーの1985年製ダッジ・ミニヴァンを1,500ドルで買い取った。バットでたたくためだと噂されたが、実際には、分解されてファンに販売されるのを阻止するためだ。車はただちに廃車場の解体機に送られた。その一方で、『ダークタワー』シリーズの最終巻にブライアン・スミスという人物が唐突に登場する。

実在のスミスが2000年9月21日に自分のトレーラー内で死因不明の遺体として発見され、その日がキングの誕生日であるのは、どれほどの確率だろう？

左下：
ドイツ語訛りで思考する病院の何でも屋オットーを演じるジュリアン・リッチングス。

右下：
キングはコメディがホラーへとにじみ出るリンチ風な感じを求めていた。

悩める画学生が危篤の母親に会うために夜道をヒッチハイクをする。

ライディング・ザ・ブレット
RIDING THE BULLET (2004)

監督：ミック・ギャリス
脚本：ミック・ギャリス
出演：ジョナサン・ジャクソン、デイヴィッド・アークエット、バーバラ・ハーシー
形式：劇場用映画（98分）
公開日（米）：2004年10月15日（Innovation Film Group）
公開日（日）：2005年7月23日（日活）
原作：『ライディング・ザ・ブレット』（中編小説／2000）

キングは小さいころから自分の死について恐れ、魅入られていた。20歳まで生きないだろうと確信し、暗い道で自分を追ってくる死のイメージを抱いていた。幸いにも20歳がやってきても死ぬことはなかったが、その感覚を振り払うことはけっしてできなかった。死は作家のキャリアを通して闇の案内人だったのかもしれない。

彼にとって初の電子書籍となる『ライディング・ザ・ブレット』では、そうした生来の憂鬱が巧みに扱われていた。闇夜にヒッチハイクする画学生を描いた幻想的な物語は、ミック・ギャリス監督の熱いＢ級テイストによって映画化された。時代設定は2001年から1969年に巻き戻されたが、当時のキングはメイン州立大学で平和主義のヒッピー学生だったという。「ＬＳＤやペヨーテやメスカリンを山ほどやって……その結果は、僕にはおおむね役立ったよ」

その結果とは『ザ・スタンド』や『デスペレーション』のようなアメリカ縦断ロード・ムービーの新たな１本。ただし走り抜けるのは幻覚めいたメイン州だけで、そこにはまるで『キャッスルロック』の試運転をするかのように作者のこだわりがつまっている。たとえば、狂犬、偏屈で奇妙な年寄り、フォルクス・ワーゲン・ビートル、テーマパーク、墓地、カラス、アニー・ウィルクスという名の若い看護師（監督の妻シンシア・ギャリスが演じた）。主人公パーカー（不安をはらんだジョナサン・ジャクソン）は、妙に元気な死人（デイヴィッド・アークエット）が運転する赤と白で塗装された1958年型プリマス・フューリーに乗せてもらう。彼が陰鬱な意識の流れに入る場面では、闇の分身（ダークハーフ）が登場して会話を交わす。パーカーは画家として描く題材を誤り、「こんな気味の悪い作品では成功しないぞ」と言われてしまう。それは何百万部売れても依然としてキングの耳にこだます言葉だ。

死に取り憑かれたロード・ムービーに登場する、母親のことで頭がいっぱいの主人公
パーカー（ジョナサン・ジャクソン）と元恋人ジェシカ（エリカ・クリステンセン）。

キングは小さいころから
自分の死について恐れ、
魅入られていた。
20歳まで生きないだろうと確信していた。

またもや……メイン州の小さな町がヴァンパイアに襲われる。

死霊伝説 セーラムズ・ロット
SALEM'S LOT (2004)

監督：ミカエル・サロモン
脚本：ピーター・フィラルディ
出演：ロブ・ロウ、ルトガー・ハウアー、ドナルド・サザーランド
形式：TVミニシリーズ［全2話］（181分）
放映日（米）：2004年6月20、21日（TNT）／日本ではビデオ発売
原作：『呪われた町』（長編小説／1975）

『呪われた町』の２度目の映像化は巧みではあるものの退屈で、トビー・フーパー監督のオリジナルと同じ展開でありながら、ドラマティックな壮大さがひとつもない。ミカエル・サロモンは撮影監督出身で、のちに『ビッグ・ドライバー』の映画化も手がけるが、木の杭ほども頑丈な脚本に対してほとんど何もしていない。

ロケ地は予算の都合でカリフォルニア州ファーンデールからオーストラリアのヴィクトリア州に変更された。『１９２２』と同様、オーストラリアの風景を借りたメイン州には説得力がある。観客受けの理由から、時代が2004年に設定し直され、ニクソン後のアメリカ中産階級に対する皮肉は失われた。

ベン・ミアーズ役を引き継いだロブ・ロウは、旧作のデイヴィッド・ソウルに何かを加えも減らしもしていない。ドナルド・サザーランドは、ジェームズ・メイスンがほんの少し示唆したストライカーの同性愛性を強調してみせた。骨董店を開いたおしゃれな装いの男性ふたり組に関する町のゴシップがまったく異なる結果になるのはジョークだ。ピーター・フィラルディの脚本は町を息苦しくさせるこみ入った人間関係をだらだらと描き（『ニードフル・シングス』の傾向に近い）、視聴者はヴァンパイアを目にするまで70分も待たねばならない。

本作では、メフィストフェレス的な亡命者という小説で描かれたとおりの吸血鬼バーローが復活する。粋なほほ笑みと青いコンタクトの目を見せ、ときおり天井からぶら下がりつつ、ルトガー・ハウアーは過剰なほどの華麗さをもたらし、フーパー版の異様に青白いノスフェラトゥ風人外とは一線を画した。ロウによると、『ブレードランナー』（1982）でロイ・バッティが告げる伝説的な別れの言葉がそうだったように、ハウワーはバーローの最後の独白を即興で演じたがったという。

『キャリー』や『シャイニング』や『チルドレン・オブ・ザ・コーン』のリメイクと同様、物語の骨子そのものにおいて本作はさほどひどくない。当たり障りなくよくできている。人物についてもテレビの効率と最新特殊効果の自由度によってなめらかに磨かれている。ヴァンパイアの動きは派手すぎてあまり怖くない。杭で打たれるたびに、彼らは大砲から発射されたように空に舞い上がる。

左から、キャラハン神父のジェームズ・クロムウェル、主人公ベン・ミアーズのロブ・ロウ、饒舌な吸血鬼バーロー氏のルトガー・ハウアー。

悪に取り憑かれた保安官を倒すため、見知らぬ者の集団が神に助けを乞う。

デスペレーション
DESPERATION (2006)

監督：ミック・ギャリス
脚本：スティーヴン・キング
出演：スティーヴン・ウェバー、ロン・パールマン、アナベス・ギッシュ
形式：TV映画（131分）／日本ではwowowで放映後、ビデオ発売
放映日（米）：2006年3月23日（ABC）
原作：『デスペレーション』（長編小説／1996）

双子の小説の片割れ（生き返ったリチャード・バックマンが書いた『レギュレイターズ』のパラレル世界と登場人物やテーマを共有）として誕生した、この神話をともなうジャンル接合型のネオ・ウェスタン・ホラーは、キングが運転中に思いついた物語のひとつである。彼はオレゴン州ポートランドから娘の車を回収する途中、ネヴァダ州ルースで辺境の小さな居留地を通過したとき、あまりに人口が少ないことに気がついた。即座にひらめいた。「保安官が住人を全員殺したんだ」

ちなみに『レギュレイターズ』のほうは、サム・ペキンパー監督のためにキングが書いた、絞首刑にされた幽霊が自警団となって復讐する映画『ショットガンナーズ』の脚本に基づいている。幽霊たちは馬ではなく黒いキャデラックを連ねてやってくる。残念ながらペキンパーはプリプロダクション中に心臓発作で他界した。

ミック・ギャリス監督は『デスペレーション』が独自の映画的可能性をもたらすと感じた。ネヴァダの果てしないハイウェイで獲物を物色する大柄で粗暴な保安官、その皮膚の下に隠されたダークな秘密。彼と対立する、欠点があるものの親しみのある人びとの集団。さらに地獄への入口に、鉄格子をすり抜ける魔法の石鹸（せっけん）。「僕は『ザ・スタンド』や『デスペレーション』や『ダークタワー』シリーズを、外に向かう小説だと考えている」とキングは指摘する。すなわち、繊細な作品とはちがうのだ。

いつものようにスタジオが障害となった。「われわれはニュー・ライン・シネマと3,300万ドルの予算で製作する予定で、ゴーサインも出て、準備は整っていた」とギャリスが説明する。自己言及的スラッシャー映画『スクリーム』（1996）がいきなり大ブームを巻き起こした余波で、『デスペレーション』にブレーキがかかった。企画は予算が1,200万ドルまで減額されてテレビに流れ、さらに前後編のミニシリーズから１本のテレビ映画に縮小された。

不快な保安官を演じた鬼のようなロン・パールマンは、キングに成り代わりディーン・クーンツやアン・コールターに関するポップカルチャーの皮肉を垂れ流す。保安官はヘンリー・トーマス演じる人物の名前——ピーター・ジャクソン——を聞いて意地悪そうに言う。「おれは『ロード・オブ・ザ・リング』が大好きだったんだ」。劇中には無声映画を使った独創的な回想シーンもある。それ以外は、使い古されたネタの締まりのないリミックスだ。わずかな“かがやき”を持つ少年、アルコール依存でヴェトナム経験のある作家、悪魔の犬、うごめく虫、生き埋めになった鉱山労働者と超常的な中国の悪魔についてのバックストーリー。「どこの町にも秘密がある」とチャールズ・ダーニング演じる郷土歴史家がつぶやく。われわれの知らない話をしてくれ。

キングの代理人であるアルコール依存の作家ジョニー・マリンヴィルを演じるトム・スケリット。

キング映画の常連マット・フリューワーが演じる父親と、サイキック能力のある息子（シェーン・ハボーチャ）。

キングの短編から集めた８つのユニークな物語。

８つの悪夢（ナイトメアズ） NIGHTMARES & DREAMSCAPES (2006)

第1話『バトルグラウンド』／第2話『クラウチ・エンド』／第3話『アムニー最後の事件』／第4話『争いが終るとき』／第5話『ロード・ウイルスは北にむかう』／第6話『第五の男』／第7話『解剖室4』／第8話『いかしたバンドのいる街で』

"Battleground" "Crouch End" "Umney's Last Case" "The End of the Whole Mess" "The Road Virus Heads North" "The Fifth Quarter" "Autopsy Room Four" "You Know They Got a Hell of a Band"

指揮：マイク・ローブ
脚本：マイク・ローブ、ローレンス・D・コーエン、他
出演：ウィリアム・ハート、ウィリアム・H・メイシー、トム・ベレンジャー
形式：TVシリーズ［全8話］／日本ではwowowで放映後、ビデオ発売
放映日（米）：2006年7月12、19、26日、8月2日（TNT）
原作：『戦場』（『深夜勤務』収録の短編小説／1978）、『いかしたバンドのいる街で』（『いかしたバンドのいる町で』収録の短編小説／1993）、『争いが終るとき』（『ドランのキャデラック』収録の短編小説／1993）、『アムニー最後の事件』、『第五の男』（『ブルックリンの八月』収録の短編小説／1993）、『クラウチ・エンド』（『メイプル・ストリートの家』収録の短編小説／1993）、『第四解剖室』（『第四解剖室』収録の短編小説／2002）、『道路ウイルスは北にむかう』（『幸運の25セント硬貨』収録の短編小説／2002）

意外にもキングの短編だけを集めたアンソロジーテレビシリーズはそれまで存在しなかった。彼の短編はときおり『フロム・ザ・ダークサイド』や『新トワイライト・ゾーン』で映像化されていたので、あって当たり前に思えたが、キングにそのアイディアを売り込んだのはプロデューサーのマイク・ローブが一番最初だった。

コンセプトは、『クリープショー』の異様なコメディタッチではなく、キング風味でありつつも往年の『アウターリミッツ』や『トワイライト・ゾーン』（まさに彼にひらめきを与えた番組）を思い起こさせるシリーズ。キングはいつもの情熱で８つの物語選びに参加した。「彼はすべての脚本に目を通してメモを書いてくれた」とローブは明かす。選ばれたラインアップはまさにキングの小説分野の縮図だ。恐ろしさと同じくらい奇抜さが重視され、すでに映像化されたものは１編もない。「たいてい『ショーシャンクの空に』多め、『キャリー』少なめだった」とローブ。統一テーマを探すのは、煙をつかむようなものだった。

普遍的なテーマはある。ホラーのコーヒーマグの中に個人的なジレンマをひょいとひたすキングの手法だ。オーストラリアでの撮影は自然と調子の狂った感じを画面に添えた。リアルに感じられるものはひとつもない。たとえば"クラウチ・エンド"では、新婚旅行中の夫婦がロンドンのひと気のない不気味な界隈（かいわい）（キングが『タリスマン』の共作者ピーター・ストラウブと初めて会った場所）で迷子になり、ロンドンの夢のようでありながらも、最後にクトゥルー神話をテーマにしたＣＧが炸裂（さくれつ）する。結末は単純ではないが、ふたりの苦労はそれなりに報われる。

"アムニー最後の事件"は深い自己言及の海の中にどっぷり浸かっている。ウィリアム・H・メイシーがこの物語を光り輝かせた。主人公はパルプ小説に文字どおり自分のことを書いている作家だが、作中の探偵が自分が架空であることに気づき、現実世界にいる作家の立場を奪う。

出色なのは、ウィリアム・ハートの冷徹なヒットマンがおもちゃ会社の社長を殺害する"バトルグラウンド"。翌日、復讐の任務を負ったおもちゃの兵隊が箱づめになって彼のペントハウスに配達される。1961年にリチャード・マシスンが『トワイライト・ゾーン』に書いたエピソード"遠来の客"（ミニサイズのヒューマノイド異星人が初老女性を襲うが、最後に恐ろしいオチがある）の鮮やかな改訂版とも言える本作のラストにおいて、視聴者はセリフがひとつもなかったことに気がつく。

“いかしたバンドのいる街で”のエピソードでは、夫婦がロックンロール・ヘブンに迷いこみ、今は亡きロックスター（ロイ・オービソンとバディ・ホリー）の幽霊に会う。

超常現象を暴く作家マイク・エンズリンが悪しきものの宿ったホテルの部屋で究極の試練を受ける。

１４０８号室
1408（2007）

監督：ミカエル・ハフストローム
脚本：マット・グリーンバーグ
出演：ジョン・キューザック、サミュエル・L・ジャクソン
形式：劇場用映画（104分）
公開日（米）：2007年6月22日（MGM）
公開日（日）：2008年11月22日（ムービーアイ）
原作：『一四〇八号室』（『幸運の25セント硬貨』収録の短編小説／2002）

『１４０８号室』は、ひと部屋の『シャイニング』と考えればよい――サミュエル・L・ジャクソン演じる険しい顔の支配人が「邪悪なファッキング部屋だ」と警告する。部屋はジョン・キューザック演じる苦悩する作家の妄想に呼応してゆがんでいく。映画全体が237号室の中に押しこまれたかのように、観客は現実と超常現象の翻弄の中に放置される。スウェーデン人監督ミカエル・ハフストローム（『ザ・ライト―エクソシストの真実―』）は、スタンリー・キューブリック監督が細心の注意で保った平衡状態を吹き飛ばしてしまう。

この小説の最初の数ページは、実はキングの小説作法ガイド『書くことについて』のサンプル文章として書かれたもの。彼は話のアイディアに引きつけられ、そのまま続きを書いた。最初に監督を請け負ったイーライ・ロス（『ホステル』。次世代のジョージ・A・ロメロもしくはジョン・カーペンター）の演出は混乱し、その血まみれバージョンはお蔵入りとなった。キングと昔のスラッシャー映画の関係がそうだったように、彼の創造する恐怖と流行の残虐ポルノのあいだには大きな隔たりがあるのだ。これは心理的恐怖でなければならない。

「物語のおもしろさのひとつは精神の崩壊なんだ」とプロデューサーのロレンツォ・ディ・ボナヴェンチュラは主張する。これは男が幼い娘の死を受け入れる苦難であり、『ペット・セマタリー』で幼い息子の死と格闘するルイス・クリードと似ている。主人公のエンズリンは、またしても作家だが、超常現象を分析する仕事で忙しい状況からして、本当の文学的才能を手放してしまったのが皮肉である。

「ほとんどパンク・ロックの感じだった。部屋というキャラクターとどうやってデュエットすればいい？」。そう言うキューザックは、部屋が腹を立てていたと見る。実際、1408号室（数字を足し合わせると13）はエンズリンの精神を拡張したものとなる。撮影前の準備として『ミザリー』を“何度も何度も”観たハフストロームは、ひとつの部屋とバスルームとエアダクトと窓枠だけに限定された空間で、気味悪さのバリエーションを汗だくでかき集めた。

パイン材を基調とした数種類のセットがジンバルの上や水槽の中に造られ、傾いたり水没するように準備された。俳優にとって、これは監督と撮影監督とともに“どこか正気を失ったダンス”を踊るようなものだった。ひとりの演技にこれほど集中するキング原作映画は他にない。2,500万ドルの製作費が使われているが、いったいどこに費やしたのだろう？　統一的な論理はなく、野放しのセンセーションだけが存在し――いくつかは功を奏しているが――キングの茶目っ気のあるユーモア感覚や、深い悲しみに関する主張を見いだすのはむずかしい。

キングのまた別の監禁スリラー『１４０８号室』はほぼ全編、ひとつの部屋にいるひとりの人物を中心に展開する。

部屋そのものが、苦しむ作家（ジョン・キューザック）の精神を拡張したものとなる。

謎めいた死の霧によって人びとがスーパーマーケットに閉じこめられる。

ミスト
THE MIST (2007)

監督：フランク・ダラボン
脚本：フランク・ダラボン
出演：トーマス・ジェーン、マーシャ・ゲイ・ハーデン、ローリー・ホールデン
形式：劇場用映画（126分）
公開日（米）：2007年11月21日（MGM）
公開日（日）：2008年5月10日（ブロードメディア・スタジオ）
原作：『霧』（『骸骨乗組員』収録の中編小説／1985）

「僕はとても直接的で強烈な映画が作りたかったんだ」とフランク・ダラボン監督が振り返って語る『ミスト』は、キングの目的を達成させる方法がひとつだけでないことを証明した。素朴な神秘性も、姿を偽る天使も、刑務所もなし。だが、原作者が指摘したとおり、たとえメイン州の架空の町ブリッジトンのスーパーマーケットに閉じこめられて外にいる超自然モンスターや中にいる人間に襲われるとしても、これはひとつの刑務所映画である。

それでも、友人の監督が偽物の触手を製作したのはこれが最初であることをキングは認めている。

怪物がメタファーになっている中編小説の映画化権をすでに90年代初めに買ったダラボンは、低予算かつ短期間の映画製作を目指した。それぞれ1,700万ドル、37日で実現し、またストーリーボードという安全策に頼らない映画にしようと、毎日現場で撮り方を考えた。キューブリック的形式主義を完全にしりぞけ、全編にわたって手持ちカメラで荒々しく撮影している。「われわれの目的は限られた資源で意欲的な映画を作ることだった」と彼は言う。「まさに僕が観て育った低予算で画像の粗いジャンル映画の精神だよ」

その点はメイン州出身の少年も同じだった。キングが小説のアイディアを得たのは、彼の言う“ドライヴイン・シアター映画”で、具体的には『巨大蟻（あり）の帝国』（1977）など巨大生物もので名高い（もしくは悪名高い）バート・I・ゴードン監督作品だ。そうしたB級映画の昆虫やワームや触手を、思いつくかぎり最もありふれた場所——たとえばスーパーマーケット——に大集合させたらどうだろう？　そこにH・P・ラヴクラフトの不浄の水を振りかけ、どうなるか様子を見てみようじゃないか。

ロケ地のルイジアナ州シュリーヴポートにわざわざ撮影用のスーパーマーケットを建て、商品も仕入れた。ブリッジトンの町はすでに様子がおかしい。登場人物は携帯電話を持っているが、パトロールカーや軍人の制服は1980年代を想起させ、それはダラボンがジョージ・A・ロメロの『ナイト・オブ・ザ・リビングデッド』（1968）、デイヴィッド・クローネンバーグの『ザ・フライ』（1986）、ジョン・カーペンターの『遊星からの物体X』（1982）という古典３本から創造性の栄養を補給した結果である。

この映画を観に行った夜は楽しい外出とはならない。監督は明確にそれを望んだ。彼は観客に対し、人間性について“ひどく否定的な”内容を告げる

彼は観客に対し、
人間性について“ひどく否定的な”内容を告げる
暗くて不快な映画を与えようとしていた。

キングのコンセプトは、考えうるかぎり最もありふれた場所であるスーパーマーケットに世界滅亡スリラーを組みこむことだった。

暗くて不快な映画を与えようとしていた。『ミスト』は人間精神に対するダラボンの最も真剣な論考と言える。「この映画はすごい怪物の出てくる『蠅(はえ)の王』なんだ」と、彼は楽しげに言う。

これはキングが巧妙に描き出す社会の縮図。スーパーマーケットに集約されたアメリカ社会だ。生存者たちは言い争い、現代社会の不安定な支柱のもとに分かれる。マーシャ・ゲイ・ハーデン演じる狂信的なミセス・カーモディは、霧(ミスト)が神の怒りのあらわれだと確信し、〈チーム宗教〉を率いる。トーマス・ジェーン演じる率直な話しぶりの画家デイヴィッド・ドレイトンは、現象には説明できる理由があると信じて〈チーム合理主義〉(お望みなら〈チーム・キング〉でもいい)を率いる。コンセプトを輝かせてい

トーマス・ジェーン演じる合理主義の主人公デイヴィッド・ドレイトンと息子のビリー（ネイザン・ギャンブル）。

るのは、霧のもたらす隔離の感覚である。生存者たちには、地獄の霧が全世界をおおっているのかどうかわからない。果たして生き延びることにそれだけの価値があるのか？

『ショーシャンクの空に』に流れていた愛が少しもないのは不思議ではない。これはキングのいつもの手法をヘヴィメタル・ミックスしたものなのだ。すなわち、風刺のないB級映画と中産階級の不安の集合体で、『アウターリミッツ』のエピソードに基づいた蜘蛛や猫ほど大きい昆虫やオイルパイプの太さの触手は、異次元との裂け目が原因という説明で片づけられる。観客はダラボンの奔放な仕事ぶりを感じることだろう。オスカー像たちは彼のそんな一面を知りたくなかったかもしれない。

そして、あの結末。ドレイトンは世界が失われたと確信し、"合理主義者たち"を逃避行の苦痛から救うため、残された弾丸を使用する。そこには自分の息子も含まれる。そのとき霧の晴れ間から轟音とともにあらわれたのは戦車。世界の終わりは回避されつつあったのだ。あの瞬間には、不条理なほど虚無的で子どもじみてさえいる何かがある。これもひとつの終わり方だが、何を終わらせたのだろう？

「実際、僕に選択の余地があったとはいえない」とダラボンは反論する。「僕はただキングの最もダークな考えを取りこみ、それにしたがったら最も論理的で恐ろしい結末に行き着いただけさ」

この破滅的な霧のコンセプトで冴えているのは、どこまで広がっているのか登場人物にわからないこと。

妻を殺された小学校教師がギャングに復讐を果たす。

ドランのキャデラック
DOLAN'S CADILLAC (2009)

監督：ジェフ・ビーズリー
脚本：リチャード・ドーリング
出演：クリスチャン・スレイター、ウェス・ベントリー、エマニュエル・ヴォージア
形式：劇場用映画（89分）
公開日（米）：2010年4月6日＊DVD premiere
公開日（日）：劇場未公開・ビデオ発売
原作：『ドランのキャデラック』（『ドランのキャデラック』収録の短編小説／1993）

物語の闇の中心にいる妻を演じたエマニュエル・ヴォージア。

うまくできているがおもしろみに欠けるこのDVDスルー映画には元ネタがある。本作がキングの短編小説に基づいているのと同様、その小説はエドガー・アラン・ポーの『アモンティリャードの酒樽』を下敷きにしている。ポーの作品では“千の侮辱”の罪に対するヴィンテージものの復讐が提供され、罪人は自身のワイン貯蔵室内にレンガで埋められてしまう。

本作はゴシックの先祖を持つ現代の復讐サーガである。ただし、カナダの新人監督ジェフ・ビーズリーは繊細にメスでさばくのではなく、弓ノコを振り回す。どのシーンも、観客は犯罪映画の迫真性とブラックコメディのどちらに身構えるべきかわからない。

クリスチャン・スレイター演じるジミー・ドランは、最愛のキャデラックの車内から犯罪組織を動かして人身売買をおこない、競合相手から身を守っていたが、エマニュエル・ヴォージア演じるエリザベスに殺人現場を目撃されてしまう。彼女はほどなく殺害（自動車を爆破）され、あとはウェス・ベントリー演じる打ちのめされた夫による復讐を待つほかない。

ドランは『ザ・スタンド』のランドール・フラッグの化身かもしれない。ベントリーは彼のことを、キングの小説から取られた聖書めいた言葉で「あいつは狼を呼び出し、カラスとともに住まうことができる……」と描写する。それがどう見ても少年のように若々しいスレイターのことだとすると、シルヴェスター・スタローンやケヴィン・ベーコンが役を蹴ったとき彼がジャック・ニコルソンのモノマネ口調でその穴を埋めたとしても、やはりすんなりとは受け入れられない。

かつてディノ・デ・ラウレンティスのオムニバス映画の１話になったかもしれないこの物語は、劇場用映画としては物足りない。ビーズリーが黙示録的な幻覚と雰囲気だけのモンタージュを使い、物語をタフィ・キャンディのように引き延ばしているように感じられる。道路とそこを流れる車がまたしても悪魔の動脈として表現されるが、悪しきものを生む悪の意味については吟味されない。ドランがキャデラックに乗ったまま砂漠のアスファルトの下に生き埋めにされ、金切り声で命乞いするとき、ポーが草葉の陰で身もだえする声が聞こえてきそうだ。

クリスチャン・スレイター演じる非情なジミー・ドラン（左）。

FBI女性捜査官がヘイヴンの町で超常的な犯罪を捜査する。

ヘイヴン
—謎の潜む町—
HAVEN(2010~2015)

文字どおりの意味で痛みを感じない地元警察官役のルーカス・ブライアント。

指揮：ジム・ダン、サム・アーンスト
脚本：ジム・ダン、サム・アーンスト、他
出演：エミリー・ローズ、ルーカス・ブライアント、エリック・バルフォー
形式：TVシリーズ（シーズン1［13話］、シーズン2［13話］、シーズン3［13話］、シーズン4［13話］、シーズン5［26話］）／日本ではUniversal Channelで放映後、ビデオ発売
放映日（米）：2010～2015年［全78話］（Syfy）
原作：『コロラド・キッド』（長編小説／2005 ＊日本では非売品）

不慣れな土地に放りこまれた警官の陽気だが細身の捜査ドラマは、テレビシリーズ『デッド・ゾーン』のプロデューサーの手で製作され、シーズン5まで継続するほどファンを集めた。キングにとって最も成功したテレビ企画のひとつとなったが、原作である『コロラド・キッド』は気むずかしいふたり組の老記者がはつらつとしたインターンシップの女性を助手にして未解決事件を捜査するパルプ小説（しかも昔ながらのドラッグストア・ペーパーバックとして出版された）で、ドラマの内容とは少し遠い。

シリーズを企画したジム・ダンとサム・アーンストはインターンの女性をＦＢＩ捜査官に変更し、全体の設定を『X-ファイル』（1993～）と『ニードフル・シングス』の超常的プディングにグレードアップさせ、メイン州の町（驚くほど穏やか）を超能力者たちとキングのイースター・エッグの安息地に仕立てた。だが、中心になるのはアーンストが“キングの脇道要素”と呼ぶ、エミリー・ローズ（演技の目盛りは好ましい生意気さに固定）とルーカス・ブライアントの無愛想な地元警察官（文字どおりの意味で痛みを感じない）とエリック・バルフォーのにやついた密輸業者（のちの悪の根源）の眠気をもよおすような三角関係である。風変わりな町とローズの自己喪失のあいだには関連があるが、このミドルテンポのテレビシリーズは気迫や深刻さのない無害な仕上がりになっている。

生意気なFBI捜査官オードリー・パーカー役のエミリー・ローズは、
キングにとってさえふつうでない町に閉じこめられる。

妻の死後、作家の周囲に超常現象が引き寄せられるようになる。

骨の袋
BAG OF BONES (2011)

監督：ミック・ギャリス
脚本：マット・ヴェン
出演：ピアース・ブロスナン、メリッサ・ジョージ、アナベス・ギッシュ
形式：TVミニシリーズ［全2話］（163分）／日本ではスター・チャンネルで放映後、ビデオ発売
放映日（米）：2011年12月11日（A+E Networks）
原作：『骨の袋』（長編小説／1998）

幽霊屋敷ものの変種といえる本作のために、いつでも登板可能なミック・ギャリス監督が戻ってきた。キングは間欠的に起きる出版社騒動のひとつを経験したところで、スクリブナー社から出る第1作となった『骨の袋』で1,700万ドルの前払い金を受け取った。

新作が“おなじみの趣向”のカクテルだと発表されたとき、愛読者から安堵の声が聞こえるようだった。キングはそれを初期作品への“後戻り”と呼んだ。好みのテーマ――危機にさらされる子ども、隔絶した町、からみ合うフラッシュバック、創作過程の狂気――がいっそう増幅されている。主人公マイク・ヌーナンは、キング作品で何人も列をなす“悪夢につきまとわれる作家”のひとり。キングはほぼ毎日、腰を落ち着けて頭の中の声に耳を傾ける。メイン州の美しいダークスコア湖畔（ロケ地はカナダのノヴァスコシア州）に建つヌーナンの執筆用別荘は、基本的には自身の書斎でストーリーを用意する作者である。

ヌーナン役のピアース・ブロスナンは持ち前の彫りの深いアイルランド系の魅力と不穏なほど抑えのきかない笑い声（ときとしてそれが一番怖い）をもたらし、自分が壁との会話に多くの時間を費やすことを果敢にも受け入れる。「彼は本当にそうすることを恐れないんだ」とギャリスは賛辞を送る。

物語の核心は、ブロスナンが地元の未亡人マッティ（メリッサ・ジョージ）とその娘を助け、娘の祖父で土地の権力者であるマックス・デヴォア（ウィリアム・シャラート）の悪巧みに巻きこまれていく部分にある。キングが金持ちを描く――百万長者の作家が億万長者の変人に取り組む――のは珍しい。物語の背景には、いまだ葬り去られていない過去の罪悪の暴力的な遺物が存在し、霊がドアを激しくたたいたり、冷蔵庫のマグネット文字を並び替えたりする。溺死させられた少女が、自分を手にかけた男たちの家系に生まれた娘たちに報復を望んでおり（死者とともにある『キャリー』）、ヌーナンの亡くなった妻（アナベス・ギッシュ）も霊的な騒ぎに加わろうとしている。

『シックス・センス』（1999）の直後にブルース・ウィリスが小説の映画化権を取得したが、企画に応じる人物を見つけられなかった。ギャリスが引き継ぐに当たって劇場用映画を考えたが、スタジオはティーンのはらわたが飛び出ないホラーに興味がなかった。手を上げたのはテレビだった。しかし、状況は90年代のキングに後戻りしたように感じられる。

幽霊物語というのはいつも、キングがホラーの“タロットカード”と呼ぶものの中で最も想像力を喚起してきた。われわれが求めるのは、死者との霊的交

ときとして死者は永眠を拒む：物語の中心にあるのは隠蔽された忌まわしい犯罪。

メタファーとしてのスティーヴン・キング：悲嘆に暮れる作家マイク・ヌーナン（ピアース・ブロスナン）は死者の魂を引き寄せる。

わり。来たるべきことを知りたいという切望だ。それはギャリスにとって、物語のきわめて“人間的”な部分だった。『ペット・セメタリー』や『１４０８号室』と同じく、深い悲しみの典型例である。ヌーナンが子どものいない男であり、人生から切り離され、死者と話すという事実から、多くのことが生じているのだ。

「この作品を手がけたいと思ったのは、とても深く感情に訴えるからだ」とギャリスは語る。「私は両親を失っているし、兄弟もふたり失い、近しい人たちも失ってきた」

　幽霊物語はその広汎性において、ホラーを象徴している。『死の舞踏』の中でキングは「幽霊という原型（アーキタイプ）は、つまるところ、怪奇現象を扱う小説にとってミシシッピ川のようなものだ」と述べている。恐ろしいものには実体がない。現在でも『シャイニング』が論争の的になるのは、明瞭さの欠如によるところが大きい。だが、ギャリスは骨のシロフォン並みに型にはまった表現をしている。キングの小説の先祖と言えるヘンリー・ジェイムズやシャーリイ・ジャクスンのゴシック世界を目指しながら、超自然的な駄作を生み出した。

いじめられるプロム・クイーンにして念動力の復讐者キャリー・ホワイト、３度目の登場。

キャリー
CARRIE (2013)

監督：キンバリー・ピアース
脚本：ロバート・アギーレ=サカサ、ローレンス・D・コーエン
出演：クロエ・グレース・モレッツ、ジュリアン・ムーア、ガブリエラ・ワイルド
形式：劇場用映画（100分）
公開日（米）：2013年10月18日（配給：Screen Gems／MGM）
公開日（日）：2013年11月8日（ソニー・ピクチャーズエンタテインメント）
原作：『キャリー』（長編小説／1974）

『キャリー』の再リメイク企画があることを知らされたキングは、丁寧な口調で当惑を示した。ハリウッドがこれまでと同じことをしようとしている場合のために彼が用意しておいた返答だ。新たなキャスティングは楽しいかもしれないと考え、当てもなくリンジー・ローハンを提案した。「もしも彼らが企画をふたりのデイヴィッド……リンチかクローネンバーグのどちらかに引き渡したなら、僕も支援できたと思うけど」

彼らはそうしなかった。MGMはペンシルヴェニア州出身のキンバリー・ピアースに監督を依頼した。彼女はヒラリー・スワンク主演の『ボーイズ・ドント・クライ』（1999）で同じようにダークだが地に足の着いた成熟の軋轢を描き、話題を呼んでいた。ピアースは自分に声がかかった理由はわかったが、彼らがブライアン・デ・パルマ監督の映画をリメイクしたがる理由を理解できなかった。それから本を３回読み、ようやく共感し始めた。「私はもう１度キャリーに深く惚れこんだわ」と彼女は言う。とにかく自分が語りたいストーリーだった。何かちがったことができる機会に思えた。「改良でも改悪でもなく、ただちがうことを」

その中で彼女は、クリス・ハーゲンセン（ポーシャ・ダブルデイ）を意地悪な女からさらに発展させたいと望んだ。狂信的な母親マーガレット・ホワイトも同様だった。「マーガレットは自分の娘を心から愛しているの」とピアースは主張する。「小説でも映画でも、娘に対する彼女のふるまいが愛と保護のためでない場面はひとつもないわ」。シシー・スペイセクがキャリーの母親を演じるという魅惑の循環は実現されず、ジュリアン・ムーアが白髪まじりの髪と怒りっぽい正義とともにマーガレットを演じたが、そこにパイパー・ローリーのゆがんだユーモアはなかった。

今回、初めてキャリーが10代の俳優によって演じられた。クロエ・グレース・モレッツは当時15歳で、小説のキャラクターよりも若い。だが、彼女は風刺の効いたスーパーヒーロー映画『キック・アス』（2010）のクールなヒーローぶりを封印したものの、どう見てもかわいらしい少女だ。薄汚れたのけ者のオーラを出そうと懸命に努力するほど、小説で

主演にクロエ・グレース・モレッツを迎え、実際に10代がキャリー・ホワイトを演じた最初の作品となった。

製作陣は考えすぎだった。モレッツにブタの血を浴びせるとき、彼女の顔にどのように流れ落ちさせるかを細かく検討した。

描かれている太って醜い上に頭の鈍い名もなき少女どころか、スペイセクの傷ついた人形にも近づけない。オンライン新聞〈ＡＶクラブ〉のＡ・ダウドは、モレッツがありふれたティーン大変身映画の"一見地味な子"キャラのようだ、と嘆く。

モレッツは12歳のときにデ・パルマ版を観た。「デ・パルマ監督は自分自身の衝動を確かにとらえて、それを発展させたの」と冷静に指摘する。ごもっとも。

モレッツはスペイセクの鳥のような独特の姿勢を意識的に避けた。両腕を身体の横に固定し、まばたきだけで破壊をおこなうアイコン的なポーズだ。だが、あのボディランゲージは、肉体が無意識の激怒に掌握されていることを伝えていた。モレッツの大袈裟な手ぶり――スー・スネル（ガブリエラ・ワイルド）とデジャルダン先生（ジュディ・グリア）だけ注意深く攻撃対象からはずす――が示唆するのは、頭に来たスーパーヒーローのおこないだ。まさにプロムの女王。

製作陣は考えすぎだった。モレッツにブタの血を浴びせるとき、彼女の顔にどのように流れ落ちさせるかを細かく検討し、完璧な高さと空気圧を見いだすために、スタンドインを使って"血液テスト"を50～60回おこなった。どれが最高の血しぶきを与えるか？　しかし、彼らには独自性を打ち出す度胸はなかった。

チェスターズミルの町が巨大なドーム内に閉じこめられる。

アンダー・ザ・ドーム
UNDER THE DOME
(2013~2015)

指揮：ブライアン・K・ヴォーン
脚本：ブライアン・K・ヴォーン、スティーヴン・キング、他
出演：マイク・ヴォーゲル、ディーン・ノリス、レイチェル・レフィブレ、アレクサンダー・コック
形式：TVシリーズ（シーズン1［13話］、シーズン2［13話］、シーズン3［13話］）／日本ではDlifeで放映後、ビデオ発売
放映日（米）：2013～2015年［全39話］（CBS）
原作：『アンダー・ザ・ドーム』（長編小説／2009）

〈ドーム〉はじっくりと時間をかけて作られた。デビュー作『キャリー』がまだ出版される前、キングは封鎖された町について75ページ分の原稿を書いた。『クリープショー』の製作中、ピッツバーグの快適と言えないアパートに滞在しながら、都市から隔絶された高層の建物を空想した。彼はその作品を『カンニバル』と呼ぶことにした。物資が欠乏する建物の住人たちは心地よい結末を迎えない。

やがてキングは、酸性雨に関していかに広く報道されているかに気づく。チェルノブイリがいかに地球規模の被爆という最悪のシナリオを生んだか。ＯＰＥＣ（石油輸出国機）がいかに石油価格を引き上げてメイン州の裏通りにまでパニックを起こすことができるか。人びとはこの惑星のことを心配し始めていた。「その人びとをみんなガラスのドーム内に入れて、彼らに何が起きるか見てみるのはどうだろう、と考えたんだ」

そこでさらに多くの疑問が浮かんだ。食料はどうなるのか？　ガソリンはどうか？　それより水や薬品、酸素は？　外の世界から隔離されたら、誰がリーダーになるのか？

「ある意味、われわれはみんなひとつのドームの下にいるんだ」と彼は言う。チェスターズミルの小宇宙の中には、われわれ全員が直面している環境危機がある。彼の書くメイン州の人里離れた町の多くと同様――『悪魔の嵐』で豪雪に見舞われたリトル・トール島は予行演習だった――ある程度の圧力下に置かれた人びとは、けっして善良な集団でない姿をさらけ出す。

2009年、キングは分厚い小説を刊行する。

『ザ・シンプソンズ MOVIE』(2007) がまったく同じコンセプトでヒットしたと教えられたとき、引き返すにはもはや手遅れだった。創作ドームに閉じこもっていた彼は、映画のことをまったく知らなかったのだ。一方、登場人物たちが謎の島に隔離される革新的テレビシリーズ『LOST』(2004～2010) については、いかなる類似も念入りにチェックがおこなわれた。

スティーヴン・スピルバーグ監督のアンブリン・テレビジョンが権利を買った。ふたりの名前がエグゼクティヴ・プロデューサーとしてクレジットされているとしても、これを念願の共同作業と分類するのは拡大解釈というものだろう。製作の中枢はブライアン・K・ヴォーンだ。そう、彼はキングの熱

人びとはこの惑星のことを心配し始めていた。
「その人びとをみんなガラスのドーム内に入れて、
彼らに何が起きるか見てみるのはどうだろう、
と考えたんだ」
スティーヴン・キング

見えない壁：リンダ・エスキヴェル巡査（ナタリー・マルティネス）は消防士の婚約者（ジョシュ・カーター）に手が届かない。

狂的マニアであるが、キングのほうは彼のグラフィックノヴェルを小説内で引き合いに出していた。「スティーヴン・スピルバーグとスティーヴン・キングを集合の円であらわすとしよう」と彼は言う。「ふたりには大きなちがいがあって、スピルバーグは人間の最良の面を見がちで、キングは最悪の部分を見る才能があるけれど、積極的なヒューマニストである点では円の領域が重なっている」

ダミアン・ハーストのアートのように哀れな牛をまっぷたつに切断する場面は、ヴォーンがアイディアを出した。そこから『ザ・スタンド』に匹敵する多彩な登場人物たちとそれぞれのエピソードを通してプロットが動く。挙動が予測できないこのガラスドームの下で、生存者たちは派閥争いに引きこまれるが、そのプロット構造は地下に埋まった宇宙船の意思によって住民たちが奴隷となる『トミーノッカーズ』にかなり似ている。

ビッグ・ジム・レニー（ディーン・ノリス）は〈ドーム〉内の実権を握ろうと人びとを煽動する。中古車セールスマンから強権政治家に出世する彼の姿は、ドナルド・トランプの不気味な前兆である。彼に対抗するのは、物語に不可欠なよそ者のデイル・“バービー”・バーバラ（マイク・ヴォーゲル）で、元軍人の彼には秘密が多い。選ばれし作家は地元新聞の記者ジュリア・シャムウェイ（レイチェル・レフィブレ）で、物語は懐疑的な彼女を中心に回る。

キングは『シャイニング』に対するキューブリック監督の比較的小さな改変にいまだに腹を立てているかもしれないが、継続期間が未定のテレビドラマを作るために必要と思われる大手術については同意した。彼はファンをなだめるために、変更について自分は“心の底から”賛成しているという内容の公開レターまで書いた。その中で彼は、脚本家たちは〈ドーム〉の発生源についてまったく新たな概念を作った、と告げた。

小説では無慈悲な異星人“レザーヘッド”が蟻の巣キットのように人間を２週間ガラスの中に閉じこめるが、ドラマでは破壊された故郷の世界を逃れてきた“キンシップ”と呼ばれる種族に原因がある。超自然的要素を断ち切ると、小さな町の生活のブラウン運動を描くキングの才能ほどソープオペラにうってつけのものはない。犯罪や人間の狭量や科学をすり減らす宗教などによって誇張されてはいるが、それらはわれわれがこの世界に有しているものである。それはうまく機能している。少なくとも、シーズン１に関しては。

キングはかつて言った。「僕の小説群は全体としてとらえると、危機的状況にあって制御不能だと感じられる国家のための寓話を形作っている」

シーズン２は急速に無意味な方向へと傾いた。殺人者たちがにわかに信頼され、宿敵どうしが肩を並べて活動する。問題は、『LOST』の後期のシーズンもそうだったが、進行中の物語を１年ごとにほぼ途中でリセットするという要請だ。それではドラマがしぼんでしまう。主演俳優たち——特に重要なアンジー・マカリスター役のブリット・ロバートソン——が１シーズン分しか契約しなかったせいとは言えない。

「増殖する前に撃ってしまえ」とキングは自身のプロットについて皮肉を言った。言い換えれば、「収拾がつかなくなるまで放っておくな」だ。彼には自分でふたを閉じるという強みがあるが、うまくいっているテレビは、うまくいかせ続けねばならない。増殖させた結果、しばしば物語の要求を大きく超えてしまう。

シーズン３において分別ある決定が下され、〈ドーム〉は破壊されることになった。

ドーム内に閉じこめられたマイク・ヴォーゲル。これはキングの極端なシングルルームのコンセプトだった。

結婚25年にして、妻は夫が連続殺人犯だと知る。

ファミリー・シークレット
A GOOD MARRIAGE (2014)

監督：ピーター・アスキン
脚本：スティーヴン・キング
出演：ジョーン・アレン、アンソニー・ラパリア
形式：劇場用映画（102分）
公開日（米）：2013年10月18日（Screen Media Films）
公開日（日）：劇場未公開・ビデオ発売
原作：『素晴らしき結婚生活』（『ビッグ・ドライバー』収録の中編小説／2010）

幸せな結婚に関するキングのシニカルな考察の原型は現実の生活から得られた。1974年から1991年までのあいだ、デニス・レイダーはカンザス州ウィチタで10人を絞殺し、無署名の手紙を送りつけて警察と報道機関をあざけった。彼の妻は30年間、何ひとつ疑いを抱かずにいた。現実の恐怖に触れたキングは「われわれのうちの何人が見知らぬ者と寝ているのだろう？」と思った。ベッドで隣に寝ている相手について、われわれはどれほどよく知っているのか？

キングが映画のために自作を脚色したのは1989年の『ペット・セメタリー』以来で、本作はまぎれもなく年齢を重ねた作家の作品である。超自然的な要素がなく、キャラクター（しかも初老）が物語を駆動させるが、それでもなお人間の心にある暗い部屋の探求に余念がない。「自分の中にときとして別人がいても、人はいつだってそれを人前で出さない」と彼は感慨深げに言う。「僕は出す。小説を書くときに」。ホラーが彼およびわれわれに提供するのは、そのカタルシスである。連続殺人の抑止装置だ。

スリルよりもニュアンスを大事にしたピーター・アスキン監督の独立プロダクション映画は、アンソニー・ラパリアと特にジョーン・アレンの巧みな演技によって、ブラック・コメディぎりぎりの縁を漂う。妻の視点から（ゼリーで固められた『黙秘』のように）語られ、彼女はそれをフェミニストの寓話として見ている。絶叫マシンにおちいることはない。真相に気づいたことに触れぬまま結婚の儀式を演じるとき、アレン演じる妻ダーシーのほうが殺人犯の夫よりも計り知れないのが皮肉である。いろいろあっても、これは“素晴らしき結婚生活”なのだ。

キングは個人的経験からネタを引き出す。彼の結婚生活は、夫の小説によって自分たちの生活が世間にさらされる構造にタビサ・キングが耐えることで40年以上続いている。ふたりに暗黒の期間があったのはまちがいない。彼はかつて酒飲みでコカイン依存の売れない小説家だった。「しばらくのあいだ予断を許さない生活だった」と彼は認めている。だが、キングは結婚生活を投げ出そうと思ったことはただの1度もない。“タビー”の助言がなければ“地下室で朽ちかけているトランクいっぱいの出版されない小説”を抱えてメイン州のバーで飲んだくれる白髪頭の男になっただろう、と十分に承知しているからだ。

幸せな結婚25周年：ジョーン・アレン演じるダーシーは献身的な夫（アンソニー・ラパリア）が連続殺人鬼の顔を持つことを知る。

現実の恐怖に触れたキングは
「われわれのうちの何人が見知らぬ者と寝ているのだろう？」
と思った。
ベッドで隣に寝ている相手について、
われわれはどれほどよく知っているのか？

「僕は、歯車の狂ってしまったリアルな状況や
語られるべき状況を探すのが好きなんだ」
ジェイソン・ブラム

少年が病身の祖母に悪魔が宿っているのではないかと疑う。

血の儀式
MERCY (2014)

監督：ピーター・コーンウェル
脚本：マット・グリーンバーグ
出演：フランシス・オコナー、シャーリー・ナイト、マーク・デュプラス
形式：劇場用映画（79分）
公開日（米）：2014年10月7日＊DVD premiere
公開日（日）：劇場未公開・ビデオ発売
原作：『おばあちゃん』（『ミルクマン』収録の短編小説／1985）

モダン・ホラーの敏腕プロデューサー、ジェイソン・ブラムが手がけた初のキング映画にもかかわらず、本作は1986年に『新トワイライト・ゾーン』（1985～1989）の1話としてみごとに映像化された初期の短編小説のできの悪いリメイクとなった。競合するホラー映画『MAMA』（2013）と混同される恐れから、題名が『おばあちゃん（Gramma）』から『マーシー（原題）』に変更された。

21世紀の洗練されたロジャー・コーマンともいえるブラムは、『パラノーマル・アクティビティ』（2007～2015）や『フッテージ』（2012,2015）といった低予算・高収益の作品群で名をあげた。「僕は、歯車の狂ってしまったリアルな状況や語られるべき状況を探すのが好きなんだ」と独自のスタイルを語る。

だが悲しいかな、ブラムとピーター・コーンウェル監督は流行り（はや）の悪魔系道具立て（魔法陣が落書きされた薄暗い板張りの家、大量のキャンドル）のほうに力点を移し、最愛のおばあちゃんが正気とともに魂もなくしてしまったのを少年（『ウォーキング・デッド』のチャンドラー・リッグス）が知るというキングの物語から、おとぎ話めいた奇妙な味わいを干上がらせた。

祖母の夫が自分の頭に斧（おの）を振り下ろして自殺する回想場面は際立っていて、妙にぞっとさせる。しかし、映画は編集でずたずたにされた印象で（上映時間はたったの79分）、何ひとつうまく流れず、特にプロットへの影響はひどい。少年が悪魔おばあちゃんと戦う部分はもっとおもしろくなってもよかった。『血の儀式』は大した宣伝もないままDVDスルーとなった。その一方でブラムは『恐怖の四季』に収録されている中編小説『マンハッタンの奇譚（きたん）クラブ』の権利を取得し、映画化を予定している。

悪魔のおばあちゃんという世にも珍しい敵を演じるシャーリー・ナイト。

『血の儀式』は流行の悪魔用具に満ちあふれている。

レイプされて辺鄙な道に放置されたミステリー作家が復讐に向かう。

ビッグ・ドライバー BIG DRIVER (2014)

監督：ミカエル・サロモン
脚本：リチャード・クリスチャン・マシスン
出演：マリア・ベロ、オリンピア・デュカキス、アン・ダウド
形式：TV映画（87分）
放映日（米）：2014年10月18日（Lifetime Television）
公開日（日）：劇場未公開・ビデオ発売
原作：『ビッグ・ドライバー』（『ビッグ・ドライバー』収録の中編小説／2010）

コージー・ミステリーによって名声を得た作家を演じるマリア・ベル。

この緊迫したスリラーは、メイル・ザルチ監督が1978年に作った刺激的なレイプ復讐スプラッター『悪魔のえじき』（キングもファン）を想起させる。もっともライフタイム・チャンネルのために血しぶきをだいぶ薄めてはいるが。とはいえ、本作はキング原作映画の神話空間では珍しく、リアリズムのウィスキー・ショットである。

2010年出版の中編集『Full Dark, No Stars』（日本では『１９２２』、『ビッグ・ドライバー』の２分冊で刊行。収録作の『素晴らしき結婚生活』と『１９２２』もテレビ映画化された）において、キングは「読者に感情的で本能的ですらある反応を起こさせたい」と望んだ。ミカエル・サロモン監督（『死霊伝説 セーラムズ・ロット』）は彼の言葉をそのまま実行した。評価は賛否両論。挑発的な内容を賞賛する者もあれば、これは搾取だと非難する者もいた。

マリア・ベロはプロフェッショナルで魅力的で自信に満ちあふれ、そして少しうぬぼれた作家（キングの描くアメリカで最も餌食になりやすい職種）を演じる。彼女はほのぼのとしたコージー・ミステリー〈編み物クラブ〉シリーズによって名声と富、そして地味な女性読者たちの支持を得ている。朗読会のあと、近道を通って帰ることを勧められた彼女は、計画されていた罠にはまり、どぎつい描写でレイプされる。『ショーシャンクの空に』では、フランク・ダラボン監督は男性どうしのレイプ場面から慎重に目をそらしていた。

タフなベロは、キングからあまりよい扱いを受けていない。初めて出演したキング映画『シークレット ウインドウ』では、頭にスコップを食らった。

リチャード・クリスチャン・マシスンの脚本は、フェミニストの自由主義から狂った母性愛まで、女性の相反する動機の渦を作ってみせる一方、男性たちはただの悪党にすぎない。アン・ダウド（『ハンドメイズ・テイル／侍女の物語』）の役はすばらしい。図書館員が悪だとわかるとは、いったいどんな世界なのだ？

本作はひねりをきかせた『ミザリー』（ファンの花束に隠された剃刀）であり、加害者を攻撃する助けとして作家が自分の想像力に深く入りこみ、オリンピア・デュカキスの姿をした自作の登場人物と会話をする。

は『スター・ウォーズ』監督とミニシリーズを製作することに同意した。

その数週間後、エイブラムスが電話した。デジタルメディア〈ヴァイス〉に載ったフランコの熱烈な小説評を読み、彼が主役に興味を持っているかもしれないと思ったのだ。フランコは、ほとんどフィリップ・K・ディック的な苦境に巻きこまれた現代人ジェイク・エピングをとても好感の持てるきまじめさで演じた。ここでは、主人公こそが超自然的なよそ者で、現状を混乱させる。ジェイクは成功しなかった小説家、すなわち別のタイムラインのキングでもある。すばらしい助演陣は、図書館司書で恋愛対象でもあるセイディー役にサラ・ガドン、相棒ビル役にジョージ・マッケイ（物語をジェイクの頭の中から外に出すために原作から大幅に変更）、そわそわとやる気満々だが気まぐれなオズワルド（歴史的正確さを強いられて書かれている）役にダニエル・ウェバー。

「テレビの長時間形式は19世紀の小説によく似ている」と、テレビ界で新たな"黄金時代"を迎えた原作者は賞賛する。とはいえ、映画クオリティの全8話をもってしても原作の大幅な削除を必要とし、ジェイクは『IT』の子どもたちと遭遇しない。「それは物語を前に進ませなかったの」と、長年キングのファンである脚本家ブリジット・カーペンター（『プライド 栄光への絆（きずな）』）は説明する。

撮影は手間がかかった。セットは一分の隙もなく飾らねばならなかった。キングは執筆中、自分を60年代の記憶の中に送り返しており、レンズと色調を変えることで意図的に過去のほうを魅力的にした。必要によって、物語はキングの小さな町の心地よい領域からダラスへと飛び出す。ストーン監督が1990年におこなったように、製作陣はダラスのディーリー・プラザで車のパレードを再現し、町にとっては繰り返される悪夢にも感じられる歴史の足跡の中で1週間撮影した。また60年代前半からほぼ変わっていないニーリー通りにあるオズワルドの実家の裏庭さえ使用し、亡霊たちとダンスをした。

キングは単独犯説にこだわっているが、プロットには陰謀がちりばめられ、カーペンターはそれを機能させるよう努めた。しかし、ストーンの描いた陰謀による一斉射撃とは異なり、ここで重要なのはオズワルドが単独行動だったかどうかではなく、彼を止めることで未来にどのような影響があらわれるかだ。それは過去を手放すこと。もしくは〈ニューヨーク・タイムズ〉紙から引用すれば、「記憶、愛、喪失、自由意思、必然性について熟考すること」である。

ジェイクは時間に干渉すると代償をともなうことを知る。そこには宇宙の意図が働いている。「それはとても人間的で……しつこくつきまとうの」とカーペンターは語る。彼女は年老いたセイディー役にエヴァ・マリー・セイントを配してヒッチコック的なスリルを加えたいと望んだが、本人から丁重に断られた。誰ひとりサイエンス・フィクションについて語らなかった。実はこの映像化作品は第一にメランコリックなロマンスなのだ。ＪＦＫを救うことはサブプロットにすぎない。「私たちはある意味、ラヴストーリーが物語の隠れた心臓だとわかっていたわ」とカーペンターは明かす。「すごいネタバレよ」

最大限にリアリズムを追求したダラスのロケーション撮影。

歴史の書き換え：使命を帯びた男（ジェームズ・フランコ）と、彼に協力する頼りない相棒ビル（ジョージ・マッケイ）。

善と悪の戦いが異世界から現代のニューヨークにあふれ出る。

ダークタワー
THE DARK TOWER (2017)

監督：ニコライ・アーセル
脚本：アキヴァ・ゴールズマン、ジェフ・ピンクナー、アナス・トマス・イェンセン、ニコライ・アーセル
出演：イドリス・エルバ、マシュー・マコノヒー、トム・テイラー
形式：劇場用映画（95分）
公開日（米）：2017年8月4日（Columbia Pictures）
公開日（日）：2018年1月27日（ソニー・ピクチャーズ エンタテインメント）
原作：『ダークタワー』サーガ（長編小説／1982〜2004）

『ダークタワー』サーガは計り知れない可能性を秘めている。このファンタジー大作はキングの聖典であると同時に、彼の大半の作品とつながる索引を兼ね、読む者を圧倒する全８冊で構成されている。キングの多元宇宙のバイユー・タペストリーであり、広大な視野を有し、ダイナミックなアクションとロブスターの化け物が満載。ピーター・ジャクソン監督の『ロード・オブ・ザ・リング』３部作（2001,2002,2003）が記録的な興行収益を上げたことを考えれば、商業的なポテンシャルはまちがいなく高い。

1970年、まだメイン州オロノのアンドロスコギン川に近いキャビンで暮らす大学４年生だったキングは、冒頭の１行をタイプして壮大な旅に最初の１歩を踏み出した。“黒衣の男は砂漠の彼方へ逃げ去り、そのあとをガンスリンガーが追っていた”。物語の設定トーンは“セルジオ・レオーネ監督による『指輪物語』”だが、彼は危険を覚悟で創作のキャンプファイアに、『ギルガメシュ叙事詩』、ホメロスの『オデュッセイア』、『アエネーイス』、『ベーオウルフ』、『妖精の女王』、『失楽園』、ロバート・ブラウニングの詩、『デューン／砂の惑星』、マーベル・コミック、ＤＣコミックスをくべるつもりだった。

物語は基本的に、主人公のガンスリンガー、ローランド・デスチェインが森羅万象の中心である〈暗黒の塔〉を探して滅びつつある惑星を旅するさまを描いていく。彼は脇目も振らずに黒衣の男を追う。そこにはキーストーン・アース（われわれの世界）への出入口が存在し、キングの他の作品と無数のつながりを持っている。つまり、キングのイマジネーションの中を通り抜けるロードマップのようなものだ。

「これは他の作品とだいぶ異なっている」と彼は認める。「実際、第１巻ではわれわれの世界との接触がいっさいない」。昔からの読者はこの小説にほとんど魅力を感じないだろうと、彼は確信していた。だが、それはまちがいだった。キングはファンレターに返事を書く手間から解放されるために、３人の女性を雇うはめになった。「それなのに、彼女たちときたら『ダークタワー』への手紙をすべて僕のデスクに置くんだ」。ファンたちはすっかりとりこになっていた。

映画化をもくろむ人びとにとって大きな問題は、これほどの野獣をいかに手なずけるかだった。ハリウッドはキングの作品を“現実社会に組みこまれたホラー”と理解していたが、この作品はその認識にまったく当てはまらない。

『LOST』のJ・J・エイブラムスとデイモン・リンデロフがキングとの共同作業を模索したものの、（おそらく島のドラマの結末に対する否定的評価で消耗して）手を引く。そこで脚本家のアキヴァ・ゴールズマン（『アイ，ロボット』）とロン・ハワード監督が冒険の旅に着手しようと“共謀を開始”した。全巻を再読したゴールズマンは怖じ気づいた。スケールが大きいだけでなく、各巻にそれぞれ別個のスタイルが

暗黒の時代：ローランド・デスチェイン（イドリス・エルバ）は黒衣の男（マシュー・マコノヒー）と対決する

キングの大いなる野望は、セルジオ・レオーネ監督の西部劇とトールキンをミックスすることだった――が、そのような野獣をスクリーン上でどのように手なずければいい？

キングは冒頭の1行をタイプして
壮大な旅に最初の1歩を踏み出した。
“黒衣の男は砂漠の彼方へ逃げ去り、
そのあとをガンスリンガーが追っていた”。
物語の設定トーンは
“セルジオ・レオーネ監督による
『指輪物語』”だ。

あるのだ。たとえば、第Ⅳ部『魔道師と水晶球』は『ロミオとジュリエット』、第Ⅴ部『カーラの狼』は徹底した西部劇というように。プロットは風に吹き散らされている。

ゴールズマンは笑う。「ロンは私を見て言った。『ごちゃ混ぜにしたらどうだろう？ 第Ⅲ部から始めて、そこから前に戻る。ただし、そっちはテレビでやろう』」

彼らはテレビと映画を往来する前例のないダンスを思い描いた。その案は初心者には筋が通っているように思われたが、スタジオはまったく理解を示さなかった。ハワードは引き下がり、望んでいたR指定のヴァイオレンスを断念。野望は妥協を余儀なくされた。企画はピンボール台であちこち弾かれた末に外にこぼれ落ち、最初の予想どおり混乱の中におちいった。

最終的に企画はデンマークの監督ニコライ・アーセル（『ロイヤル・アフェア 愛と欲望の王宮』）に転がりこみ、彼はできあがった映画を“準・続編”と呼んだ。それは小説の脚色というよりも、小説から仮定されるできごとを描いていた。舞台の半分は神話的な〈中間世界〉（ロケ地は南アフリカ）、もう半分はニューヨークに設定され、そこでローランドはサイキック能力のある少年を仲間にするが、異種ジャンルの“エントの寄り合い”（『指輪物語』に登場するエント族の集会）になる予定が『クロコダイル・ダンディー』（1986）になってしまった。

映画の最終形をめぐってスタジオとプロデューサーと監督が争った編集のカオスは、事態の混乱などという表現では言いつくせない。ローランド役の英国人俳優イドリス・エルバは驚くほど画期的な起用で、キングも心から賛成した。本の表紙に描かれたローランドはクリント・イーストウッドをひな形にしている。エルバはそれにしたがって小声でぶつぶつ話すが、ミステリアスと不機嫌を取り違えている。逆にステットソン・ハットをかぶらないことは議論を呼んだ。キングは、主人公が帽子をかぶっている西部劇はヒットしないと言われたらしい。敵役のマシュー・マコノヒーはどこまでも狡猾で、ヘビのように触手を伸ばす。イースター・エッグ――ペニーワイズの風船、“バーロー&ストレイカー”の看板などなど――がいくつも隠されているのだが、形ばかりに感じられる。

批評家は上空をハゲタカのように旋回した。「自分が理想の家を建てていると想像してみてほしい」と〈スレート〉誌のサム・アダムスが嘆息する。「何年もかけて構造を思い描き、最高の材料を調達し、しばらくはうまくいっているように思える。そうしたらある日、これ以上資金がないと誰かから告げられるのだ」

キング復興期のまっただ中だが、彼の映画なら必ず成功するとは限らない。『ゲーム・オブ・スローンズ』（2011〜2019）や『ウエストワールド』（2016〜）のように複数のシーズンを通じたプロットの大幅な成長を許容されているテレビ界こそ、『ダークタワー』にはふさわしいようだ。キングはそれが新たなプランだと認めている。「完全リブートのような形になるだろう」。再びブート（非難）されなければよいが。

1989年、〈ルーザーズ・クラブ〉の子どもたちは
デリーの町に出没する残虐な道化師ペニーワイズに立ち向かう。

IT
／イット“それ”が見えたら、終わり。
IT: CHAPTER ONE (2017)

監督：アンディ・ムスキエティ
脚本：チェイス・パーマー、キャリー・ジョージ・フクナガ、ゲイリー・ドーベルマン
出演：ビル・スカルスガルド、ジェイデン・リーバハー、ソフィア・リリス、フィン・ヴォルフハルト、チョーズン・ジェイコブス
形式：劇場用映画（135分）
公開日（米）：2017年9月8日（New Line Cinema）
公開日（日）：2017年11月3日（ワーナー・ブラザース）
原作：『IT』（長編小説／1986）

異変が始まったのは2016年8月、サウスカロライナ州グリーンヴィル郊外の森に道化師たちがひそんでいると報告されたときからだ。しかも、愛嬌のあるタイプではなく、青白い顔と真っ赤な唇を持つ不気味なピエロたちが。彼らは気味の悪い声をたてながら、緑色のレーザーを振っていた（緑色はキングの世界で悪のシンボルカラー）。あらゆる種類の笑えない道化師（ピエロ、ジェスター、ハーレキン、ジョーカー）の目撃情報は、ウィルスのようにフロリダ、アイダホ、ハワイ、コロラド、メインの各州へ拡大した。さらに英国、フランス、ドイツ、ブラジル、ニュージーランドなどの国々にも。彼らは暴力的な輩ではない。偽の殺人ピエロ——ある種の生けるミームだ。その目的はまったく不明。しかし、オタク層のあいだでは有名だった。悪魔の道化師ペニーワイズが主役を務めるキングの最高傑作『IT』のリメイクが密かに進行中であると。

この道化師騒動を見て、ワーナー・ブラザースは貪欲そうに両手をこすり合わせたにちがいない。この手の宣伝は金で買うことができない（彼らが金を出していないとしてだが）。メタ的な薄気味悪さをこのまま持続させようと、スタジオは映画館チェーンを説得して客席の最後列に赤い風船を１個だけくくりつけてもらった。映画を見に来た客はスクリーンを観ることに加え、ただ確認するためにちらっと振り返った。

実際、何かが起きていた。費用をかけた宣伝よりもずっと大きな何かが。キングと彼の最も有名な小説『IT』は、すでに時代精神の一部になっていた。１年後、新しい『IT』映画の第１部は、それまでのキング原作ものと比較にならない爆発力を見せ、全世界で７億ドルの興行収入をたたき出した。まさに文化的一大イベントだった。

この２年前に『スター・ウォーズ』新シリーズを監督したJ・J・エイブラムスは明確に述べている。「彼はますますリスペクトされており、この国で最も偉大な作家のひとりになるだろう」

いよいよ70歳の坂を越え、キングは古典となった。彼の闇に包まれたメイン州は、チャールズ・ディケンズのロンドンやマーク・トウェインのミシシッピ川に相当する。キャリアにおいて、ブライアン・デ・パルマ、スタンリー・キューブリック、デイヴィッド・クローネンバーグといった監督たちによって通俗的な材料が傑作に高められたと見られていた初期の映画化ブーム以来、スタジオがこれほどの洗練と予算をもってキング原作の映画を製作したことはなかった。

アンディ・ムスキエティ監督：成長してキングの小説を映画化したキング読者世代のひとり。

すぐれた監督たちがキングの小説を深く考えるに値しないと見なし、気まぐれに映画化していた時代は過ぎ去った。キングはいつもそこに存在したが、B級映画の地位に格下げされていた。例外はロブ・ライナー監督とフランク・ダラボン監督のみ。評価の高いふたりの映画化作品では、超自然の要素が（ほぼ）埋没している。

だが今や、日常的にキングを読んできた世代が成長し、彼の本との出会いをきっかけに脚本家や監督やスタジオの重役になってきている。彼らは尊敬と畏怖の念を持ってキングにアプローチする。『ジェラルドのゲーム』と『ドクター・スリープ』の監督であるマイク・フラナガンは言う。「キングを読んでおとなになった者は、彼の作品から得た体験を守りたいと願うんだ」

評論家アンソニー・ブレズニカンが語っている。「キングはまさに尊敬の的であり、そこに郷愁が拍車をかけている」。『IT』はキング作品の中のキング。すばらしい郷愁の拍車がかかった物語である。

1990年のミニシリーズがカルト化していく中、『IT』のリメイク企画はしばらくスタジオの予定表に載っていた。だが、彼らはそこから7年も要すると予想していなかった。2014年、元プロ・スノーボーダーのキャリー・ジョージ・フクナガが『IT』リメイク版の脚本・監督を担当すると発表された。リメイクというより、小説の再脚色と言ったほうが正確だろう。フクナガの起用は、おそらく『TRUE DETECTIVE／二人の刑事』シーズン1（2014）における南部ゴシックのニュアンスとキング・スタイルのフラッシュバックが評価されたのだと考えられた。

英国人俳優ウィル・ポールターをペニーワイズ役に迎え、プリプロダクションがかなり進んだところで、フクナガは突然プロジェクトを離れた。ポールターも彼とともに去り、企画はふりだしに戻る。フクナガ側によると、彼の中で自分と対立する勢力があるという認識が高まっていたという（彼は『TRUE DETECTIVE』においても手のこんだショットをめぐり製作側と衝突した）。「僕をコントロールできないという恐れがスタジオ側にあったと思う」と彼は語る。「僕は完璧な協力者になれたのに。ばかげた話だよ」。彼がキューブリック版『シャイニング』の冷ややかさを目指したがったという噂もある（それが事実なら、キングは頭に来たかもしれない）。

異変が始まったのは2016年8月、
サウスカロライナ州グリーンヴィル郊外の森に
道化師たちがひそんでいると報告されたときからだ。
しかも、愛嬌のあるタイプではなく、
青白い顔と真っ赤な唇を持つ不気味なピエロたちが。

フクナガが脚本家としてクレジットされ続ける中、キングの申し子たちは彼の宇宙の聖杯の水をめぐって争奪戦を繰り広げた。『IT』はみずからの子どもたちに呼びかけていた。ザ・ダファー・ブラザーズはあまりに経験が浅いと見なされたが、『ストレンジャー・シングス 未知の世界』（2016〜）は〈ルーザーズ・クラブ〉会員の資格が十分にある。彼らの画期的なテレビ番組は、地下の怪異と対決する郊外のオタク集団と『IT』をリミックスしただけでなく、おしゃべりなリッチー役にキャスティングされるフィン・ヴォルフハルトも出演していた。

続いて権利を主張したのは、セイラム出身者でもあるフラナガンだ。その嘆願はスタジオに無視されたが、彼はネットフリックスで『ジェラルドのゲーム』をシャープなテレビ映画に仕立て、『シャイニング』の続編『ドクター・スリープ』を手がける栄誉を得た。キングはハリウッドの下水道の中を走り抜け、確実に戻ってきた。2017年の『IT／イット“それ”が見えたら、終わり。』公開がミニシリーズからまさしく27年周期でめぐってきたことに、誰か気づいただろうか？

監督の座を勝ち取ったのは、ほとんど実績のない名前だった。ギレルモ・デル・トロによって見いだされたアルゼンチン出身のアンディ・ムスキエティは、見捨てられた子どもたちと霊的な母親を描いたゴシック・ホラー映画『MAMA』（2013）1本しか作っていなかった。彼がプロジェクトに招かれたのは、物質転送をテーマにキングが1981年に書いた短編小説『ジョウント』を映像化しようと考えていた矢先だった。“姿を変えること”について詳細に話してワーナーに強い印象を与えたムスキエティは、フクナガの脚本に沿いつつ、物語を子ども時代とおとな時代の2本の映画に分割した。もうひとつの重要な変更は、1958年というキングの時代設定を1989年に移したこと。それは次世代のキングの申し子たちの幼少期と重なる。

2016年の夏いっぱいをかけた撮影はデリーの町に見立てた新緑のカナダ・オンタリオ州でおこなわれ、キングの原作から30年後に時代設定したにもかかわらず、そうは見えなかった。デリーは気味の悪い絵本じみた惰性の中に閉じこめられた感じを失わずにいた。ドームにおおわれていたも同然だ。

しかしこれは、監督がインスタグラムに撮影現場の写真を上げて期待をあおるような新時代の映画製作である。そのやり方をキューブリックに提案することを想像してみてほしい。『IT／イット“それ”が見えたら、終わり。』は共有体験――アメリカで最も愛された作家の共同体的抱擁――のオーラを放ち、いやが上にも期待が高まった。

キングの作品群の中で、これほど明確な善と悪の戦いはない。ここには彼の二元論的世界観――青ざめ動揺するはみ出し者たちvsサイコな道化師――がこだましている。成功の鍵は、完璧な道化師を見つけられるかどうかだった。ヒューゴ・ウィーヴィングはあと1歩だった（脅威を感じさせるが、うすら笑いの狂気が足りない）。巷（ちまた）ではジョニー・デップやティルダ・スウィントンの名前が挙がったが、ムスキエティはもっと若手の起用を望んだ。決定はとてもあっさりしたものだった。ビル・スカルスガルドがオーディションにやってきたとき、監督は心底ぞっとした。「彼はあの目を持っている。あれほど恐ろしいものはない」

スカルスガルドは恐れ知らずだった。他の俳優だったらティム・カリーが自分のものにした

ピエロを恐れるおしゃべり少年リッチー・トージア役のフィン・ヴォルフハルト。

ビル・スカルスガルドは、大いに愛され大いに恐れられたティム・カリー版ペニーワイズの後任という難題を引き受けた。

ルーザーズの団結：ビル（ジェイデン・リーバハー）、リッチー（ヴォルフハルト）、エディ（ジャック・ディラン・グレイザー）が、自分たちにしか見えない幽霊屋敷を探索する。

役に取り組むのに二の足を踏んだかもしれないが、彼はためらわなかった。「とにかくやってみよう」と彼は監督に告げた。

彼は、その役がいかに俳優の本能に逆行するかを理解した。ペニーワイズには人間味がまったくない。まず、あらゆる感情の痕跡をはぎ取らねばならなかった。共感がなく、真価を認められない心もない。「それはソシオパスさえも超越しているんだ」と彼は説明する。ペニーワイズは実際には道化師ですらない。"それ"が魔法のように呼び出す雑多な存在のひとつにすぎないのだ。彼は地下のレベルで異界のものと通じている。

カリーがイカれたサーカスの道化師を造形したのに対し、スカルスガルドのペニーワイズの姿は中世、ルネッサンス、エリザベス時代、ヴィクトリア時代の歴史的な標準形を統合してより合わせたものだ。別の日には気取ったり女性的な場合もあり、優美なひだ襟や、ゆったりと大きな袖にカフス、プールポワンの上衣、スカート、パンタローネを身に着けているかもしれない。だが、長くてぶらぶらする手足、張り出した腹部、赤毛とオレンジ色の瞳で際立つ白くて膨張した頭部というデザインは、どこか蜘蛛(ぐも)を連想させ、人形のようでもある。身の毛がよだつ白い陶器の蜘蛛だ。ムスキエティは彼のことを"気味の悪い赤ん坊"と呼んだ。

頭部を激しく揺らしながらすばやく移動するペニーワイズの不穏な身のこなしは、(少しやりすぎ感のある)ＣＧで強調されている。観客は純粋で病的なカリーの演技が恋しくなるかもしれない。しかし、スカルスガルドが役柄に専念していることに疑いの余地はない。彼はクローズアップで本領を発揮する。ニヤニヤ笑いのまま固定された唇、まばたきひとつしないゴルフボール大の目。その声は、いつも何かを味わっているかのように水気の多い響きをもたらす。

『IT／イット"それ"が見えたら、終わり。』の基本テーマは恐怖である。それに応じて、映画はキングの手法全体――文字どおり血管（下水道）の中を恐怖が流れている町――の比喩として機能する。われわれ自身の想像力が戦慄を増幅させ、恐怖は映画館の通路や地元の森に流れ出した。

小説では、"それ"が"マクロヴァース"と呼ばれる次元から来た生命体で、『ザ・スタンド』

「彼はますますリスペクトされており、この国で最も偉大な作家のひとりになるだろう」

J・J・エイブラムス

のランドール・フラッグのごとく二元論的な相手“亀”と対立していることがわかる。そして、背景にはまた別の“他者”が存在する。われわれはそれを、スティーヴン・キングと呼ばれる創造主と解釈できるかもしれない。それゆえ、『IT／イット“それ”が見えたら、終わり。』は、苦境におちいった『ダークタワー』よりも“結合”映画としていっそうすぐれている。配管が蛇口の下でひとつになるように、キングの全小説がここで合流する。

ムスキエティの美しく作りこまれた映画の終盤には、すばらしいアイディアの数々が浮かび上がる。安っぽいショック・シーンや扇情的な流血場面については弱点があるにもかかわらず、彼は子ども時代の絆をみごとに描き出した。「これはホラー映画だ」と彼は2017年のコミコンで聴衆に語った。「でも、単にそれだけじゃない」

キングが主張するように、すぐれたホラー物語というのはもっぱらすぐれた登場人物に依存している。「読者はモンスターにおびえるんじゃない」と彼はお気に入りの格言を述べる。「その人たちのために恐れを抱くんだ」

初期の超自然的な作品の総決算として書かれたこの小説において、〈ルーザーズ・クラブ〉は彼の数多い成熟物語のまさに成熟の証(あかし)だった。『キャリー』、『ファイアスターター』、『人狼の四季』、『アトランティスのこころ』、『アンダー・ザ・ドーム』にちりばめられた、おとぎ話のような通過儀礼。キングの子どもたちはグリム兄弟らによって置かれたパンくずをたどり、啓示を伝えてきた。ムスキエティの映画に最も影響を与えたのは、明らかに『スタンド・バイ・ミー』、子どもたちの成長映画である。

映画のキャスティングにおいて、〈ルーザーズ・クラブ〉になる子たちが部屋に入ってきたとたん、ムスキエティはこの子だとわかったという。この陽の当たらない反ディズニー的な子どもたちの集団――ビル・デンブロウ役のジェイデン・リーバハーとベヴァリー・マーシュ役のソフィア・リリスに率いられる――は、全員がそれぞれ自分に最もふさわしい手荷物を持ってきた。プロデューサーのひとり、バルバラ・ムスキエティは回想する。「俳優であることを別にしても、みんなすばらしい子たちだったわ」。撮影を離れても、彼らはサイクリングをし、ハイキングをし、遠出して泳いだ。誰もが一生忘れないような思い出だ。

『スタンド・バイ・ミー』のゴーディたちとは異なるが、『アトランティスのこころ』のボビーや『ダークタワー』のジェイクのように、超自然現象との遭遇がきっかけとなって彼らの純真さは失われていく。〈ルーザーズ・クラブ〉の各メンバーは、個人的な恐怖の対象が顕在化したものに直面することになる。ベヴァリーの血まみれのバスルームは、『キャリー』の血の苦しみを意図的に再生している。

ホラー作家仲間のクライヴ・バーカーはこう書いている。キングの中で、必要な生き残りスキルや“おとなにはめったにない感受性の水準”を示すのは子どもである、と。彼らは目に見える“かがやき”を発揮しないかもしれない（とはいえ、彼らの絆にはサイキックな痕跡がある）が、“それ”の波長に敏感に反応するのは〈ルーザーズ〉しかいない。彼らは言わば、そのための想像力を持っているのだ。

われわれはいかに子ども時代を忘れてしまったことか、とキングは嘆く。色彩はもっと鮮やかで、日はずっと長く、空はいっそう広かった。「子どもたちはショックの連続の中で生きている。見るのも聞くものすべてがきわめて新鮮かつ強烈なので、それはそれは恐ろしいはずだ」。子どもはおとなにはできない方法で現実を吸収できる。知覚のトンネルがより広い。通りで車にはねられた人を見つけた子どもは、助けを呼ぶ前に現場に近づいて死体をひと目見るだろう。

『スタンド・バイ・ミー』に対する崇拝ほどではないにせよ、本作は好意的な批評を集め、その行く手をふさぐものは何もない。『キャリー』から40年あまり、キングはハリウッドで最もホットな作家となった。

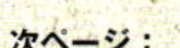

次ページ：
再構築されたペニーワイズは、サーカスの道化師というよりハーレキンに近い。ムスキエティは彼を“気味の悪い赤ん坊”と見なした。

またもや……説明もなしに死の霧が小さな町を襲う。

ザ・ミスト
THE MIST (2017)

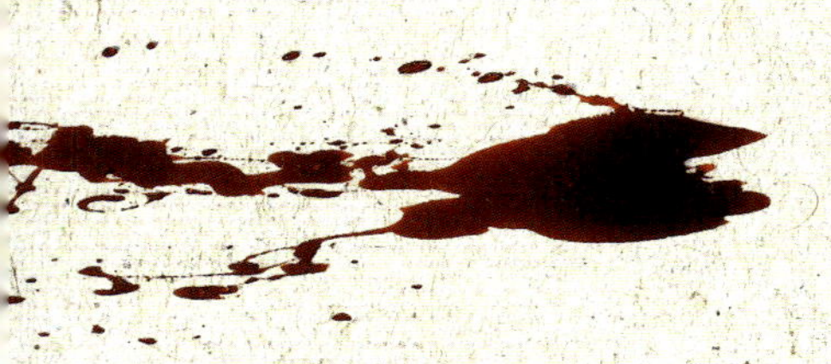

指揮：クリスチャン・トープ
脚本：クリスチャン・トープ、他
出演：アリッサ・サザーランド、モーガン・スペクター、オケジー・モロ、フランセス・コンロイ
形式：TVミニシリーズ［全10話］
放映日（米）：2017年6月22日～8月24日（Spike）
放映日（日）：2017年（NETFLIX）
原作：『霧』（『骸骨乗組員』収録の中編小説／1985）

信用できない保安官コナー・ヘイゼル役のダーレン・ペティー。

キングの局所的大惨事を触手と狂信で描いたフランク・ダラボン監督の映画から10年、スパイクTVは同作のテレビドラマ化を発表した。メイン州“ブリッジヴィル”に見立てたカナダ・ノヴァスコシア州ハリファックスの美しい風景の中で、デンマーク人脚本家クリスチャン・トープ（『ＲＩＴＡ リタ』）がより陰影に富んだ聖書レベルの破滅を追求することになった。

「これは恐怖によって正しい判断ができなくなる物語で、僕はきわめてタイムリーだと感じている」。トープはそう語り、続編ではなくキングの短編小説の新たな解釈として取り組んだ。「それはオリジナル素材の奇妙でひねくれたいとこみたいなものだ」

基本設定はほぼ同じだが、原作から逸脱する点や登場人物たちの辛辣さはダラボンが企画した『ウォーキング・デッド』（2010～）に近い。ドラマは同じ視聴者をターゲットにしており、オケジー・モロ演じる兵士が山の斜面で目覚めるとコットンのような霧が大地の上を流れているが、彼は自分が何者なのか、どうやってそこにたどり着いたのか、思い出せない。軍の陰謀の準備は万端だ。

謎の霧が町を襲うとき、霧の中には恐ろしい亡霊が隠れ、どぎつい殺人が次々におこなわれているが、ごくふつうの住人たちは象徴的にショッピングモールと教会に分かれ、文明のベールをどうにか維持しようとする。『死霊伝説』から『アンダー・ザ・ドーム』まで、脅威にさらされた社会の概観だ。

登場人物と彼らの不満にエンジンがかかるまで時間がかかるものの、トープは勇敢にもダラボンの脚本から離脱を試みる。まるでおとぎ話のように霧は現実をゆがめ、政治的メタファーがより強烈になっていく。これが母なる大地からの報復だと確信するフランセス・コンロイら狂信者について、巧みな逆転もある。単にラヴクラフト的な手足を持つ突然変異の昆虫を登場させるのではなく、犠牲者の身体から蝶（ちょう）の羽が生える。まさしく実存的である。

だが、トープが彼自身の霧を垂れこめさせると、プロットのあらゆるひねりが急速にソシオパスめいてしまう。興味深いキャラクターが正気でない人物として片づけられ、謎は陳腐なものに堕し、ダラボン版よりも殺伐とさせようという退屈な試みへと転落していく。おそらくトープはシーズン１後の打ち切りを予見しただろう。視聴率は地平線並みに起伏がなかった。

左：
ダラボン監督の映画同様、霧の中に怪物がいる中でどうにか文明を維持しようという奮闘が描かれる。

下：
アリッサ・サザーランド演じるイヴ・コープランドが外部だけでなく内部からの脅威を疑う。

人里離れた別荘でセックス・プレイ中にジェラルドが死亡し、
妻ジェシーはベッドに手錠でつながれたまま残される。

ジェラルドのゲーム
GERALD'S GAME (2017)

監督：マイク・フラナガン
脚本：ジェフ・ハワード、マイク・フラナガン
出演：カーラ・グギノ、ブルース・グリーンウッド、ヘンリー・トーマス
形式：配信映画（103分）
公開日（米）：2017年9月29日（NETFLIX）
公開日（日）：2017年（NETFLIX）
原作：『ジェラルドのゲーム』（長編小説／1992）

マイク・フラナガン監督の巧みな演出が光る『ジェラルドのゲーム』は、ネットフリックスのために製作された。ストリーミング大手は、頭の固いスタジオには理解できない種類の映像作品の発信源になってきている。

ジェシー（彼女の不安がカーラ・グギノの顔に刻みこまれている）と年上の夫ジェラルド（ブルース・グリーンウッドの趣味は虐待に近い）は、停滞した結婚生活に刺激を与えようと、メイン州（当然）の人里離れた湖畔の別荘を訪れる。ジェラルドがレイプ幻想のプレイを望み、ジェシーはしかたなくつき合う。ふたりのあいだにはすでに緊張した空気が漂っている。

ここで予想外の展開。ジェラルドが急に倒れて死んでしまい、ジェシーはベッドのヘッドボードに手錠につながれたまま放置される。助けを求めることができず、彼女は夫とは別種の捕食者にとって獲物と化す。プロットは基本的に、ベッドで身動きの取れない下着姿の女性ひとりに集約される。バッテリーが切れつつある携帯電話も加え、きわめて現代的に感じられるが、これはあらゆる点でキングの物語に適した独房である。『ミザリー』で自分に課した厳重な物理的制限を再現しつつ、キングはもう１段階先に進む。「『ジェラルドのゲーム』はある種、トリックに対するトリックなんだ」と彼は楽しそうに語る。部屋の中で自分自身と格闘するひとりの人物。３部作の３冊目は『ソファ』と呼ばれるだろう、と彼は冗談を飛ばす。（本当にそう考えている疑いもあるが）。

別荘の外には野犬がいて、それに対処しなくてはならない。内輪受けジョークがちりばめられた脚本では、ジェラルドが『クジョー』を引き合いに出す。結局、野犬はジェラルドの遺体を食らい、哀れな男は題名どおりにゲーム（獲物）となってしまう。

ジェシーが自由を得る方法にも問題がある。手錠からの脱出戦略は血まみれ濃度が高い。割れたグラスの破片を利用し、グギノの言葉を借りれば、"手袋を剝がす" 実例を見せつける。オースティンのファンタジー・フェストでプレミア試写が開かれた際、おとなの男性客が映画館で気を失った。フラナガンはそれを生涯最良の評価と受け取った。

「手錠をはめられた女性ほど条件にぴったりなものはないだろう?」
スティーヴン・キング

ジェラルド（ブルース・グリーンウッド）が妻ジェシー（カーラ・グギノ）に対してゆがんだゲームを始める

フラナガンのすばらしいひらめきは、拘束の解けたもうひとりのジェシーと魔法のように蘇生したジェラルドを加えた３人で議論するという幻覚を作り出し、ジェシーの苦痛を彼女の頭の中から部屋に引っぱり出したこと。これはもうゴースト・ストーリーと言えるだろう。

「僕にとって、あれはすべてをひっくり返すようなものだった」とフラナガンは語る。倒れていたジェラルドが床から起き上がるイメージは、先行きをまったくわからなくさせた。映画の核心はジェシーが自分自身と交わす会話であり、それはグギノとグリーンウッドのひとり２役によって巧妙に表現された。

脱水症状による妄想がジェシーの頭の中を駆けめぐるとはいえ、これは超自然的モードではないキングである。この映画は『ミザリー』（ベッドに縛られる被害者）の精神的苦痛と『シークレット ウインドウ』（想像上の訪問者）の中間に位置する。だが、最も強く結びついているのは『黙秘』である。キング・マニアのフラナガンは、自分の映画が1995年のキャシー・ベイツのショック映画に直結するものだとわかっていた。ジェシー

物語をジェシーの頭の中から取り出すみごとな脚色：死んだジェラルドともうひとりの自分が姿をあらわして本人と会話する。

の少女時代の記憶にオレンジ色の光を投げかける皆既日食は、ドロレス・クレイボーンが夫の殺害を決意するときの日食と同じものである。

ジェシーは身体的脱出の前に、信頼していたもうひとりの男性――父親――から受けた性的虐待の埋もれた記憶を追い払わねばならない。ジェシーは比喩的にも文字どおりの意味でも囚われている。過去に囚われ、そして最近まで結婚に囚われていた。

ふたりの傑出した演技によって、これは男と女の性的な原動力に関する熾烈な審問となる。「手錠をはめられた女性ほど条件にぴったりなものはないだろう？」とキングは言う。おそらく映画の中で最も恐ろしいのは、ジェラルドが何を考えているのかわからない点だろう。

否定的な側面もある。フラナガンは小説の問題ある結末をそのまま採用した。ジェシーが苦境から抜け出す方法を見いだしたとたん、映画は勢いを失う。彼女は月明かりの中で死神が異形の男として部屋を訪れる幻覚を見たが、キングの長いエピローグにおいて、実は彼が本物の連続殺人犯で彼女のことを自分の妄想だと思ったことが明かされる。

「彼女が対処した男性の異常性をすべて物理的に具体化し、彼女に直面させる必要があると考えたんだ」と、フラナガンはそれが二極化を招くと承知しつつ言う。

キング映画としては珍しく、この作品には過剰な説明という欠点がある。

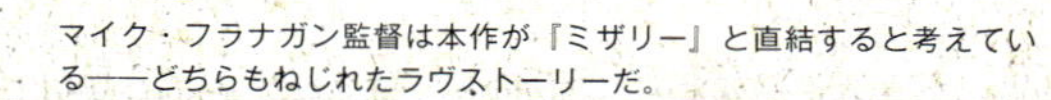
マイク・フラナガン監督は本作が『ミザリー』と直結すると考えている――どちらもねじれたラヴストーリーだ。

カーラ・グギノとブルース・グリーンウッド。

白髪まじりの退職刑事が恐るべき若き連続殺人犯と知力を戦わせる。

ミスター・メルセデス MR. MERCEDES (2017–)

感受性の強い年ごろだったとき、キングは50年代に中西部で大量殺人を犯したチャーリー・スタークウェザーに関するスクラップブックを作り、母親を大いに心配させた。「自分がトップクラスの反社会的な悪に目を向けているのはわかっていたよ」と彼は述懐する。「アガサ・クリスティー風の上品な悪党じゃなく、もっと野蛮で邪悪で鎖につながれていないやつさ」

彼はまた、新聞の切り抜きから見返してくる若い顔が自分のものであっても不思議ではないと気づいていた。スタークウェザーは邪悪に見えず、ごくふつうの若者に思えた。映画で描かれるのと異なり、悪にドレスコードなどないのだ。スタークウェザーのような見た目の人間がなぜそんなことをしでかすのか、キングは理解しようとしていた。「僕は言語に絶するほど恐ろしいことを解読したかったんだ」。それは彼の生涯のテーマになった。

40年後、彼はハードボイルドの刑事ものに挑戦することになった。「自問自答したよ。『ちょっと待て、おまえさんは今や60代だ……。家族を食わせるためにある種の物語を書く必要なんかないじゃないか』」。いつものジャンルとすっぱり手を切ったわけではない。『ミスター・メルセデス』の周辺部には超自然的な要素が忍びこんでおり、それがアルコール依存の退職刑事ビル・ホッジスとテクノロジーに詳しいブレイディ・ハーツフィールドを対決させ、3部作の続編『ファインダーズ・キーパーズ』、『任務の終わり』と進むにつれて徐々に物語の中心にあらわれてくる。

プロデューサーのデイヴィッド・E・ケリーは、キング作品を映画化するタイプとは思われていなかった。彼の評判を築いたのは、『アリー my Love』(1997〜2002)や『L.A.ロー 七人の弁護士』(1986〜1992)といったライトな法廷ドラマ。にもかかわらず、監督・共同製作者のジャック・ベンダー(『アンダー・ザ・ドーム』)は『ミスター・メルセデス』の企画を彼のところに持ちこんだ。実はキングの熱心なファンであったケリーはただちに同意。ホラーは彼の守備範囲でないかもしれないが、キャラクターの魅力には抗しがたかった。「特にホッジスにはしっかりした芯があり、すばらしい人間味がある。ブレイディも明白なモンスターであっても、そこに悲哀があるんだ」と彼は熱く語る。

キングは、彼の想像する悪の領域よりもずっと世俗的なレベルで、言語に絶することを解読していた。

ケリーとキングはEメールをやり取りしたが、キングのほうは節度ある距離を保った。ケリーは小説に対して大きな信頼を持っていた。「小説が急に曲がるときは、われわれも曲がるんだ」とケリーは笑うが、キングの提供した基盤は頑丈だった。『ミスター・メルセデス』はカルチャーの時勢に乗り遅れていない執筆者を求めた。ケリーが脚本の共同執筆者としてミステリー作家デニス・ルヘイン(『シャッター・アイランド』、『愛しき者はすべて去りゆく』)を参加させたとき、キングは感心した。ベンダーは「デニスは徹底したリアリティをもたらしてくれた」と賞賛する。

怒りっぽくてむさ苦しい退職刑事ビル・ホッジスは剛胆だが人生はうまくいかず、そんな矛盾だらけの樽(たる)のような男にブレンダン・グリーソンはまさに適役だった。ダブリンで長らく舞台に立っていた彼は、50代になってから、テレビ映画『チャーチル　第二次大戦の嵐』(2009)でウィンストン・チャーチル、『ヒットマンズ・レ

指揮：デイヴィッド・E・ケリー
脚本：デニス・ルヘイン、他
出演：ブレンダン・グリーソン、ハリー・トレッダウェイ、ジャスティン・ルーペ、ホランド・テイラー
形式:TVシリーズ(シーズン1［10話］、シーズン2［13話］、シーズン3［13話］)／日本ではスター・チャンネルで放映後、ビデオ発売
放映日(米)：2017年8月9日〜(Audience Network)
原作:『ミスター・メルセデス』(長編小説／2014)、『ファインダーズ・キーパーズ』(長編小説／2015)、『任務の終わり』(長編小説／2016)

白髪まじりの退職刑事ビル・ホッジス役のブレンダン・グリーソン。キングはまさにグリーソンを念頭に置いてキャラクターを書いた。

クイエム』（2008・日本劇場未公開）の穏健な暗殺者、『ハリー・ポッター』シリーズのマッドアイ・ムーディなどの役で映画界でも花開いた。

グリーソンは言う。「この作品のすばらしいところは、内なる獣を描いていることだ。すべての登場人物が自分の中に恐ろしさを持っている。誰もが何かに取り憑かれているが、そのさまがとても人間的なんだ」

グリーソンは、ホッジスが年配の男（創造したのも年配の男）であるところが気に入った。機知に富み、饒舌で、辛辣さといくらか詩的な絶望に満ちている。自殺への思いが小説よりも和らげられてはいるが、彼は退職によって権利を奪われている。異例なことにグリーソンはそのきついダブリン訛りの使用を許可された。「彼の“フォック”の言い方は音楽的で、おかしみがある」とベンダーは笑う。訛りによってどことなく信憑性が増す。俳優と役のあいだの膜が取り去られて精神が融合し、それがすぐれた演技を保証する。

グリーソンは役をつかみ、ホッジスはキング作品のキャラクターの中でも完全に血肉を得たひとりとなった。このアイルランド人俳優は、実はキングにとってホッジスの原型で、頭の中のイメージに顔を貼りつけた珍しいケース。俳優の個性に基づいて映像化作品が作られるのは『黙秘』以来である。

ブレイディ役には、不慮の自動車事故で死亡したアントン・イェルチン（『アトランティスのこころ』）に代わって、ハリー・トレッダウェイ（『ペニー・ドレッドフル ～ナイトメア 血塗られた秘密～』でヴィクター・フランケンシュタイン博士役を務めたばかり）が起用された。トレッダウェイの魅力的なブレイディはホッジスと対照的だ。若くて、自分の殻に閉じこもり、母親（ケリー・リンチ）の崩壊に巻きこまれてノーマン・ベイツ的なエディプスコンプレックスを破裂させる。

評価は上々だった。〈エンターテインメント・ウィークリー〉誌のジェフ・ジェンセンは「『ミスター・メルセデス』は第1級のパルプ作品ではないものの、良質のスター映画である」と書いた。演技、そして経済的に衰退したラストベルト（錆びついた工業地帯。ロケ地はヴァージニア州シャーロッツヴィル）の描写には生き生きとした生活感があり、これが郷愁の物語でないことをあらためて明確にしている。

どこか『クリスティーン』のこだまが聞こえる中、物語の冒頭でブレイディは盗難車のメルセデスを使って大量殺人を犯す。だが、『IT／イット “それ” が見えたら、終わり。』や『キャッスルロック』で見られる、いかにもキングらしい神話的な広がりとは対照的に、『ミスター・メルセデス』はそれ自体の環境内に密閉されたままでいる。

シーズン2は原作本の3冊すべてからエピソードを取っている。『ファインダーズ・キーパーズ』では別の殺人者モリス・ベラミーが物語の中心となり、250ページをすぎるまでホッジスは姿を見せない。「われらが主人公たちを最初から活躍させるのが課題だった」とベンダーは明かす。「そのために3冊目の『任務の終わり』に手をつけ、スティーヴンの2冊目の冒頭はすっかり無視することに決めたんだ」

シーズン2になると、超常的要素が大幅に採用された。昏睡状態のブレイディが他の登場人物を意のままにできる能力を発達させるし、ふたりの主演俳優の戦いが継続するよう視聴者はブレイディの脳内（そこはシーズン1に出てきたブレイディの住まいと同じ見た目になっている）にまで入りこんでいく。だが、両立のむずかしさが露呈した。ホッジスが視聴者の懐疑を代弁する声になるものの、リアリティが鈍ってしまった。

ケリーは予定されたシーズン3を超えてキャラクターが拡散することを禁じなかった。ホッジスが庇護する自閉症のホリー（好感の持てるジャスティン・ルーペの演技）は、『アウトサイダー（原題）』においても重要な役回りを果たす。ちなみに本項を書いている今、同書のドラマ化がベンダーとニューヨークの犯罪小説家リチャード・プライス（『クロッカーズ』）のもとで進行中。

1922年、ひとりの農夫が口やかましい妻の殺害を企てる。

1 9 2 2
1922 (2017)

監督：ザック・ヒルディッチ
脚本：ザック・ヒルディッチ
出演：トーマス・ジェーン、モリー・パーカー
形式：配信映画（102分）
公開日（米）：2017年10月20日（NETFLIX）
公開日（日）：2017年（NETFLIX）
原作：『1922』（『1922』収録の中編小説／2010）

ネットフリックスは『ジェラルドのゲーム』のあと、不平ばかりの妻に借金している農夫の話を取り上げ、キング作品への確かな選択眼をあらためて示した。『ファミリー・シークレット』に引き続き、ここでもキングは結婚の幸せに対して懐疑的な考察をする。

トーマス・ジェーン演じる陰気な農夫ウィルフレッド・ジェームズが告白を紙に書き記す（彼をまさに物書きたらしめる行為）と、われわれは回想で語られる彼の罪の現場まで時間をさかのぼる。場所はネブラスカ州ヘミングフォード・ホームのはずれにある、トウモロコシ畑に囲まれた農家。撮影はヒルディッチ監督の故郷オーストラリア西部でおこなわれた。

キングは、19世紀の写真にスキャンダルや犯罪話が添えられた本『ウィスコンシン・デス・トリップ（Winsconsin Death Trip）』に触発されて本作を書いた。彼が心を打たれたのは、そこに書かれている事実よりも、被写体の顔にあらわれている喪失感だった。「その感覚を小説に取りこみたがった」と彼は記している。その感覚とエドガー・アラン・ポーの『告げ口心臓』が殺人の告白に集約される。

膿むような秘密と田舎の人間に対する反感。『ドロレス・クレイボーン』の男女を入れ替える形で、ウィルフは妻を井戸に落とそうとたくらむ。妻のアルレット（レモンを噛むモリー・パーカー）は法律上の土地所有者であり、それを売却してオマハで婦人服店を開業したいと思っている。ウィルフはその考えが気に入らない。彼は農場に精魂を傾けているのだ。妻は話を進めようとしている。これは去勢の民話である。「男の誇りとは土地だった」と彼は文句を言う。そして、殺人が起きる。

残されたのは罪悪感による緩慢な腐食である。家にネズミがはびこり、息子（ディラン・シュミット）は犯罪に走り（未成年の恋人を連れて『俺たちに明日はない』のように逃避行をする）、腐乱しかけた死体の妻は好んで家に立ち寄るようになる。キング原作ものに３度目の出演となるジェーンは、いかにもキング的な頭の回転が鈍いのに神経過敏な男を真に迫って造形した。正気を失ったようにぽつんと畑で寝ずの番をするとき、彼にはジョーディ・ヴェリル（『クリープショー』でキングが演じた主人公）の気配がある。彼の訛りは『ペット・セメタリー』のジャド老人に劣らず蜜のようにとろりと濃い。「誰の中にも別の人間がいる」と、彼が母音にサンドペーパーをかけながら言う。「見覚えのない悪巧み男だ」。彼もまた、闇の半身と戦う、混乱した人物なのだ。

妻に対して言語に絶するほど恐ろしい行為をしたネブラスカの農夫ウィルフレッド・ジェームズを演じるトーマス・ジェーン。

キャッスルロックの住人たちは誰も過去から逃れられないことを悟る。

キャッスルロック CASTLE ROCK (2018~)

指揮：サム・ショー、ダスティン・トマソン
脚本：サム・ショー、ダスティン・トマソン、他
出演：アンドレ・ホランド、ビル・スカルスガルド、シシー・スペイセク、メラニー・リンスキー
形式：TVシリーズ（シーズン１［10話］、シーズン２［10話］）／日本ではwowowで放映後、ビデオ発売
放映日（米）：2018年7月25日～（Hulu）
原作：スティーヴン・キングの作品群

『キャッスルロック』第３話の入り組んだプロットは、視聴者をショーシャンク刑務所の食堂へといざなう。カメラがちらりと映す壁に並んだ歴代所長の写真。そこには、デイル・レイシー所長（最近退職し、つい先日自分の首をはねたばかり）を演じたテリー・オクィンの丸い顔がある。彼には秘密があった。隣にあるのは、そう、『ショーシャンクの空に』のノートン所長（ボブ・ガントン）のしかめ面（つら）。しばらくして、ジャッキーという明るい少女（ジェーン・レヴィ）の姓がトランスであり、彼女の叔父が正気を失って妻と息子を斧（おの）で殺そうとしたことが判明する。この話、聞き覚えがないだろうか？

この『キャッスルロック』を本書で取り上げるべきか、読者にも異論があるだろう。厳密には、これはキングの小説を映像化したものではない。キングの世界に深く根ざしたこのすぐれたテレビ番組は、むしろ本書の映像化と言えるかもしれない。キングの神話全体へのラヴソング、批評、そして摘要なのだから。もっと簡単に言うと、キングの宇宙の再構成、すなわち彼のすべての小説、映画、ドラマの続編である。

『キャッスルロック』は、聖スティーヴンの文化的列聖の先駆けとなった『IT／イット“それ”が見えたら、終わり。』のあとに続くものだ。同じケースとしてはテレビ版『ファーゴ』（2014～）が挙げられ、そこではコーエン兄弟のオリジナル映画の世界と同じ設定ながら、ミネソタ出身の兄弟の全作品へと創造の指が広げられている。兄弟は製作総指揮を務める。つまり、自分たちの素材を使う認可を与え、あとはまかせるということだ。

『キャッスルロック』の高度なコンセプトを思いついたのは、サム・ショーとダスティン・トマソン。ふたりはライターからの転身組で、キングの世界の地理を病的なほど正確に把握している。彼らが疑問に思ったのは、連続殺人事件や狂犬騒動が起きたキングの町のその後だった。言い換えると、小説で描かれた事件の余波の中で誰が踏みとどまっているのか？　そして、シリーズ全体をたとえばキャッスル・ロックのようなキングおなじみの町を舞台にすることを思い描いた。キャッスル・ロックよりもキャッスル・ロックらしいのはどんな町だろう？　異変から数十年たった町は今、どんな様子なのか？　まだ見つからずにひそんでいるかもしれないものは何か？

キングは、彼自身があがめるウィリアム・ゴールディングの『蠅（はえ）の王』（ドラマ内の監房でネオナチが読んでいる）に出てくる山の砦（とりで）にちなみ、この最も有名な町の名前をつけた。今まで長編・短編合わせて13編がキャッスル・ロックの町を舞台にしている。テキサス州オースティンで開催されたATXテレビジョン・フェスティバルにおいて、ショーとトマソンは、製作総指揮のJ・J・エイブラムスがいなければドラマは自分たちの脳内でしかオンエアされなかっただろう、と力説した。

ルース・ディーヴァー役にシシー・スペイセクを起用したのは、キングの最初の映画化作品『キャリー』で彼女が演じたキャリー・ホワイトのこだまを意図的に響かせるため。

エイブラムスもまた日常的にキングを摂取して育ったひとりだ。『SUPER8／スーパーエイト』（2011）でキングへの賛辞を示しており、そこでは小説家でなく映画作家志望の“はみ出し者”たちが町にひそむ脱走異星人の脅威を察知する。主人公ジョー・ラムの寝室はエイブラムス自身の部屋を模したものであり、『死霊伝説』のマーク・ペトリーがそうだったように、不気味な模型キットやホラーの収集品がところせましと並んでいる。

2016年、ショーとトマソンがエイブラムスの製作会社〈バッド・ロボット〉に企画を持ちこんだとき、エイブラムスは『キャッスルロック』の秘めた可能性にたちまち目を輝かせた。〈バッド・ロボット〉が関与したことを受け、ワーナー・ブラザースが支援を表明。ワーナーの参加により、巨額の予算だけでなく、キング原作の多くの映画やドラマから引用する権利がもたらされた。

もちろん、彼らのレースはまだ始まらない。克服すべき最大のハードルがあった。猛吹雪やヒルやくそ隕石（いんせき）やヴァンパイアの残滓（ざんし）に囲まれて今もメイン州に住んでいる男だ。キングの縄張りで番組を作るアイディアを持って彼の家のドアをノックしたのは、何もショーたちが初めてではない。だが、エイブラムスの後ろ盾もあり、キングは彼らの売り込みを聞くことにする……。

ショーによると、脚本執筆や撮影のあいだ、キングは彼らにとって“『チャーリーズ・エンジェル』のチャーリー”だったという。遠くにいて姿は見えないが、非常に重要な人物だ。キャラクターについて思いきったことをしたいとき、たとえばジャック・トランスの姪（めい）を出したい場合、彼らはキングに電話して直談判した。彼はきわめて柔軟だった。

「スティーヴン・キングがクールであることを願って、そうした談判をする」とショーは言う。「すると、彼が本当にクールだとわかるんだ」

鍵となる課題のひとつは、ストーリーテリングに関するふたつの異なる哲学を

キングの宇宙を具現化しようという試みのため、『キャッスルロック』の物語はすべて正典である彼の小説およびそれらを原作とした映像化作品をもとにしている。

スペイセクと弁護士ヘンリー・ディーヴァー役のアンドレ・ホランド。ヘンリーの謎めいた過去が物語の中心にある。

“ファスナーでとめる”方法を見つけることだった。片やキングの従来のアプローチでは、物語の方向を定めるのに最初の100ページを要する。たとえば、『ミスター・メルセデス』の構造は“誰が殺ったか”より“なぜ殺ったか”に重点が置かれる。片やエイブラムスの今風な“ミステリー・ボックス”アプローチでは、ゆっくりと、きわめてゆっくりと皮を剝がしていく。

ショーとトマソンは“キングの物語の多様性”を讃えたかった。計画していたのは、シーズンごとに独自のストーリーを語るというもの。アンソロジー型の構造で、『ファーゴ』のごとく、キングの宇宙の場所や感性や広大な知識によって結びついている。繰り返し登場する人物もいれば、1シーズンのみの人物もいる。町は、好きなときに小窓を開けられる“アドヴェント・カレンダー”（クリスマスまで1日ずつ小窓を開けていく12月のカレンダー）のようなものだ。

「自分の知っている場所について書くべし」がモットーのキングは、もしも自分がニューヨーク育ちだったら都市型ホラーを書いただろう、と主張する。

人生の大半をメイン州ですごしてきた彼は今でも自分を地方主義の作家と見なしている（ただし、フロリダに家を所有）。メイン州を愛している理由は、そこが他とちがうから。住人たちは地元の者としかつき合わない。部外者から金を受け取り、ほほ笑むが、それ以上のことはしない。「もしも一生ひとつの場所に住むつもりがあり、本気でものを書きたいなら、その場所について書いたほうがいい」と彼は言う。

一方で彼は、メイン州とニューイングランド地方のことだけを書いていたら頭がおかしくなるだろうと承知していた。それゆえ、思いきってアメリカ各地に出ていく。『シャイニング』の舞台がコロラド州だったのは、彼がコロラド州に一時期住んだからだ。ネブラスカ州の“ものすごくでかい空”は、彼に『トウモロコシ畑の子供たち』と『１９２２』をひらめかせた。オハイオ州のラストベルトは『ミスター・メルセデス』の風景になった。

映画製作において、架空のメイン州が実際のメイン州で見つかることはめったにない。創造的および経済的理由によりロケハンで見つかったのは、カリフォルニア州（『死霊伝説』）、ノースカロライナ州（『地獄のデビル・トラック』）、オレゴン州（『スタンド・バイ・ミー』）、ペンシルヴェニア州（『ダーク・ハーフ』）、カナダ（『デッドゾーン』、『黙秘』、『悪魔の嵐』）、南アフリカ（『マングラー』）、オーストラリア（『死霊伝説 セーラムズ・ロット』）、ニュージーランド（『トミーノッカーズ』）といった具合。

最新版のメイン州キャッスル・ロックは、マサチューセッツ州オレンジを本拠地にすることになった。冬に町を訪れたショーとトマソンは、色彩が単調なグレーに染まるところが気に入った。それは典型的なキング映画よりもさらに荒涼としたヴィジュアルを与える。数十年というもの、この地で撮影した者はなかった。劇中で町は財政破綻のために活気を失っている。メラニー・リンスキー演じる不動産業者モリーが再開発を説いても誰も耳を貸そうとせず、シリーズはそうした現実のアメリカの政治的な状況から目をそらさない。

キングは貧しさの中で育った。『キャリー』が売れるまで、家族を養うために相当な苦労をした。「僕たちはメイン州ハーモンの雪に降りこめられる丘の上のトレーラーハウスで暮らしていた。あそこは宇宙のケツの穴でなかったとしても、屁の届く場所ではあったよ」。彼が最初にキャッスル・ロックを思い描いたのは、その眺望からだった。

シーズン1は時代設定が2018年だが、そのように感じられなかった。この町は歯車が狂っており、過去と原作者の牽引ビームによって支配されている。メタ的な骨組みに加え、キャスティングではキングの本棚の一番端から『キャリー』のシシー・スペイセクを意図的に取り出し、反対の端から最新のペニーワイズを演じたビル・スカルスガルドを抜き出した。それだけではない。オクィンは『死霊の牙』のジョー・ハラー保安官だったし、リンスキーは『ローズ・レッド』に出演し、チョーズン・ジェイコブスは『IT／イット“それ”が見えたら、終わり。』に出ていた。そうした俳優と役柄が相互に結びついた世界の感覚が実を結んでいる。退職

ペニーワイズを演じたばかりのビル・スカルスガルドが奇妙な来歴を持つ若者“キッド”に扮する。

した保安官アラン・パングボーンを演じるのはベテランのスコット・グレン。かつてエド・ハリス（『ニードフル・シングス』）やマイケル・ルーカー（『ダーク・ハーフ』）やサンディ・ウォード（『クジョー』）が演じたキャラクターだ。

こうした配役のすべては、死刑囚弁護人ヘンリー・ディーヴァー役の新顔アンドレ・ホランドの魅力的な演技が中心になければ、単なる自己満足におちいってしまったかもしれない。ドラマのために新たに創作されたディーヴァーは、ベン・ミアーズのように町に戻ってきた放浪者で、11日間行方不明になったもののそのときの記憶がいっさいないという暗い過去に取り憑かれている。

キングの宇宙を具現化しようという試みのため、『キャッスルロック』の物語はすべて正典である彼の小説およびそれらを原作とした映像化作品をもとにしている。それらが物語の中で有機的に結びついており、単にキング作品から切り取った断片から無作為に作られたシリーズではない。

実際、製作陣はレベルの階層化に取り組んでいる。最上層には他の物語と直接リンクする要素があり、それらは作品世界を強化するとともに、迷路の中を進むための“パンくず”を提供する。すなわち、ショーシャンク刑務所の現在の様子であったり、モリーに一種の“かがやき（シャイニング）”があること、ディーヴァーが死刑囚監房でおこなう仕事が『グリーンマイル』を想起させることだ。ショーシャンク刑務所の下層では、ジョン・コーフィが癌（がん）を治癒させたように、スカルスガルドの謎めいた若者が癌を広める力を有することがわかる。1960年のできごととして、少年たちが死体を探して鉄道線路に沿って歩いていったことが語られる。すべてをリストにしたら、本書の限られたページでは足りないだろう。

さらに下の階層には、小説や映画への言及があり、それらはイースター・エッグ以上の意味があるものの、物語の展開に不可欠というほどではない。たとえば、レイシーの車庫に置いてあるのはプリマス・フューリー。シャープ・シリアルが映ると、その広告を手がけていた『クジョー』のヴィク・トレントンが思い出される。

最後の階層は、意識下に作用することが期待される撮影や照明、サウンド編集や音楽の影響力だ。オープニング・シーンでレイシー所長がモーツァルトの“手紙の二重唱”を聴いているが、これはショーシャンク刑務所でかつてアンディ・デュフレーンが所長室から流したのと同じアリア。「あれはクロスワードパズルの手がかりではないんだ」とショーは言う。「でも、一種の楽しい意思表明みたいな感じがしたよ」

キングの最も希望のない小説が死からよみがえる。

ペット・セメタリー
PET SEMATARY (2019)

監督：ケヴィン・コルシュ、デニス・ウィドマイヤー
脚本：ジェフ・ブーラー
出演：ジェイソン・クラーク、エイミー・サイメッツ、ジョン・リスゴー
形式：劇場用映画（101分）
公開日（米）：2019年4月5日（Paramount Pictures）
公開日（日）：2020年1月17日（東和ピクチャーズ）
原作：『ペット・セマタリー』（長編小説／1983）

よみがえりの準備が整い、キングのショッキングな埋葬小説はメイン州ラドローの町に見立てたモントリオール郊外で再び映画化された。主演はルイス・クリード役にジェイソン・クラーク、妻のレイチェル役にエイミー・サイメッツ。ジョン・リスゴーのジャド・クランダル老人はまさにはまり役だ。新鋭ホラー監督コンビのケヴィン・コルシュとデニス・ウィドマイヤー（『セーラ 少女のめざめ』）は、古い土地に新しい生命を見いだす任務を与えられた。

脚本家ジェフ・ブーラーは旧作の欠点を認識し、自分たちの映画は現代的でより心理的な物語であり、「もともとキングが書いた見せ場や決定的瞬間のいくつかにしっかり語りかける」と述べている。プロデューサーのロレンツォ・ディ・ボナヴェンチュラは「死に対するわれわれの理解は進んだかもしれないが、それで以前よりも死に慣れたと言えるのかどうか」と疑問を呈する。死んだわが子を生き返らせようと、おぞましい結末の可能性があるにもかかわらず超自然的な方法を断行する医師の意志を通し、この映画は深い悲しみに内在する思慮のなさと妄執を描き出す。

小説を読んだクラークは「途方もなく心をかき乱された」と言う。「キングはなんらかの方法で読者の内面に手を伸ばす。いつもそうだ」

メアリー・ランバート監督の旧作と同様、本作にも雑な作りの不気味さがあるが、そこに現代的な雰囲気がほとばしっている。ランバートは滑稽さの餌食となったが、コルシュとウィドマイヤーはそこから必死に逃れ、猫のキャスティングだけでもぞっとするほどの効果を上げてみせた。子どもの作ったペット墓場は、奥に広がる先住民の埋葬地と同心円で並んでおり、そこには“猫のスマッキー”——死体が魂なしで蘇生することをキングが最初に考えるきっかけになった死んだ愛猫——への敬意がきちんと払われている。

ジャド役のリスゴーは、フレッド・グウィン版のチャーミングな老人よりもいっそう暗く孤立した人物として演じてみせた。ジャドは過去の重みを伝える。子どものいないこの墓守は、リスゴーの言葉を借りれば、「本物のデーモンとともに育った」。彼のルイスに対する影響力が純粋であるとは、とうてい思えない。原作と性別を入れ替え、ジュテ・ローレンス演じる冷ややかな姉をあの世からよみがえらせたことで、ばかばかしくなる危険性をみごとに消し去っている。

ルイスは医師として死に挑むことに人生を費やしてきた。「彼は死を解き明かせたと考えているんだ」とウィドマイヤーは語り、主人公が超自然的な埋葬地に対して抱く執着は依存のひとつの形だ、と見立てた。ルイスは古来の魔法の有害な可能性に倍賭け（ばいがけ）を続ける。悪とは、きわめて人間的な死にもの狂いの行為の結果である。

家族の愛猫チャーチは永遠に生きる。

旧作からのアップデートとして、地元の子どもたちが不気味な動物のマスクをかぶってペットの埋葬儀式をおこなう。埋葬地の影響が共同体にしみ出ていることが示唆される。

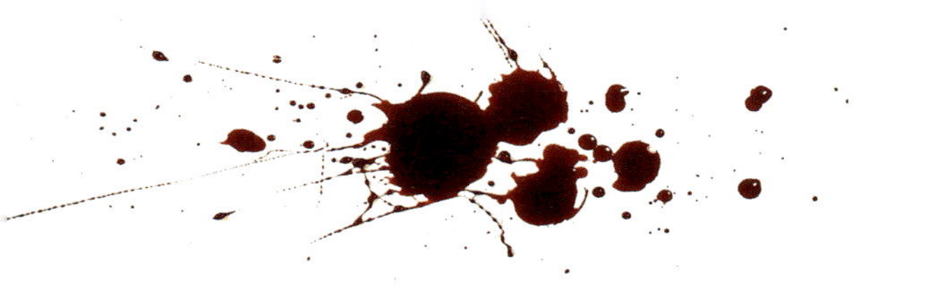

第２章では、おとなになった〈ルーザーズ・クラブ〉がペニーワイズを倒すために再び結集する。

IT ／イット THE END “それ”が見えたら、終わり。
IT: CHAPTER TWO (2019)

監督：アンディ・ムスキエティ
脚本：ゲイリー・ドーベルマン
出演：ジェシカ・チャステイン、ジェームズ・マカヴォイ、ビル・ヘイダー、ビル・スカルスガルド
形式：劇場用映画（169分）
公開日（米）：2019年9月6日（Warner Bros.）
公開日（日）：2019年11月1日（ワーナー・ブラザース）
原作：『IT』（長編小説／1986）

『IT／イット “それ” が見えたら、終わり。』が公開されるやいなや、ネット上ではおとなの〈ルーザーズ・クラブ〉を誰が演じるべきかについて議論が沸騰した。それまで沈黙を守っていたワーナー・ブラザース（興行成績の様子を見ていたにちがいない）は、映画が第２章で完結することと、アンディ・ムスキエティ監督が続投することを急いで発表した。映画は、ペニーワイズを止めるために27年後に再集結しなくてはならないおとなたちを前面に押し出している。

オタクたちの一致した意見は、おとなのベヴァリー役（1989年のタイムラインではソフィア・リリスが輝くばかりの演技を見せた）はジェシカ・チャステインしかいないということ。彼女はすばらしい赤毛を持つすばらしい女優で、ムスキエティ監督とはヒットしたホラー映画『MAMA』（2013）ですでにいっしょに仕事をしている。もはや運命だった。「彼らがどんなことをやっていても、私はその一員になりたいと思っている。私たちでそれが実現できたらいいなと願っているわ」とチャステインは慎重に答えた。だが、われわれの願いはかなった。2018年４月12日、チャステインがおとなのベヴァリー役のためにあのふんわりと長い髪をばっさり切ってボブにすると発表された。ベヴァリーは今やシカゴでファッション・デザイナーになり、過去が残した傷痕の中でひどい結婚生活を送っている。

それから脚本が仕上がるまでの数ヵ月間で、キャストもそろった。ジェームズ・マカヴォイが英国で成功しているホラー作家ビル（子ども時代はジェイデン・リーバハー）、ビル・ヘイダーがロサンゼルスのディスクジョッキー、リッチー（子ども時代はフィン・ヴォルフハルト）、ジェイ・ライアンがネブラスカの建築家ベン（子ども時代はジェレミー・レイ・テイラー）、ジェームズ・ランソンがニューヨークにリムジン会社を持つエディ（子ども時代はジャック・ディラン・グレイザー）、アンディ・ビーンがアトランタの会計士スタンリー（子ども時代はワイアット・オレフ）、イザイア・ムスタファが町に残ったマイク（子ども時代はチョーズン・ジェイコブス）にそれぞれ決まった。

「２本目の映画では、マイクを小説よりもっと暗くしようと考えた」とムスキエティは撮影直前に語った。「仲間を呼び寄せる中心人物だが、デリーにとどまることで零落した役柄にする。麻薬中毒者にしたいんだ。図書館員のジャンキーさ。第２章が始まるとき、彼はぼろぼろの状態にある」

カナダ人俳優ティーチ・グラントがおとなのヘンリー役を演じると発表されたとき、ひとつの謎が解けた。町のいじめっ子は井戸の中に消えたあと、その

運命が曖昧なままだった。小説では、そのあいだ精神病棟に収容されていた。
27年のあいだに変わっていないのは、スカルスガルドのペニーワイズで、今回も現実をゆがめるおなじみのトリックを使う。とはいえ、ムスキエティは2回目なので道化師の内面をいっそう深く掘り下げると決めた。「ペニーワイズの正体についてさらに探求している。次元を超えた存在の心理的および超自然的な側面を徹底して調べるために」
前編にも増して、後編では小説の不鮮明な部分を理解しなければならなかった。超次元の神らしき"亀"も認めるように、「いったんこのような宇宙のくそ力に巻きこまれたら、手引き書など役に立たぬ」。
脚本家のゲイリー・ドーベルマンは自分たちのアプローチ方法について説明した。「根本的と言えるものだよ。より超自然的な要素の中に少しでも到達できる道を見つけようと、石をひたすら削っていくようなものだった」
"チュードの儀式"は断じて避けて通れなかった――キングによれば、この儀式によってルーザーズたちはペニーワイズ("それ")をスピリチュアルなレベルで最終的に打ち負かすことができる。「小説の中できわめて重要な要素なので、われわれは取り組まないわけにいかなかった」とドーベルマンは言う。この儀式では、ふたりの人物が舌を伸ばして重ね合い、たがいに相手を笑わせ合う。先に笑った者が冥府に追放される。
2018年7月2日、前作と同じオンタリオ州ポート・ホープをデリーの町として撮影が開始された。前作からの構造的な変更が1点。中心になるのはおとなのルーザーズの苦闘だが、「ふたつのタイムラインのあいだに対話があるだろう」とムスキエティは説明している。それは1989年の子どもルーザーズたちの回想シーンを数多く撮影することを意味し、幼い俳優たちが成長という危険な傾向を示しつつあったので、すばやく撮り終えねばならないプレッシャーをともなった。
小説は部分的に、人がおとなになると何が起きるかを描いている。人は子ども時代を忘れ、あるいは忘れようとするかもしれないが、自分が子ども時代によって形成された事実は永遠に変わらない。ルーザーズたちは重い代償を払い、人に対して感情的に挫折している。暗示的なことに、彼らに子持ちはひとりもいない。この第2章の最大のテーマは、成人しても自分の中でおびえている子どもと接触を持ち続けることの大切さである。

中年になったダン・トランスが最強の"かがやき"を持つ少女を救う。

ドクター・スリープ
DOCTOR SLEEP (2019)

続編を書くというアイディアは、1998年に『骨の袋』のサイン会を開いている最中ずっと渦巻いていた。ひとりのファンが本を手にキングに近づき、『シャイニング』に出てきた少年はあのあとどうなったのかと、まるで友だちの消息でもきくように尋ねたのだ。

監督：マイク・フラナガン
脚本：アキヴァ・ゴールズマン、マイク・フラナガン
出演：ユアン・マクレガー、レベッカ・ファーガソン、ザーン・マクラーノン
形式：劇場用映画（151分）
公開日（米）：2019年11月8日（Warner Bros.）
公開日（日）：2019年11月29日（ワーナー・ブラザース）
原作：『ドクター・スリープ』（長編小説／2013）

数巻におよぶ『ダークタワー』は例外として、キングは続編を書くことにひとつもメリットを見いだせなかった。『ミザリー』のポール・シェルダンやドロレス・クレイボーンのその後について知りたいという気持ちは、彼にはない。唯一の例外が、ダニー・トランスだった。気がつくと、ダニーが今何歳になっているか数えていることがしばしばあった。20歳、25歳、30歳？ どんな男になっただろう？　父親のように酒を飲んでいるのか？「彼は虐待をする飲んだくれの父親から生き延びた過去を持っている」とキングは言う。そうした状況にあった人びとには同じ轍を踏む傾向があることが知られている。「それによって何が起きたか、僕は見たくなったんだ」

2013年に小説が出版されて好評を博したとき、『シャイニング』の続編というアイディアがワーナー・ブラザースを揺るがし、ほどなく『ドクター・スリープ』が企画準備段階に入ったことが発表された。すぐにそれは準備地獄の迷路にはまりこんだ。実はワーナーは『シャイニング』前日譚の企画にも（キングからの協力もなしに）力を注いでいた。その映画『オーバールック・ホテル』は、スタンリー・キューブリック崇拝者のマーク・ロマネク（『わたしを離さないで』）が監督する予定だった。脚本では、コロラド州の巨大建築物の起源が最初のオーナーであるボブ・T・ウィルソンの目を通して語られる。

ウィルソンは鉄砲水に邪魔されながら、愚かにも呪われた土地に建築してしまう。彼の８歳の息子は死者たちのヴィジョンを見る。そこには、窮地に追いこまれてわが子たちを食らう女性も含まれる。ウィルソンの上の息子は死亡し、妻は転落のあと麻痺状態となり、彼自身は殺人衝動にかられ始める。物語がどこへ向かうかはご推察のとおり。

『ドクター・スリープ』にゴーサインが出たとき、前日譚は忘却の淵に沈んだ。2018年の初め、『ジェラルドのゲーム』で高い評価を得たマイク・フラナガンが続編の監督に決まり、彼がアキヴァ・ゴールズマン（『ダークタワー』）の初期稿を書き直すと発表された。トーンは『シャイニング』と著

しく異なるだろう。あの事件からすでに30年。キングも当時のままではない。「僕はいくつか新しいこつを学んだよ」と彼は認める。「そして、昔の切迫感をいくらか失った」。年を取ることが大きなテーマになっている。今回は閉所恐怖の感覚とは無縁で、物語はふたつの要素が同時進行する。片や弱まりつつある“かがやき”を使って死にゆく患者を安らかに逝かせるホスピス職員ダニー（ユアン・マクレガー）、片や流浪のサイキック集団“真結族”。集団のメンバーはクロウ・ダディ、トミー・ザ・トラック、グランパ・フリックといった通称を名乗り、目立たないRV車を連ねて旅している。古代から長らく生きている彼らは若い肉体の中に隠れ、サイキック能力者の“命気”を食らっている。

集団のリーダーで氷のような美女ローズ・ザ・ハット（レベッカ・ファーガソン）は、ダニーよりも強大な“かがやき”を持つ少女アブラ・ストーン（新星カイリー・カラン）に狙いをつけた。アブラは彼らが何年も生き長らえるほどの“命気”を持っているという。ここには『シャイニング』よりも『死霊伝説』に通じるヴァンパイア要素がある。

“命気”とはサイキック能力の度合いを示すキング独自の言い回しで、ダニーの能力と同様、キャリー・ホワイトの念動力、チャーリーのパイロキネシス、『ダークタワー』のジェイクや『グリーン・マイル』のジョン・コーフィの持つさまざまな能力に、その解釈を見いだすことができる。ダニーの隠れたアルコール依存と真結族の命気依存のあいだには類似性が見て取れる。自己のコントロールが物語のもうひとつの焦点なのだ。『シャイニング』を書き上げたずっとあと、キングが酒から抜け出すのに重要な役割を果たしたのはアルコール依存症患者の自助グループAAであり、ダニーもそこに参加している。

絶賛されたキューブリック監督の映画とキングが脚本を書いた1997年のミニシリーズについて、『ドクター・スリープ』がどんな立場を取るかという問題は曖昧なままだ。「僕は小説の『シャイニング』をトランス一家とオーバールック・ホテルの正式な歴史だと考えている」とキングは主張する。フラナガンはあえて態度を明確にしていない。製作側はキングの続編小説にひたすら忠実であろうとしている。

今後、映像化が予定されているキング作品

先行きはかなりダークな模様

本書の脱稿が近づく中、キング作品の映像化はますます盛んになるばかりだ。すでに『ミスター・メルセデス』シーズン３と『キャッスルロック』シーズン２の放映が決まっている。他にも多数の映画化企画が着陸待ちの旅客機のようにハリウッド上空を旋回しているが、次に挙げるプロジェクトは到着もしくは接近中だ。

『イン・ザ・トール・グラス　―狂気の迷路―』（2019） *In the Tall Grass*

キングと息子のジョー・ヒルが2012年に共作した中編小説が原作のネットフリックス製テレビ映画。双子の兄妹（エイヴリー・ホワイテッドとライズラ・ディ・オリヴェイラ）がアメリカ横断旅行をする話で、監督はヴィンチェンゾ・ナタリ（『CUBE』）。カンザス州の広大な草原に差しかかったふたりは、助けを求める少年の叫び声を聞く。そこから、お楽しみが始まる。草原に入った者たちは２度と外に出ることができない。2019年10月4日より配信開始。

『死のロングウォーク』 *The Long Walk*

ジョージ・A・ロメロとフランク・ダラボンが尻込みしたものの、ニュー・ライン・シネマが映画化に意欲を見せている。原作はリチャード・バックマンが1979年に出版した長編小説。近未来のアメリカで全長450マイル（約720km）の歩行競技がおこなわれるが、参加者はペースが時速４マイル（6.4km）以下になると射殺される。

『トミーノッカーズ』 *The Tommyknockers*

ユニヴァーサルがネットフリックスとソニーを下し、地中に埋まった異星人映画のリメイク権を勝ち取った。プロデューサーを務めるジェームズ・ワン（『アクアマン』）は『呪われた町』の権利も持っている。

『アウトサイダー（原題）』 *The Outsider*

ざっくりとしたネタ元はエドガー・アラン・ポーの『ウィリアム・ウィルソン』。オハイオ州のリトル・リーグのコーチが陰惨な殺人事件で告訴され、彼がどうやって同時に２ヵ所に出現できたのかを刑事が解明する。ジャック・ベンダー（『アンダー・ザ・ドーム』）がプロデュースする全10話のミニシリーズ。

『ブギーマン（原題）』 *The Boogeyman*

ヒット作『クワイエット・プレイス』（2018）のスコット・ベックとブライアン・ウッズが20世紀フォックスの支援を受けて製作。原作は1973年の短編『子取り鬼』で、主人公の男が自分の子どもたちがクローゼットに住むブギーマンによって殺されたと精神科医に訴える。

『ファイアスターター』 *Firestarter*

ブラムハウス・プロダクションズ（『血の儀式』）とアキヴァ・ゴールズマン（『ダークタワー』）がドリュー・バリモア主演のパイロキネシス・スリラーのリメイクをプロデュースする。トルコ出身のアートシアター系監督のファティ・アキン（『女は二度決断する』）は非常におもしろい起用。

『回想のビュイック８』 *From a Buick 8*

本来はロメロの企画だった。押収されたビュイックが異次元へのゲートウェイかもしれないという『クリスティーン』的な奇妙な話を、ウィリアム・ブレント・ベル（『ザ・ボーイ　～人形少年の館～』）が監督する。

『ザ・スタンド』 *The Stand*

キングの神話における究極作の名に恥じないためにどのように製作すべきか、ジョシュ・ブーン監督（『ニュー・ミュータンツ』）が思案中。

キング映像化作品ランキング

このリストは、本書の執筆時に完成していたすべてのスティーヴン・キング原作映画・ドラマに質的評価で順位をつける試みである。そのため、『IT／イット THE END "それ" が見えたら、終わり。』、『ペット・セマタリー』（2019）などや今後の予定作品は含まれない。順位を決定するにあたり、主観的に評価した作品のクオリティはもちろん、本書の中で議論したキングの本質にどれほど迫っているかを考慮した。というわけで、史上最も恐ろしい映画の１本と世間で見なされている（私もそう思う）キューブリック監督の『シャイニング』は、キング映画のキングではない。あの映画は原作者よりもキューブリックについて多くを語っていると言える。ランキングには投入された予算や才能に比した失望感も反映させたので、『ドリームキャッチャー』はかなり下位に甘んじることになった。上位２作品が（少なくとも直接的な）ホラー映画でないことは、キングがストーリーテラーとして多才で親しみやすい証しだと、私には思える。異論はしかるべきSNSで遠慮なく寄せていただきたい。

---

1. スタンド・バイ・ミー
2. ショーシャンクの空に
3. キャリー（1976）
4. ミザリー
5. シャイニング（1980）
6. 死霊伝説（1979）
7. グリーンマイル
8. 黙秘
9. デッドゾーン（1983）
10. ミスター・メルセデス
11. 11.22.63
12. 悪魔の嵐
13. IT／イット "それ"が見えたら、終わり。
14. キャッスルロック
15. クジョー
16. クリープショー
17. ジェラルドのゲーム
18. ミスト（2007）
19. アトランティスのこころ
20. ナイト・フライヤー
21. IT／イット（1990）
22. 地下室の悪夢
23. クリスティーン
24. ゴールデンボーイ
25. １９２２
26. 炎の少女チャーリー
27. キャッツ・アイ
28. デッド・ゾーン（2002）
29. キャリー（2002）
30. アンダー・ザ・ドーム
31. キャリー２
32. シークレット ウインドウ
33. スティーヴン・キング ８つの悪夢
34. ペット・セメタリー（1989）
35. ビッグ・ドライバー
36. バーチャル・ウォーズ
37. ニードフル・シングス
38. ローズ・レッド
39. ファミリー・シークレット
40. １４０８号室
41. 骨の袋
42. キャリー（2013）
43. シャイニング（1997）
44. トミーノッカーズ
45. ライディング・ザ・ブレット
46. ヘイヴン―謎の潜む町―
47. ダークタワー
48. キングダム・ホスピタル
49. ザ・スタンド
50. ザ・ミスト（2017）
51. 痩せゆく男
52. クリープショー２／怨霊
53. バトルランナー
54. 死霊の牙
55. 炎の少女チャーリー：ＲＥＢＯＲＮ
56. ゴールデン・イヤーズ
57. チルドレン・オブ・ザ・コーン（1984）
58. ダーク・ハーフ
59. ランゴリアーズ
60. セル
61. 死霊伝説 セーラムズ・ロット（2004）
62. デスペレーション
63. 地獄のデビル・トラック
64. ドリームキャッチャー
65. クイックシルバー
66. 新・死霊伝説
67. クリープショー３
68. ペット・セメタリー２
69. バーチャル・ウォーズ２
70. ドランのキャデラック
71. マングラー
72. アーバン・ハーベスト２
73. ザ・チャイルド
74. 血の儀式
75. 死の収穫
76. アーバン・ハーベスト
77. マングラー２
78. Children of the Corn: Runaway
79. トラックス
80. チルドレン・オブ・ザ・コーン５：恐怖の畑
81. トウモロコシ畑の子供たち（2009）
82. ザ・チャイルド：悪魔の起源
83. Children of the Corn: Revelation
84. スライサー

謝辞

最初に感謝を捧げる相手はこの人物をおいて他にいない——すべての源泉、スティーヴン・キングだ。本書は現代カルチャーにおける彼の地位に対する賞賛および探求を目的としている。キングと彼の小説の映像化に挑んだすべての人たちとともに、私は途方もない旅をしてきた。彼の書く物語がバラエティ豊かであることや、彼がアメリカの声として重要であることに、私はずっと畏敬の念を抱き続けている。調査の際、ホラー・ジャンルに関する彼のすばらしい研究書『死の舞踏』と、彼にひらめきを与えた数々の映画や小説は、何よりも役立った。

本書の完成前にウィリアム・ゴールドマンが亡くなった。かのシナリオ界のレジェンドにも本書を捧げたい。本人は知らないだろうが、私にとって大事な着想の源のひとつになってくれた。私のためにわざわざ時間を割き、激励してくれたロブ・ライナー、そして貴重な洞察を与えてくれたキム・ニューマンとアンドリュー・コリンズには感謝の思いしかない。彼らのおかげで研究対象をまったく新しい視点から見ることができた。パラッツォ・エディションズのロバート・ニコルズ、デイヴィッド・イングルスフィールド、サラ・パイクのサポートと忍耐強さ、そしてきわめてダークな場所に分け入る意欲には、いくら感謝してもしきれない。イアン・フリーア、スティーヴン・ベイカー、ダン・ジョーリン、そして生活のために『チルドレン・オブ・ザ・コーン』シリーズ全作を観るはめになった私の愚痴を聞いてくれた全員に感謝を。

最後に、キャットへ。きみは健全と言えないほど多くのバージョンの『キャリー』を観ながら、尋常でない試みに取り組む私に愛とサポートを与え続けてくれた。

参考文献

MAGAZINES AND NEWSPAPERS:

Allen, Mel, *The Man Who Writes Nightmares, Yankee*, March 1979
Jones, Stephen, *The Night Shifter, Fantasy Media*, March 1979
Cadigan, Pat, Ketchum, Marty, Shiner, Lewis, *Shine of the Times: An Interview with Stephen King, Shayol*, Summer, 1979
Kelley, Bill, Salem's Lot (1979) *A Retrospective, Cinefantastique Volume 9, Number 2*, Winter 1979
Evans, Christopher, *He Brings Life to Dead Issues, Minneapolis Star*, September 8, 1979
Freff, *The Darkness Beyond the Door: Walking (Nervously) into Stephen King's World, Tomb of Dracula Issues No. 4* and 5, 1980
Janeckzko, Paul, *An Interview with Stephen King, English Journal*, February, 1980
Stewart, Bhob, *Flix, Heavy Metal*, March, 1980
Henderson, Ralph, *Stephen King is Cashing In, The Baltimore Sun*, August 26, 1980
Kilgore, Michael, *Interview with Stephen King, The Tampa Tribune*, August 31, 1980
Peck, Abe, Stephen King, *Court of Horror, Rolling Stone College Papers*, Winter, 1980
Moore, Joyce Lynch Dewes, *An Interview with Stephen King, Mystery*, March, 1981
Bellows, Keith, *The King of Terror, Sourcebook*, 1982
Spitz, Bob, *Penthouse Interview with Stephen King, Penthouse*, April, 1982
An Evening With Stephen King at the Billerica, Massachusetts State Library, 1983
Nordern, Eric, *Playboy Interview: Stephen King, Playboy*, June 1983
Pouncy, Edmund, *Would You But a Haunted Car From this Man?, Sounds Magazine*, May 21, 1983
Hewitt, Tim, *Interview with Stephen King, Cinefantastique, Volume 15, Number 2*, 1985
Modderno, Craig, *Topic: Horrors!, USA Today*, May 10, 1985
Grant, Charles L., *Interview with Stephen King, Monsterland Magazine*, June, 1985
Konstantin, Phil, *An Interview with Stephen King, Highway Patrolman Magazine*, July 1987
Kempley, Rita, The Running Man, *The Washington Post*, November 13, 1987
Goldstein, Patrick, *Rob Reiner Takes On Misery, Los Angeles Times*, April 29, 1990
Finke, Nicki, *James Caan Enjoying His Misery: Hollywood's Reputed Bad Boy Resurfaces in the Rob Reiner-Directed Psychological Thriller, Los Angeles Times*, November 29, 1990
Applebome, Peter, *TV Gets a New Poltergeist: Stephen King, The New York Times*, 1991
Scott, Tony, *ABC Miniseries* The Tommyknockers, *Variety*, May 7, 1993
Kenny, Glenn, Misery; Dolores Claiborne, *Entertainment Weekly*, November 10, 1995
Karger, David, Apt Pupil *Runs into Bad Luck, Entertainment Weekly*, December 13, 1996
Francis, Patrick, *Bryan Singer: Confidence Man, Moviemaker*, December 2, 1998
Simon, Alex, *Taylor Hackford: Gimme Some Proof, Venice Magazine*, December 2000
Dead Zone TV, *Starlog*, 2002
Spelling, Ian, Carrie *On, Fangoria*, November 2, 2002
Carter, Bill, *A Hospital That's a Real Horror Show, The New York Times*, February 29, 2004
Lehmann-Haupt, Christopher and Rich, Nathanial, *Stephen King, The Art of Fiction No. 189, The Paris Review Issue 178*, Fall 2006
Patterson, John, *The Human Race is Insane, The Guardian*, June 27, 2008
Parker, James, *Stephen King's Glass Menagerie, The New York Times*, November 5, 2009
Breznican, Anthony, *Stephen King Adapts to Hollywood, USA Today*, 2011
Labrecque, Jeff, *Stephen King* Carrie *Remake, Entertainment Weekly*, May 20, 2011
Gaiman, Neil, *Interview with Stephen King, Sunday Times Magazine*, April 2012
Collins, Sean T., *Stephen King, Steven Spielberg Go Under the Dome, Rolling Stone*, June 19, 2013
Brockes, Emma, *Stephen King: On Alcoholism and Returning to* The Shining, *The Guardian*, September 21, 2013
Collis, Clark, *How Stephen King adapted* A Good Marriage *for Film: "Fearlessly", Entertainment Weekly*, August 18, 2014
Wenzl, Roy, *BTK's Daughter: Stephen King 'Exploiting My Father's 10 Victims and Their Families' with Movie, The Wichita Eagle*, September 24, 2014
Dionne, Zach, *Scary Monsters and Superfreaks: The World of Stephen King, A-Z, Rolling Stone*, November 11, 2014
Greene, Andy, *How J.J. Abrams and Hulu Brought Stephen King's 11.22.63 to TV, Rolling Stone*, February 8, 2016
Weidenfeld, Lisa, 11.22.63 *Star James Franco Talks Tim, Traveling and Career Move He (Almost) Regrets, The Hollywood Reporter*, February 9, 2016
Fienberg, Daniel, 11.22.63 *Finale: Showrunner Explains That Ending, Book Changes and Alt 2016, The Hollywood Reporter*, April 5, 2016
Luers, Erik, *Mary Lambert on* Pet Sematary, *Non-Linear Narratives and Child Actors, Filmmaker Magazine*, June 15, 2016
Lassell, Michael, *New Again: Kathy Bates, Interview*, July 20, 2016
Ultimate Guide to Stephen King, Entertainment Weekly, 2017
Riley, Jenelle, *Stephen King on* Mr. Mercedes, *How to Adapt His Novels and What Scares Him, Variety*, August 8, 2017
Stanhope, Kate, *David E. Kelley Talks* Mr. Mercedes, *The Hollywood Reporter*, August 8, 2017
Truitt, Brian, *Q&A: Stephen King Busier Than Ever with* Mr. Mercedes *show, new books, USA Today*, August 9, 2017
Bradley, Laura, *How the Original* It *Miniseries Traumatized a Generation of Kids, Vanity Fair*, August 31, 2017
Robey, Tim, Carrie: *The Growing Pains of a Horror Classic, The Telegraph*, April 30, 2018
Turchiano, Danielle, *Castle Rock Bosses on the Importance of Stephen King's "Blessing" and "Great License", Variety*, June 8, 2018
Turchiano, Danielle, *Castle Rock Bosses Break Down the Key Stephen King Moments, Variety*, July 25, 2018
Carras, Christi, *Bill Skarsgard on How* It *Influenced His Work on* Castle Rock, *Variety*, July 24, 2018

TV, radio, live appearances and websites

Wiater, Stanley, *Interview with Stephen King and Peter Straub, World Fantasy Convention, Providence, Rhode Island*, 1979
Wiater, Stanley, *Interview with Stephen King and Peter Straub, World Fantasy Convention, Baltimore, Maryland*, 1980
Anker, Roger and Wiater, Stanley, *Interview with Stephen King and Peter Straub, World Fantasy Convention, Ottawa, Canada*, 1984
Schaffer, Matt, *Interview with Stephen King, WBCN-FM Radio*, October 31, 1983
Goldman Talks Hearts in Atlantis, IGN, September 1, 2001
P., Ken, *An Interview with Mick Garris, IGN*, January 13, 2003
Riding the Bullet, *Film Threat*, October 16, 2004
Andreson, Jeffrey M., *Interview with Taylor Hackford, Combustible Celluloid*, April 21, 2005
Mark Pavia Interview, Icons of Fright, 2006
McDonough, Kevin, *The Stuff of Dreams, Lawrence Journal-World*, July 12, 2006

参考文献

Weintraub, Steve "Frosty", *John Cusack, Samuel L. Jackson, Lorenzo di Bonaventura, Mary McCormack and Mikael Hafstrom Interviewed – 1408*, *Collider*, June 11, 2007

John Cusack Interview, *IndieLondon*, 2007

Guglielmo, David, *Interview: Katt Shea*, *Films In Review*, June 8, 2010

Von Doviak, Scott, Haven: Season One, *Slant Magazine*, July 7, 2010

Interview with Emily Rose, Lucas Bryant and Exec Producers Jim Dunn & Sam Ernst from Haven, *TV is My Pacifier*, July 9, 2010

Lilja, Hans-Ake, *Interview with Mick Garris*, *Lilja's Library*, December 13, 2011

Dekel, John, *"It's not an allegory": Stephen King and the Cast of* Under the Dome *Discuss the New Miniseries*, *National Post*, June 24, 2013

Chitwood, Adam, *Kimberly Peirce Interview*, *Collider*, July 16, 2013

Hakari, A.J., A Return to Salem's Lot, *CineSlice*, August 2, 2013

Lafrance, J.D., Creepshow, *Radiator Heaven*, October 4, 2013

Dequina, Michael, *Chloe Grace-Moretz Carries the Torch*, *Film Flam Flummox*, October 18, 2013

Fowle, Kyle, *Why the Horror of Stephen King's Words don't Translate Well to Film*, *AV Club*, October 28, 2014

Scott Hicks, *BBC Films*, October 28, 2014

Pendegraft, Christopher, *Screenplay Review* – The Overlook Hotel, *Script Shadow*, October 30, 2014

Foutch, Haleigh, *Jason Blum Talks* Mercy, *Collider*, November 26, 2014

Gallman, Brett, The Rage: Carrie 2, *ComingSoon.net*, April 8, 2015

Harris, Blake, *How Did This Get Made?* Maximum Overdrive *(An Oral History)*, *Slash Film*, September 18, 2015

Peikert, Mark, *8 Questions with Kathy Bates*, *Backstage.com*, October 8, 2015

Fritz, Kristen, *A New Day for Misery: Q&A with Playwright William Goldman*, *Signature*, October 21, 2015

Chizmar Richard, *Revisiting* Different Seasons, *Stephen King Revisited*, November 11, 2015

Harris, Will, *Ted Danson on* Fargo, Damages, Cheers *and Leslie Nielsen's Fart Machine*, *AV Club*, December 7, 2015

McVicar, W. Brice, *Exclusive Interview: Screenwriter Lawrence D. Cohen on Adapting Stephen King and More*, *ComingSoon.net*, February 3, 2016

Topel, Fred, *Interview: J.J. Abrams*, *Sassy Mama in LA*, February 14, 2016

Argent, Daniel, *"Nobody Knows Anything" – William Goldman*, *CreativeScreenwriting.com*, March 6, 2016

Bauer, Erik, *Frank Darabont on* The Shawshank Redemption, *CreativeScreenwriting.com*, April 22, 2016

Blyth, Antonia, *J.J. Abrams & Bridget Carpenter On 11.22.63: "It's The Ultimate What If"*, *Deadline*, June 24, 2016

Rodriguez, Maddie, *Anatomy of a Scene: The Many Endings of* Carrie, *Bookriot*, December 7, 2016

Harris, Blake, *HDTGM: A Conversation with Brett Leonard, Director of* The Lawnmower Man, *Slash Film*, December 8, 2016

Gennis, Sadie, *Spike's* The Mist *Series is a "Reimagination," Not a Remake*, *TV Guide*, January 13, 2017

Gayne, Zach, *Interview:* The Running Man *Writer Steve E. de Souza on Living in the Future of 1987*, Screen Anarchy, February 28, 2017

Harris Blake, *HDTGM: A Conversation with Mick Garris*, *Slash Film*, April 12, 2017

Newton, Steve, *Exclusive: Talking Horror with Tim Curry on Stephen King's* It, *Dread Central*, April 18, 2017

Bauer, Erik, *Frank Darabont on* The Green Mile, *CreativeScreenwriting.com*, April 29, 2016

Lea, Rebecca, *Revisiting the Film of Stephen King's* Creepshow 2, *Den of Geek*, June 5, 2017

Vincent, Ben, *An Interview with* The Dark Tower *Screenwriter Akiva Goldsman*, *Cemetery Dance Online*, August 1, 2017

Foutch, Haleigh, *Stephen King Talks* The Dark Tower, *Collider*, August 3, 2017

Foutch, Haleigh, *Andy Muschietti on* IT and Why Stephen King Wasn't Involved in the Film, *Collider*, August 21, 2017

Gambin, Lee, *In Praise of* Salem's Lot, *ComingSoon.net*, August 30, 2017

McAndrew, Frank T., *Creeped Out by Clowns? This Might be Why*, *The Conversation*, September 8, 2017

Bowen, Chuck, *1922*, *Slant Magazine*, October 18, 2017

Truffaut-Wong, Elizabeth, *1922 Isn't Based On A True Story, But It Does Have Roots In A Scary Reality*, *Bustle*, October 19, 2017

Rontrembathiii, *Katt Shea Interview*, *Trainwreck'd Society*, October 30, 2017

Exclusive Tom Holland Interview, *Blu-ray.com*, April 5, 2018

Nordine, Michael, The Outsider: *Stephen King Reaffirms His Hatred of Stanley Kubrick's* The Shining *in New Novel*, IndieWire, May 21, 2018

Travers, Ben, *Castle Rock: How the Creators Earned Stephen King's Blessing and Cast a Fargo Favorite Off of Twitter*, *IndieWire*, June 8, 2018

Fleming Jr. Mike, *Richard Price to Script MRC 10-Episode Series Adaptation of Stephen King's* The Outsider, *Deadline*, June 11, 2018

Whitbrook, James, *A Reminder of the Many, Many Stephen King Adaptations That are Currently in the Works*, *Gizmodo*, June 14, 2018

Paur, Joey, *Production Has Officially Started on* The Pet Semetary *Remake*, *Geek Tyrant*, June 19, 2018

McLeavy, Alex, *Stephen King isn't Made for TV – But He Could Be*, *AV Club*, July 23, 2018

Bernstein, Abbie, Mr. Mercedes: *Executive Producer Jack Bender on Season 2*, *Assignment X*, August 21, 2018

Radish, Christina, Mr. Mercedes: *Brendan Gleeson on Season 2 and Finally Interacting with Harry Treadaway*, *Collider*, August 22, 2018

Sharf, Zack, *Cary Fukunaga on the 'Ridiculous' Reason He Exited* It *and Fighting Nic Pizzolatto to Keep That* True Detective *Long Take*, *IndieWire*, August 27, 2018

Trumbore, Dave, IT: Chapter Two *to Embrace the Weird Ritual in Stephen King's Horror Story*, *Collider*, September 10, 2018

BOOKS

Beahm, George, *The Stephen King Companion*, Thomas Dunne Books, 2015

Browning, Mark, *Stephen King on the Big Screen*, Intellect Books, 2009

Darabont, Frank, The Shoot Script: The Shawshank Redemption, Nick Hern Books, 1996

Gamblin, Lee, *Nope, Nothing Wrong Here: The Making of Cujo*, BearManor Media, 2017

Kermode, Mark, *The Shawshank Redemption*, British Film Institute, 2003

Jones, Stephen, *Creepshows*, Titan, 2001

King, Stephen, *Danse Macabre*, Hodder, 2012 edition

King, Stephen, *Doctor Sleep*, Hodder, 2013

King, Stephen, *The Outsider*, Hodder & Stoughton, 2018

Magistrale, Tony, *Hollywood's Stephen King*, Palgrave, 2003

Miller, Chuck and Underwood, Tim, *Bare Bones: Conversations on Terror with Stephen King*, McGraw-Hill Book Company, 1988

AUTHOR INTERVIEWS

Rob Reiner, William Goldman, Lawrence Kasdan, Taylor Hackford

PHOTO CREDITS

Courtesy of Alamy 20th Century Fox/AF archive: 68, 69t, 119; ABC/AF archive: 156, 157; ABC/Everett Collection Inc: 108, 111, 114, 135; AF archive: 39l, 43t, 162, 164; Atlaspix: 186, 188, 189; Audience Network/Everett Collection Inc: 207; CBS/AF archive: 174, 175, 176; Collection Christophel: 30, 36, 37r, 113; Columbia Pictures/AF archive: 61t, 63, 101, 107b; Columbia Pictures/Entertainment Pictures: 191t; Columbia Pictures/Everett Collection Inc: 56, 80, 84, 85, 88, 89, 96, 97, 100, 107t, 112, 148, 191b; Columbia Pictures/Moviestore collection Ltd: 58; Columbia Pictures/Photo 12: 103; Columbia Pictures/United Archives GmbH: 104; De Laurentiis Entertainment Group/Everett Collection Inc: 50, 52, 55; Dimension Films/AF archive: 160, 161; dpa picture alliance: 206, 220; Entertainment Pictures: 23, 66, 69b, 132, 149, 153, 165; Everett Collection Inc: 2, 21t, 22, 26, 32, 33, 38, 39r, 42, 81, 118, 120, 121, 163; G2 Pictures/AF archive: 167; Greengrass Productions/Everett Collection Inc: 109; Konigsberg/Sanitsky Company/Everett Collection Inc: 93; Larco Productions/AF archive: 67b; Laurel Productions/Everett Collection Inc: 86; Lifestyle Pictures: 215; Lifetime TV/Everett Collection Inc: 182, 183; Lions Gate/Everett Collection Inc: 142, 143; Lorimar Television/AF archive: 72, 73, 74; MGM/Everett Collection Inc: 44, 45; Moviestore Collection Ltd: 19, 20, 21b, 31, 41, 71, 90t, 91, 94, 98, 126, 127, 129, 136, 146, 147, 166, 184, 185; Netflix/Everett Collection Inc: 202, 203, 204, 205, 208, 209; New Line Cinema/Collection Christophel: 195, 196, 199; New World Pictures/Everett Collection Inc; 40, 64, 65; Nice Guy Productions/AF archive: 170, 171; Orion/TCD/Prod.DB: 95; Paramount Pictures/Everett collection Inc: 46, 47r, 70, 76, 77b, 78, 79, 90b, 115; Patrick Harbron/Hulu/Everett Collection Inc: 212, 213; Photo 12: 51, 77t; Pictorial Press Ltd: 3, 7r, 8, 12; Screen Media Films/AF archive: 178, 179; ScreenProd/Photononstop: 27; Sony Pictures/AF archive: 173; Sony Pictures/Moviestore Collection Ltd: 190; Spike/Everett Collection Inc: 200, 201; TCD/Prod.DB: 24, 28, 216, 218; TNT/Everett Collection Inc: 159; Trimark/AF archive: 92; TriStar/Everett collection Inc: 122; United Archives GmbH: 7l, 37l, 47l, 83, 117r, 123, 134; United Artists/AF archive: 125; United Artists/Everett collection Inc: 124; Universal/Everett Collection Inc: 43b; Warner Bros./AF archive: 67t, 117l, 131, 141; Warner Bros./Everett Collection Inc: 75, 138, 139, 192, 193; WENN UK: 168, 169; World History Archive: 48

Courtesy of Getty Images Mickey Adair: 6; Alex Gotfryd/CORBIS/Corbis: 9; Warner Bros.: 10, 35; United Artists: 17, Columbia Pictures: 61b

Courtesy of Photofest NBC: 145; Universal Pictures: 181b

Courtesy of Rex/Shutterstock United Artists/Kobal: 13, 15; Columbia/Kobal: 57; Touchstone/ABC/Kobal: 150, 151; Warner Bros./Kobal: 155, 211; MGM/Kobal: 172